KLAUS SCHAMBERGER • ICH BITTE UM MILDE · BAND 15

Titelzeichnung: Gerd Bauer


1. Auflage September 2005

Layout und Technik:
W. Tümmels Buchdruckerei und Verlag GmbH & Co. KG
Umschlag: Günter Rezab
Anzeigengestaltung: Günter Rezab
Druck: W. Tümmels Buchdruckerei und Verlag GmbH & Co. KG
ISBN 3-9806498-6-5

Klaus Schamberger

# Ich bitte um Milde

Band 15

Geschichten aus dem Amtsgericht.
Die Glosse „Ich bitte um Milde“
erscheint jeden Montag im
8-Uhr-Blatt/Abendzeitung Nürnberg.
Anzeigengestaltung: Günter Rezab
Technische Direktion: Jan Schamberger
System-Fishing: Jürgen Eisenbrand
Erschienen im Sigena-Verlag
Klaus Schamberger
90530 Wendelstein bei Nürnberg
Kastanienstraße 6

# Die bellende Plastiktüte

Die gravierendsten Problemfälle in einer Vorstadt können mit einer Küchenwaage ermittelt werden. Sie wiegen je nach Ernährungslage zwischen 200 und 400 Gramm, sind nicht ganz geruchsfrei, verhalten sich tief gerillten Schuhsohlen gegenüber sehr anhänglich und türmen sich meist am Gehsteig, in der Regel etwa fünf Zentimeter hoch, zu einem stadtwurstartigen Gebilde auf. Es handelt sich um Hundehäufchen.
In sie ist Herr Hartmut K., in Tierhalterkreisen auch „Der Hundehasser von Lichtenhof“ genannt, täglich zweimal hineingestiegen. Jetzt ist er wegen Misshandlung des Zwergpudels Willi vor Gericht gestanden.
Als Zeugin war Frau Brigitte S. geladen, die Erziehungsberechtigte vom Willi. „Iich wass goornedd“, ging die Brigitte gleich zu Prozessbeginn auf den Hartmut los, „wos si der Moo eibild! Soll mei Willi gwiss aff die Vorderbfoodn an Handschdand machn und senkrechd in Himml naafscheißn, odder soller si’s aus die Ribbn schwidzn!“ „Des is mir worschd“, entgegnete der Hartmut, „Habbdsach, er scheißd nemmer an mein Baum vuur der Hausdiir hii.“ Der Herr Vorsitzende bat beide Parteien um eine etwas gemäßigtere Ausdrucksweise und ließ sich dann den etwa dreißigtägigen Häufchenkrieg schildern.
Jeden Früh und jeden Abend zur gleichen Zeit hat die Brigitte ihren kleinen Halbpfundländer mit den Worten „Mach schäi dei Gschäfdla, Willi!“ ins Freie an den Lindenbaum vorm Hartmut seiner Haustür geschickt. Jeden Früh und jeden Abend ist der Hartmut hineingestiegen. Als erste Maßnahme hat dann der Hartmut ein Plakat an den Lindenbaum geheftet mit der Aufschrift „Hier ist kein Hunde-Abort!!!“. Der noch nicht ganz schulpflichtige Zwergpudel Willi hat aber diese Warnung nicht lesen können und infolgedessen den Lindenbaum weiter unverdrossen als Hunde-Abort benützt. Auch das danach angebrachte Zusatzplakat „Obacht, Gift!“ hat der Willi miss-

achtet. Mit Recht, denn es war nur eine Papierdrohung. Nach dem pädagogischen Leersatz „Wer nicht lesen will, muss fühlen“ ist Herr Hartmut K. dann eines Tages früh auf der Lauer gelegen. Mit einer Plastiktüte im Anschlag. „Iich hob doch“, verteidigte er sich jetzt vor Gericht, „den Hund blouß einen Anschdand beibringer wolln. Und wäi er an mein Baum sei Buggerla grumm gmachd hodd und grood oogsedzd zum …Scheißn derffi ja nemmer soong – also in den Momend hobbin gschwind däi Blasdigg-diidn ummern … Oorsch derffi woorscheins aa nedd soong – also rumbindn wolln. Dasser in däi Düüdn nei …scheißd derffi nemmer soong. Und in den Aungbligg dreed si der bläide Hund rum, und hubfd mer vull in däi Blasdig-Düüdn nei. Und nou isser dervoo grennd. Des woor scho alles, Herr Richder.“
„Dou lach i ja grood naus“, meldete sich die Brigitte zu Wort, „mei Willi is in die Blasdig-Düüdn neigrennd! Ner fraali! Und nou hodder vo Inner aus der Düüdn rausglangd, gell, und hodd a Schnur rumbundn und an dobbldn Gnoodn neigmachd! Dass Sie sich nedd schämer, Sie Hunde-Mörder!“ Von einer damals eilig alarmierten Nachbarin beglaubigt war, dass die Brigitte an der Haustür mehrfach gerufen hatte „Willi, Willilein! Wo is denn mei Scheißerla? Hosd dei Gschäfdla scho gmachd, Willi?“ Von einem Willilein war aber weit und breit keine Spur. Nur eine Plastiktüte war, wie von einem starken Wind bewegt, am Gehsteig auf und ab gesegelt. Auch kleine Sprünge hatte die Tüte vollführt. „Und aff aamol“, sagte die Brigitte, „hodd däi Düüdn belld!“ „Schdelln’S Ihner vuur, Herr Richder“, fuhr die Brigitte fort, nachdem sie sich die Tränen abgetupft hatte, „hodd der Verbrecher, der Hunde-Killer, der Hunde-Quäler mein Willi in däi Blasdig-Düüdn eibaggd und mid anner Schnur zoubundn! Und edzer sachder, der Willi is ausverseeng neigrennd. Der Moo g’herrd doch ins Zuchdhaus!“
Ein Zuchthaus gibt es schon seit längerer Zeit nicht mehr, auch nicht für Zwergpudel-Einwickler, und Herr Hartmut K. wurde zu einer Geldbuße von 800 Euro bestraft. „Ihner“, giftete die Brigitte nach der Verhandlung den

Hartmut an, „Ihner zäich i aa amol a Blasdig-Düüdn iiber Ihrn bläidn Kubf! Obber suu, daß nimmer rauskummer!“
„Gern“, antwortete der Hartmut, „wenn i zum Ausgleich vuur Ihr Hausdiir scheißn derf …“

# Der fliegende Kurt

Dreistöckig aufeinandergeschlichtete Menschen, von einigen tausend Watt voll aufgeschwollene Ohren, Magen- und Leberdröhnen, weil das Bier nur tröpfchenweise serviert wird – was kann es im Leben eines städtischen Nachtwandlers Schöneres geben. Nur durch diese Annehmlichkeiten wird die schwere, allnächtliche Verstopfung von Diskotheken wenigstens einigermaßen verständlich. Diese Verstopfung wiederum führt dazu, dass vor Disko-Pforten ein Security-Man wacht und die unerlässliche Gesichtskontrolle durchführt. Nicht selten gilt da der alte Controler-Schüttelreim: Der Gesichtskontrollör hat's schwör.
Sehr schwör hatte es der Security-Man Fredy K. mit dem legendären Abhopper der ausgehenden Sechziger Jahre, Kurt F., seinerzeit berühmt und berüchtigt als Rumkugel-Kurtla. Im biblischen Alter von 63 Jahren wollte es das Kurtla wieder einmal wissen und ist weit nach Mitternacht in seiner Eigenschaft als Rum-, respektive Wodkakugel vor den Toren der vom Fredy scharf kontrollierten Disko aufgetaucht.
„Is in dein Bresslufd-Schubbn nu wos los?", hat der Kurt den Türsteher beim Hineintorkeln vertraulich gefragt. Sekunden später ist er einen halben Meter über der Erde geschwebt. Der Fredy hatte das Rumkugel-Kurtla am Kragen gepackt, in die Luft gehoben und ihm noch während des Rückflugs aus der Disko zugerufen: „Schau blouß, dassd abzischd und hammkummsd, Groußvadder! Im Seniorenschdifd wern scho die Beddflaschn verdeild!"
Alles, so dachte der Kurt damals, müsse man sich als Alt-Abhopper auch nicht gefallen lassen. Erneut robbte er sich an die Tür heran, deutete plötzlich mit beiden Händen aufgeregt nach oben und schrie „Allmächd, dou droomer! A Komeed am Himml!" Und wie der Fredy den Himmel nach dem Komet abgesucht hat, ist der Kurt unten auf der Erde in die Disco geschritten. „Fimbf

Minuddn schbeeder“, sagte der Kurt jetzt am Amtsgericht, „hodder mi widder am Groong baggd und naus gschmissn.“
Beim dritten Versuch hat sich die fliegende Nachteule vor dem Türsteher aufgebaut und ihn gefragt, ob er einen gewissen Kurt Ucko kenne. „Wos willdsdn edzer scho widder dou?!“, hat der Fredy das Stehaufmännchen angebrüllt, „Iich kenn kann Kurt Ucko! Und es is aa ka Kurt Ucko in der Disco drinner, wennsd maansd, dassd aff däi Dour neikummst.“ Was den Kurt F. aber in keiner Weise beeindruckt hat. „Mechersd wissn“, hat er den Security-Man gefragt, „wäis der Kurt Ucko gmachd hodd, wennern anner nedd vobbei gloun hodd?“
Er habe es eigentlich nicht wissen wollen, bekundete Herr Fredy K. vor Gericht, aber um des lieben Friedens und aus Mitleid mit dem nicht mehr so ganz gehfähigen Rentner habe er gefragt, was denn dieser Kurt Ucko in so einem Fall gemacht hätte. „Und aff aamol“, sagte der Zeuge der Anklage, „zäichd der aaf und haud mir mid sein Drimmer Wanderschdiefl vull affs Schienbein. Iich bin vuur Schmerzn zammbrochn. Und der Kambf-Rendner, der rabiade, hodd nou gsachd ‚Genau asuu hädd’s der Ucko gmachd‘. Und nou isser in die Dsiko nei.“
Zehn Minuten später hat ihn die Polizei rausgefischt. Gerade noch rechtzeitig. Denn da hatte er gerade einen Jung-Kellner wegen Bier-Verweigerung gefragt: „Wassd du, wos in den Fall der Kurt Ucko gmachd hädd?“ In dem Fall war das Schienbein aber straffrei ausgegangen.
Wegen des angebrochenen Schienbeins vom Security-Man Fredy K. verurteilte ihn der Amtsrichter zu einer Geldstrafe von 1200 Euro. Und der Herr Vorsitzende wollte noch wissen, wer denn eigentlich der Kurt Ucko ist. „Sin’S frouh, dass nern nedd kenner“, sagte der Rumkugel-Kurt, „des woor der härddesde Glubb-Schbiller aller Zeidn. Der hodd ofd Hulzerla ausdeild, dass die Gnochn vo seine Geengschbiller aff die Baim hindern aldn Zabo absoung hom mäin.“ Aber damals, wandt der Vorsitzende ein, habe es doch noch gar keine Diskotheken gegeben. „Obber Schienbaaner“, sagte der Kurt, „jede Menge.“

# Staubsauger-Party

Die Herren Reinhard K. und Manfred L. waren über drei Jahrzehnte lang enge Freunde. Durch das amerikanische Saugwunder Shlurfy hat diese tiefe Freundschaft jetzt jäh geendet. Diese Shlurfy ist nicht, wie man vielleicht vermuten möchte, ein angehender Hollywood-Star, sondern ein Staubsauger. Er kostet nur 2650 Euro, man kann ihn jedoch nicht im Laden kaufen wie gewöhnliche, völlig veraltete europäische Staubsauger, sondern exklusiv nach den Vorführungen auf einer Shlurfy-Party.
„Suu a Dubber-Barddy", kramte Herr Manfred L. in seinen Erinnerungen, „hobbi scho amol miidgmachd. Dou hobbi zu dera Dubber-Verkaiferin aa gsachd, dasser si ihre Dubber-Schissln als Helm aafsedzn konn. Odder neibrunsn. Iich kaaf des Blasdigg-Gschlamb nedd. Und nach der Barddy hobbi nou zwanzich Dubber-Schissln kaffd g'habd. Und mid den Scheiß Schlurfi woors genau asuu."
Eingeladen von seinem Freund Reinhard K. war der Manfred an jenem Abend zur Slurfy-Party erschienen. „A Weldneuheid, hodder gsachd, daß dou vuurgführd werd, der Aff", schimpfte der Manfred, „und zon Saufn gibds aa wos. Und nou hommer zougschaud, wäi a suu a Laid-Veroorscher einen Schdaubsaucher vuurgführd hodd. Und ein Mineralwasser hodds geem!" Ganz wurde diese abschlägige Bewertung der Shlurfy-Party aber nicht gerecht, denn der Wunder-Sauger konnte nicht nur Staub shlurfen, sondern durch den Schnell-Einbau verschiedener Einsätze auch sägen, bohren, hobeln. Und beim Saugen verschwanden durch die enorme Anzug-Kraft im Schlund vom Shlurfy nicht nur Staubmilben. Nägel, Kugelschreiber, Scheren, Messer, Löffel, ja ganze Putzlappen saugte der amerikanische Müllschlucker ebenfalls mühelos auf. „Iich hob zu den Verkaifer", schilderte der Manfred die Shlurfy-Party, „gsachd, dasser si am besdn gleich selber wechsauchd, wall an Schdaubsaucher um fimbfdausnd Märgla, den konner si ans Baa schmiern.

Iich kaaf suu an Scheiß jeednfalls nichd.“ Zwei Stunden später war der Manfred stolzer Besitzer des Saugwunders Shlurfy um 2650 Euro. „Und wäi iich mid mein Schlurfy hammkummer bin“, sagte der Manfred, „hodd mei Frau – grood wäi iich des Blummerschdeggla am Fensderbredd wechgsauchd hob – hodds gsachd, wenni nedd serfordd aafheer, reichds die Scheidung ei.“ Also packte der Manfred seinen Shlurfy wieder in den Karton und begab sich eilenden Schrittes zu seinem Freund Reinhard K.
Die Shlurfy-Party war bereits beendet, die Familie K. saß beim Abendessen. „Hosd du“, fragte der Manfred seinen Freund drohend, „eingli aa suu a Sauchwunder kaffd?!“ „Naa“, antwortete ihm der Reinhard zwischen zwei Bissen Stadtwurst, „iich bin doch nedd bläid – 2650 Euro fiir an Schdaubsaucher!“ „Warum“, bohrte der Manfred weiter, „hosdn miich nou aff die Schlurfy-Barddy eigloodn?“ „Wall i fiir jeedn, wou kummer is“, lächelte der Reinhard, „a schäine Brofision gräichd hob.“ Sekunden später ist das Lächeln auf seinem Antlitz blitzschnell verschwunden. „Des häddn'S erleem solln, Herr Richder!“, schimpfte der Shlurfy-Partyveranstalter, „Zäichd der aff aamol sein Schlurfy raus, schdeggd nern in die Schdeggdoosn nei und nou fängd der ba uns es Saung oo. Ersch hodder am Eßdisch es ganze Beschdegg wechgsauchd, nou in Kaddofflsalood, die Schdaddworschd, in Sembf, und am Schluss hodds die Dischdeggn aa nu mid neizuung. Und meine Haar am Kubf. Wall iich hob nämlich ein Toupet.“ „Dir werri scho helfn mid deiner Schlurfy-Barddy“, schrie der Manfred bei seinem Staubsauger-Überfall und steckte an seinen Shlurfy sodann den Säge-Einsatz auf. „Und nou hodder“, erinnerte sich der Reinhard, „in Disch zammgsäächd. Mei Frau hodd scho die Bollizei oogruufn. Däi sin grood nu rechdzeidich kummer. Sunsd hädder unsern Hansi aa nu wechgsauchd. Des is unser Wellnsiddich.“
Wegen schweren Raubsaugens wurde der Manfred zu einer Geldstrafe von 2000 Euro verurteilt. „Is in Ordnung“, sagte der Angeklagte zum Richter, „Und wenn'S mer edzer nu soong kenndn, wou mer dou ba Ihner an Waffnschein fiir an Schdaubsaucher beandroong konn?“

# Der Taschenfahnder

Eine einzige Damenhandtasche kann einen Mann schon an den Rand der Verzweiflung bringen. Ehemänner von Frauen, die über zwei Damenhandtaschen verfügen, befinden sich in der Regel in der halboffenen Abteilung einer Nervenklinik. Der Fahrausweiskontrolleur Udo B. ist jetzt aber mit der größten Bedrohung der Menschheitsgeschichte konfrontiert worden: Mit einer Dame, die im Besitz von drei in Betrieb befindlichen Damenhandtaschen ist.

Frau Uschi L. hat eine Umhängetasche für die Dinge des täglichen Bedarfs wie Manikürzeug, Eyeliner, Body-Stick, Zweit-Hausschlüssel, Zahnstocher, Kalender, hundert Kugelschreiber, Schuheinlagen, Haarfön, Badeseife, Flachzange, den kleinformatigen Quelle-Katalog, Zahnbürste, Kopfwehtabletten in loser Form, Kopfwehtabletten in der Verpackung, Gehaltsabrechnungen aus den letzten zwei Jahrzehnten im Knitter-Design, einige Slips und so weiter. In der zweiten Handtasche befinden sich zum größten Teil Überlebensmittel vom angebissenen Knäckebrot bis zur Dörrtomate. Im dritten Täschchen lagert die Uschi alles, was im weitesten Sinn mit Zahlungsverkehr zu tun hat, also neben Hunderten von Plastikkarten auch Schuldscheine, Mahnungen aus dem vergangenen Jahrhundert oder einige Überweisungsordner.

Dieser Zeitbombe Uschi L. hat sich also der Kontrolleur Udo B. in der U-Bahn mit der höflich gesäuselten Aufforderung genähert „Die Fahrausweise, bitte!“ Seitdem leidet der Kontrolleur Udo B. heute noch an einem schweren nervösen Augenzwinkern, und wenn er das Wort „Damenhandtasche“ hört, schießen ihm aus dem ganzen Körper fast pockenartige Pickel aus der Haut. „Däi Frau“, sagte der Udo vor dem Amtsgericht, „hodd als erschdes zu mir gsachd, daß Sie eine Mobi-Card hodd. Nou hobbis gfrouchd, ob iich däi amol seeng konn. Nou hodd sie widder gsachd, des is ibberhabbs ka Broblem. Wenn i

Röntgenaung hob, soll i eimbfach durch ihr Handdaschn durchschauer."
Der Udo hat jedoch keine Röntgenaugen, also hat er die Uschi immer noch einigermaßen höflich gebeten, ihm die Mobi-Card außerhalb der Handtasche zu zeigen. Was ebenfalls kein Problem war. Die Uschi hat kurz in eine ihrer drei Taschen gegriffen und dem Kontrolleur mit den Worten „Dou hommers doch scho" die Kranken-Card von der Barmer Ersatzkasse gezeigt. Danach eine Scheckkarte, eine verfallene Eintrittskarte vom Tiergarten und eine Kundenkarte vom Wöhrl. „Schdenger'S amol gschwind auf!" hat sie sodann einen älteren Herrn auf dem Sitzplatz neben ihr gebeten. Auf dieser freien Fläche hat sie den Inhalt ihrer ersten Damenhandtasche geleert.
Die Auswahl war sehr groß – von abgebrannten Streichhölzern über einige Senftüten bis zur Fünf-Minuten-Terrine war fast alles dabei, was anscheinend das Herz einer Frau begehrt. Nur keine Mobi-Card. „Mir sin nou", erinnerte sich der Udo, „bereids in Färdd gween und widder in die andere Richdung gfoohrn. Nou hodds ihr zweide Handdaschn ausgleerd und aff aamol gschriea ‚Ja dou is ja!' und nou hodds mer a zergnidderds Formular zeichd. Des is ihr Scheidungsurdeil gween, wous scho seid drei Jahr gsuchd hodd."
Vier Sitzplätze ähnelten durch die überall ausgebreiteten Handtascheninhalte inzwischen schon einem Flohmarkt. Eine Mobi-Card war aber immer noch nicht in Sicht. Kurz vor Langwasser-Süd verlor Herr Udo B. seine Beherrschung. „Wenn edzer", schrie er die Uschi an, „nichd innerhalb von zehn Sekunden in Ihre Schuddberch dou eine Mobi-Card aafdauchd, nou alarmier iich die Bollizei!" „Und nocherdla", sagte der Udo vor Gericht, „is es Allerschärfsde kummer. Schdäid aff aamol a Moo hinder uns und sachd zu mir ‚Dou is mei Mobi-Card, aff dera fährd däi Frau dou miid'. Und nou hädd i aa nu dera ihrn ganzn Grembl widder in däi drei Handdaschn eisordiern solln. Glaam Sie's Herr Richder, iich hob einen Weingrambf gräichd."
Der Richter glaubte es. Er befand die Uschi des grob vorsätzlichen Schwarzfahrens schuldig und verurteilte

sie zusätzlich wegen schwerer Schikanierung eines Kontrolleurs zu einer Geldstrafe von 400 Euro. „Sollis glei zahln?“, fragte die Uschi und zückte ihre drei Handtaschen. Da verließen der Richter und der Kontrolleur ganz schnell den Sitzungssaal.

# Zwei Männer im Schnee

Bei den drei Millimetern Schnee, die im Jahresdurchschnitt auf Franken hernieder fällt, halten Autofahrer hierzulande eine Winterausrüstung meistens für einen überflüssigen Luxus. Wie es heuer aber doch einmal an die 3,5 Millimeter Schneeverwehungen vom Himmel geblasen hat, wäre der Sonntags- und Trockenfahrer Christian D. um ein Profil auf seinen aalglatten Sommerschlappen heilfroh gewesen. So aber ist er bei jenem zentralsibirischen Wintereinbruch an einem Montag früh in seinem Auto gesessen, hat den Motor angelassen, Gas gegeben und ist nach fünfminütiger Fahrt immer noch an der gleichen Stelle gestanden. Nämlich mit den Hinterreifen in einer von der Winterhilfe zusammengeschobenen Schneeverwehung.

Vor dem Amtsgericht ist jetzt der stets gern einspringende Freund, Helfer und Alleskümmerer Charly W. gestanden. „Der Moo", verteidigte sich der wegen verschiedener Delikte angeklagte Nachbarschaftsengel, „der konn doch im Winter nu nie innern Audo gsessn sei. Hexdns am Beifahrersidz. Den seine Hinderreifn homs si im Schnee durchdreed, dasser scho fasd aff die Felng durchkummer is. Woohrscheins hodder gmaand, er fährd scho an Kilomeeder. Er hodds blouß nedd gseeng, dasser kann Millimeeder vuurwärds kummer is. Wall sei Windschudzscheim dodaal zougfruurn woor."

Jedenfalls hat der hilfreiche Charly die Autotür vom Christian geöffnet und ihm im steppenwolfartigen Aufheulen des Motors zugeschrien, dass er auf diese Weise auch in zwei Wochen noch auf dem gleichen Platz steht. „Schäi langsam die Kubblung kummer loun", hat er dem durchdrehenden Christian zugeschrien, „gaaaaanz leichd Gas geem! Und iich schäib hindn oo, gell! Nou bagg mers scho, Masder."

Beim ersten Versuch hat der Christian seine Hinterreifen im Schnee aber gut und gern auf 5000 Umdrehungen rotieren lassen. „Und mir dou hindn“, klagte der Charly vor Gericht, „hodds der den ganzn Dreeg um die Ohrn rum g’haud. Mei naglneier Mandl woor vuller Lebberi und affn linkn Auch hobbi nix mehr gseeng, wall mer der Depp mid seiner Gasgeberei an Schdaa vull aff die Brilln gschleuderd hodd.“ Von Schnee und Matsch triefend wie eine Schlammsau, links einen Brillendurchschuss – so ist der Charly am Autofenster vom schwer schwitzenden Christian erschienen und hat ihn höflich gefragt, ob er eventuell nicht ganz sauber sei. „Iich bin scho sauber“, hat der Stand-Rennfahrer geantwortet, „obber schau amol diich oo!“
Aber der Charly ist kein Unmensch, wenn es um’s Helfen geht. „Aamol“, ist er sofort wieder versöhnlich geworden, „Aamol brobier mer’s nu. Desmool middn driddn Gang. Und widder gaaaaanz langsam Gas geem. Iich schäib hindn.“
„Und wos maaner’Sn, Herr Richder“, sagte der unermüdliche Schneeschieber auf der Anklagebank, „wos dieses Rimbviech fiir einen Gang neihodd!? Schdadds in driddn in Riggwärdsgang! Und is nerdirli serfordd aus den Schneeluuch rauskummer. Obber miich hodder iibern Haufn gfoohrn, der Ochs!“ In heller Freude über seine Großtat ist der Christian aus dem Auto gestiegen bei laufendem Motor, hat seinen Helfer unter der Stoßstange liegen sehen und ihm zugerufen: „Ich bin draußn, gell! Konnsd widder aafschdäih, obber gaaaaanz langsam. Nedd dassd numol hiifläigsd.“
Da war die Nächstenliebe vom Charly wie weggeblasen. „Erschd“, wehklagte der Christian, „hodder mer mei Brilln roozuung und die zwaa Brillngläser zerdebberd, dann hobbi links und rechds a Schelln gräichd. Und nou hodder si in mei Audo neig’hoggd und is forddgfoohrn. Nammidooch hodder mers widder vuur die Hausdiir gschdelld. Woor der linke Koodflügl wech.“ „Und derbei“, fügte er noch hinzu, „bin iich doch aus den Schneehaufn selber rauskummer.“

Wegen Körperverletzung, Sachbeschädigung und unbefugter Benützung eines Kraftfahrzeugs ist der Engel der in Not geratenen Autofahrer zu 3000 Euro verurteilt worden. Die Kraftausdrücke von Depp bis Ochs vor Gericht kosteten noch einmal 150 Euro extra. „Edzer“, sagte der Christian zu seinem Helfer, „edzer wardd mer, bis der Richter draußn is, und nou konnsd mi zusädzlich nu aweng am Oorsch leckn. Obber gaaaanz langsam, gell.“

# Das Wander-Klo

Ihre nicht immer ganz stillen, aber nachdenklichen Stunden verbringen ambulante Bauarbeiter aller Art bekanntlich auf einem sogenannten Dixi-Klo. Der Fünf-Mann-Baukonzern vom Maurermeister Harald K. muss an allen Enden sparen, auch am Enddarm, und hat für diesen aus Kostengründen keinen hygienisch einwandfreien Edelblech-Abort, sondern ein selbstgezimmertes Bedürfnis-Bretterhäuschen mit einer auf freiem Erdboden stehenden Plastikschüssel errichtet. Bei Bedürfnis können die fünf Mitarbeiter vom Harald in ihm abbrettern.
Jetzt aber ist das bodenlose Abbretterhäuschen schwer missbraucht worden. Teils als Schlafzimmer, teils als Wanderabort. Anlässlich einer Überdosis Hopfenblütentee ist Herr Rolf B., Mitarbeiter vom Maurermeister Harald K., während einer kleinen Sitzung in dem firmeneigenen Reiherhäuschen eingeschlafen. „Es woor scho mindesdens a Schdund nach Feieroomd", erinnerte sich der Harald am Amtsgericht, „wäi iich unser ganz Werkzeich am Bau eigsammld hob. Und als ledzdes hobbi des Vuurhängeschloss vo unsern Haisla abgschberrd. Nedd dass uns widder unser Chemie-Abord gschdulln werd." „Ja obber des hob doch iich nedd gwissd, Herr Richder", fügte der Zeuge noch an, „dass dou nu anner drinner hoggd! Und aa nu eigschloufn is!" Eine Zeit lang hatte es der Bretterhäuschen-Insasse Rolf B. auch nicht gemerkt.
In den frühen Abendstunden ist er dann aus seinem Schönheitsschlaf erwacht, hat seine Hose ordnungsgemäß hochgezogen und wieder frisch gestärkt heimgehen wollen. „Iich will die Diir aafmachn", schilderte er seinen Schock, „obber dou is nix ganger. Nou hobbi um Hilfe gschriea – nix. An der Diir SOS bumberd, immer dreimal korzz, dreimal lang, dreimal korzz – nix. Und nou hobbi dengd, schmeißd des Scheiß Abordhaisla eimbfach um und grabblsd raus. Obber nou wäär i ja aa mid umgfluung!"

Nach längerem Nachdenken hat der Rolf damals das verhältnismäßig niedere Häuschen von innen hochgehoben und ist mit ihm ein paar Schritte gelaufen. Bis heim nach Worzeldorf wären es aber an die fünfzehn Kilometer gewesen. „Dou häddi ja“, sagte der Rolf, „värzza Dooch lang brauchd. Middn houchgschdemmdn Abordhaisla.“ „Obber“, erklärte er seine beschwerlichen Gehversuche dann, „iich hob mer dengd, wenn dou zufällich jemand vobbeikummd, und sichd an Abord rumlaafn – der hädd mi dann ja befreier kennd.“
Also ist der Rolf immer ein paar Schritte, mit dem Klohäuschen auf sich, getrippelt, hat angehalten und gelauscht, ob Hilfe naht. „Ner ja“, meinte er, „und doudurch mouß iich nou mid der Zeid ganz schäi vuurwärds kummer sei. Scheind's bis aff die Schdrass vuur.“ Auf dem Sacksträßchen hat sich zur gleichen Zeit, wie der als Wander-Abort verkleidete Rolf dort in der Finsternis rumgetaumelt ist, Frau Karola F. mit ihrem Auto genähert. „Iich denk an nix Schlimms“, erinnerte sich die Autofahrerin, „schald es Aufblendlichd ei – und aff aamol siech ich, wäi ungefähr zwanzg Meder vuur mir a glanns Aborddhaisla iiber die Schdrass leffd! Mid Schouh undn droo! Glaam Sie'S, Herr Richder, mir is es Herz schdäih bliem. Efendwell kennds sugoor a glanns Schläächla gween sei, hodd mei Doggder gsachd.“
Die Karola hat infolge ihres Herzstillstands erst das Klo gestreift, so dass es samt dem Rolf umgefallen ist, hat danach einen Gartenzaun umgefahren und ist erst durch einen großen Komposthaufen gebremst worden. Beim Abortwanderer Rolf B. hat die Polizei nach dem Unfall noch knapp zwei Promille ermittelt. Er ist wegen grober Verkehrsbehinderung zu einer Geldstrafe von 1200 Euro verurteilt worden. „Frouh binni drodzdem“, sagte der Rolf, „dass mi däi Frau iibern Haufn gfoohrn hodd. Iich laaferd ja sunsd haid nu mid unsern Aborddhaisla am Kubf ummernander.“

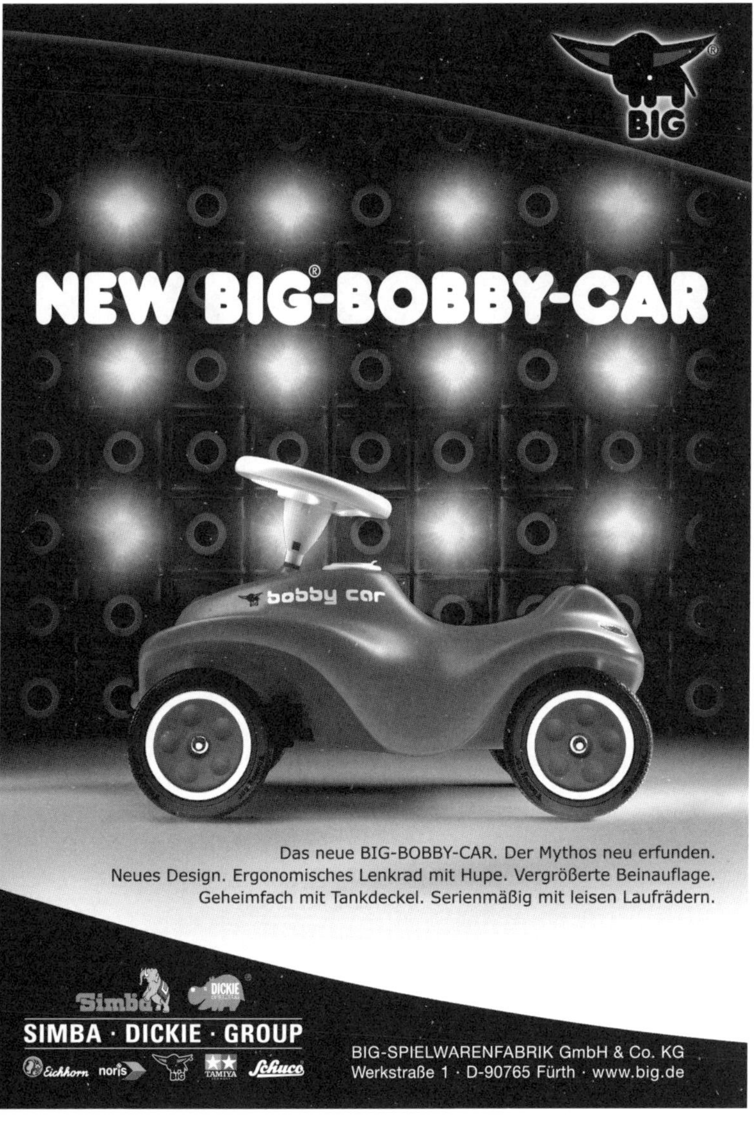
BIG
NEW BIG®-BOBBY-CAR
bobby car
Das neue BIG-BOBBY-CAR. Der Mythos neu erfunden.
Neues Design. Ergonomisches Lenkrad mit Hupe. Vergrößerte Beinauflage.
Geheimfach mit Tankdeckel. Serienmäßig mit leisen Laufrädern.
Simba
DICKIE
SIMBA · DICKIE · GROUP
Eichhorn noris BIG TAMIYA Schuco
BIG-SPIELWARENFABRIK GmbH & Co. KG
Werkstraße 1 · D-90765 Fürth · www.big.de

# Der Pflaster-Wart

Ein wesentlicher Grund für die geplante drastische Heraufsetzung des Rentenalters auf nicht wie bisher aus Berlin verlautet 67, sondern in Wahrheit 87 Jahre, ist, dass Pensionisten immer häufiger vom sogenannten Baustellen-Terrorismus infiziert sind. Zu so einem Baustellenterror-Kommando gehört auch der Frühest-Rentner Dieter S., der schon mit 54 Jahren in den Genuss des Subventions-Schlurchens gekommen ist. Er ist seither ein auf allen Baustellen gefürchteter Millimeter-Fuchser und Verfechter des rechten Winkels. Wegen einer seiner zahlreichen Heimsuchungen ist jetzt der Pflasterer Gerhard B. vor Gericht gestanden.

„Glaam Sie's, Herr Richter“, schilderte der Gerhard seinen Berufsalltag im fraglichen Zeitraum, „miich hodds jeedn Dooch vuur meiner Ärwerd grausd. Obber erschd, seid der Moo dou jeedn Fräih vorbei kummer is. Vom Bflasdern null Ahnung, obber jeedn Dooch in mei Ärwerd neigaggern! Des konn doch nedd erlaubd sei!“ Früh um sieben beginnt das Tag-und Hammerwerk vom Gerhard. Und wie er den Auftrag hatte, jene verhältnismäßig große Fläche in der Südstadt mit Pflastersteinen zu verschönern, war der Baustellenbeobachter Dieter S. täglich schon ab Dreiviertelsieben auf der Lauer gelegen. „Am erschdn Dooch“, wusste der Gerhard noch sehr genau, „hodder si nunni rechd draud. Dou isser ungefähr zwanzg Meder weid wech gschdandn und hodd blouß zougschaud. Bis Middooch! Dou gräigsders mid der Zeid aa aff die Nervn.“

Am zweiten Tag reduzierte sich die Distanz auf zehn Meter, am dritten Tag begrüßte der Gerhard den Pflasterer bereits nach einem strengen Blick auf die Uhr mit den Worten: „Gumorng. Wou kummer mern her? Is fei scho drei Minuddn nach Siemer.“ „Und am Dunnerschdooch“, sagte der Gerhard, „dou hobbi die erschdn drei Schdaaner gsedzd, und nou kummd der Maulaff her, zäichd aus sein Mandl a Wasserwooch, leechds aff meine Bflasderschdaaner draff und sachd ‚Däi kummer obber widder raus, gell!‘ Walls nichd in der Waach sin, hodder nu gsachd. Ja, des mäin'S Ihner amol vuurschdelln, Herr Richter! Dou kummd asuu a Kaschber daheer und sachd, du sollsd deine Bflasderschdaaner widder raus dou. Wall er vielleichd dahamm scho amol seine Niernschdaaner verleechd hodd – dou maand der Gniedlaskubf, er konn mir soong, wäi es Bflasdern gäid!“

Nach dem Rausreiß-Befehl damals hatte der Pflasterer Gerhard B. dem Pflaster-Klugscheißer Dieter S. dringend geraten, das Weite zu suchen. Und es in den nächsten Sekunden auch tunlichst zu finden. „Des is ein öffendlicher Bladz“, hatte ihm der Dieter in aller Ruhe geantwortet, „dou bleib ich schdäih wäi ein Kichnbiffee Vollholz. Dass Sie's wissn.“ Wortlos, aber innerlich schwer aufgewühlt, verlegte der Gerhard zwei oder drei weitere Reihen Pflastersteine. „Und wissn'S, wos er nou gmachd hodd, „wurde der Gerhard deutlich lauter vor Gericht, „nou leechd der sich am Buudn hii, und schaud, ob meine Bflasder in der richdichn Fluchd verleechd sin. An Meederschdab hodder aa derbei g'habd. Ner ja, und dou is mer nou der anne Schdaa ausgrudschd.“ „Wos hassd dou ‚Schdaa ausgrudschd‘?“, mischte sich da Dieter S., Hobby-Pflasterer, Zeuge und Opfer, lautstark ein, „Der hodd mir den Bflasderschdaa vull am Kubf brelld. Iich hob grood ausgmessn, dass däi anne Reihe um zwaa odder drei Millimeeder versedzd wern mäißerd, woor middn Kinn am Buudn, und dann haud der mir den Schdaa naaf, dass mi middn Kubf vull in Sand neigschdambfd hodd!“ „Ja, des schdimmd“, sagte der Gerhard, „dasser middn Kubf im Sand woor. Wallin nou nu gfrouchd hob, obber mer amol sei Wasserwaach leiher kennd. Dass sei Kubf aa richdich in der Waach lichd.“

Wegen Körperverletzung wurde der Gerhard zu einer Geldstrafe von 700 Euro verurteilt. „Däi zoohl i gern“, sagte der Angeklagte, „wall seid mir der Schdaa aff den sein Kubf gfalln is, seidem hobbin aff meiner Bauschdell nemmer gseeng.“

# Darmalarm

Wie viele andere Wörter der hiesigen Sprache ist auch das Wort Crossborder-Leasing ein Elite-Ausdruck, den nur ein ganz kleiner Teil der Menschheit versteht. Es dreht sich dabei um ein grenzüberschreitendes Leasing- oder Luftgeschäft, mit dessen Hilfe zum Beispiel das Rathaus, die U-Bahn oder die Straßenbahn an die Amerikaner scheinverscherbelt werden. Unbemerkt von der Öffentlichkeit gibt es jetzt offenbar darüber hinaus auch ein Cross-Aborter-Leasing, denn die öffentlichen Aborte werden immer seltener im Weichbild der Stadt. Verleast, scheint's, an die Amis.

Bei der letzten flächen- und hosendeckenden Magen-Darm-Virus-Epidemie ist Herr Werner B. Opfer des Crossaborter-Leasing-Geschäftes, des städtischen Aborthäuschen-Defizits geworden. Jetzt ist er wegen Erschleichung einer Notdurft vor Gericht gestanden. „Schuld woor mei Doggder", äußerte sich der Werner auf der Anklagebank, „Wall der hodd mi weecher meiner Scheißerei nach drei Dooch scho widder xund gschriem. Obwohl dass immer nu wos kummer is. Iich hob zu ihn nu gsachd, obber mer wenigsdn an rezebdbflichdichn Schdöbsl fiir mein Oorsch verschreim kennd. Nou hodder mi nausgschmissn. Ner ja, nou binni hald am andern Dooch widder in die Ärwerd."

Wahrscheinlich hätte der Werner nicht drei Wurstbrote zum Frühstück mampfen sollen und zwei Häfala Kaffee und einen Apfelsaft nachschütten. Oder aber es war das Rumpeln und Rattern in der Straßenbahn schuld an der erneuten Magen- und Darm-Rebellion. Zwei Haltestellen lang hatte er die drohenden Eruptionen tapfer unterdrückt. „Obber nou", sagte der Werner, „woor nix mehr zu machn. Darm-Alarmschufe I. Iich bin aus der Schdrasserbooh grood nu nausg'hubfd – weid und breid nerdirli ka Abordhaisla dou!"

Zum Zeitpunkt der Presswehen vom Werner richtete in der Südstadt Frau Friedel S. gerade ihr Frühstück, freute

sich über die schöne Morgenruhe und lobte den Herrn des Hauses dafür, dass er auch schon zur Arbeit geeilt war und sie, die Friedel, ihren Frieden hatte. „In den Momend", erinnerte sich die Friedel, „laids an der Diir Schdurm und jemand brülld ‚Aufmachn! Serfordd aufmachn, Bollizei! Aufmachen odder ich schieße!' Hobbi nerdirli glei aafgmachd, bevuur, dass däi durch die Hausdiir durchschäißn." Die Angst vor den Schüssen war sicher berechtigt, die Haustür hätten die Schüsse vom Werner aber wahrscheinlich doch nicht durchbohren können.
Als die Friedel den Türöffner gedrückt hatte, rannte ein wildfremder Mann in die Wohnung und schrie in äußerster Not „Der Abordd!? Wou gäidsn dou zon Abordd!" Worauf sich die Friedel dem Mann entgegenwarf, ihn an die Gaderobenwand drückte und seinen Polizeiausweis sehen wollte.
„Mich hädds scho ball zerrissn", verteidigte sich der Werner jetzt am Amtsgericht, „und nou will däi Frau mein Bollizeiausweis seeng! Des mäinser si amol vuurschdelln, Herr Richder. Nou hobbis hald aweng wechgschuum."
„Ner fraali", entrüstete sich die Friedel, „Aweng wechgschuum! Am Hals hodder mi gwürchd, der Verbrecher."
„Mich hodds in der Huusn gwürchd", geruhte der Werner zu bemerken. Er soll die Friedel dann zu Boden geschleudert haben und blitzschnell auf der Toilette verschwunden sein. „Nou hodds ba mir am Abord", sagte die Friedel, „aff aamol einen Schlooch dou, dassi gmaand hob, der Moo verübd einen Schbrengschdoff-Anschlaach aff mei Wohnung. Ungefähr nachera Värddlschdund isser widder rauskummer, lachd aweng bläid und sachd, dass nern edzer widder besser gäid." „Obber es schlimmsde kummd ja nu", fuhr sie fort, „wall däi Wilzau – andersch konni dou nedd soong – also der hodd in Abordd nemmer ganz derwischd. In mein Badezimmer hodds ausgschaud, wäi in Diergarddn in Elefandnhaus. Hinder die Elefandn, wenn'S wissn, woss i maan! Obber godzeidank hobbi die Bollizei scho oogruufn g'habd. Iich hobs zu ihner gsachd, dass däi Sauerei gleich amol foddografiern solln. Nou hodd der anne Bolli zu mir gsachd, fiir suu Scheiß Bilder is nern sei Film zu schad."

Wegen Hausfriedensbruch, Amtsanmaßung, Körperverletzung und Darmübertretung muss Herr Werner B. eine Geldstrafe von 2400 Euro zahlen. „Also guud", sagte der Werner, „es nexde mool scheiß i hald in die Schdrasserboo. Wenn die suwiesuu die Ami g'herrd."

# Am Zebrastreifen

Wes Brot ich sing, des Lied ich ess, oder so ähnlich. Standpunkte hat der Mensch viele, wenn der Tag lang ist. So sind die schlimmsten Rauchverzehrer oft ehemalige Kettenblescher, abstinent gewordene Ex-Schluckspechte die militantesten Alkoholgegner. Ähnlich verhält es sich mit vorübergehend still gelegten Autofahrern. Sie pochen als Fußgänger auf ihr Zebrastreifengrundrecht, dass es für den betreffenden Autofahrer von großem Nachteil ist, wenn er gerade ein Kabrio lenken würde. Er würde, ohne Blechdach überm Kopf, senkrecht in die Luft gehen und nie mehr zurückkommen. Der Gelegenheitsfußgänger Erwin L., der sonst auch gern und schnell mit dem Auto fährt, ist jetzt wegen schwerer Rechthaberei und Nervenstrapazierung vor Gericht gestanden.
An einem schönen Frühlingstag ist Herr Oliver K. mit seinem Auto an der Südstadt-Kreuzung in der Pillenreuther Straße rechts abgebogen. Er hatte dabei zunächst den Zebrastreifen-Lustwandler Erwin L. übersehen und hätte ihm um ein oder zwei Haare die Füße zu Plattfüßen gefahren. „Edzer warrdsd, du Rambo!" schrie der Erwin, machte einen vorsichtigen Schritt über den Fußgängerübergang, noch einen weiteren Schritt, blieb vor der Kühlerhaube vom Oliver stehen und wetterte weiter: „Du hosd kanne Domaadn aff die Aung – des māin scho Drimmer Meloner sei. Des sichd mer doch, daß des dou ein Zebraschdreifn is!"
Der Oliver hatte zwar sein Fenster heruntergekurbelt und jedes Wort gehört, war aber trotzdem verhältnismäßig ruhig geblieben. Erst wie der Erwin dann im Zeitlupentempo ganz kleine Schritte vollführt und sich zentimeterweise fortbewegt hatte, kam ihm die Bemerkung aus: „Wos issn, werds haid nu!? Odder soll i di iiber die Schdrass droong, Vadder?" Diese zwei Fragen hätte der Oliver nicht stellen sollen. Aus seinem künstlich herbeigeführten Halb-Koma erwacht, rannte der Erwin an die Wagentür und beschimpfte den etwas ungeduldig gewordenen Oli-

ver der Reihe nach als Oberarschloch, Formel-I-Wildsau, Fußgängermörder und Abschaum der Menschheit.
Inzwischen war die Fußgängerampel längst auf Rot, es staute sich ein bisschen der Verkehr, Fußgänger ergriffen für den Erwin Partei, Autofahrer für den Oliver, hin und wieder hupte jemand lang anhaltend, und es näherte sich die Straßenbahn. Der Erwin hatte im Getümmel die Wagentür seines Todfeindes aufgerissen, während die Fußgängerampel wieder auf Grün schaltete. Dann endlich konnte Herr Oliver K. weiterfahren. Das heißt: Er hätte weiterfahren können – wenn er einen Zündschlüssel gehabt hätte. Mit dem winkte der Erwin auf der anderen Straßenseite, brüllte noch einmal ein herzliches „Oorschluuch!“ und rannte davon.
„Nou“, sagte der Oliver vor dem Amtsgericht, nou hobbi nedd gwissd, woss i zeerschd machn soll – mei Audo affd Seidn schiem odder den Moo mid mein Audoschlissl nouchrenner.“ „Als erschdes“, fuhr er fort, „hommer obber nou mid a boor andere Audofahrer es Audo wechgschum. Weechern Lenkradschloss hodd mers obber nemmer lenkn kenner. Hommers ausverseeng an däi Amblschdanger hiigschuum, daß a Drimmer Delln drinner woor in meiner Kühlerhaum. Und nou binni den Moo nouchgrennd.“
Das Nachrennen hätte sich der Oliver auch sparen können. Denn kurz bevor er ihn am Kragen packen konnte, ließ der Erwin die Autoschlüssel in einen Gully am Randstein gleiten. „Mid der ann Händ den Moo fesdhaldn“, erläuterte der Oliver dem hohen Gericht sein Zwickmühle, „und mid der andern Händ den Gullydeckel houchheem, is nedd ganger. Und nou hobbi den Moo vuur zu mein Audo gschleifd. Dou hommi dann ungefähr hunderdfuchzg Laid und zwaa Bolli oogschriea, dass i den armer Moo in Rouh loun soll und endlich mei Audo wechfoohrn. Und dann hobb i an Nervnzusammenbruch gräichd.“ Die Autoschlüssel konnten schließlich geborgen werden, der Erwin wurde wegen Nötigung, Beleidigung und anderer Delikte zu 1400 Euro verurteilt. Und die letzte Bemerkung vom Erwin hörte der Richter glücklicherweise nicht mehr. „Unsere Richder“, murmelte er, „däi hom scheinds manchmal aa Zebraschdreifn im Kubf.“

# Schnapspanscher

Geburtstage sind unter anderem auch Feste der Wiedersehensfreude. Und zwar sieht man an ihnen unter großer Freude oft seine alten Geschenke wieder. Die Geburtstagsgeschenk-Wissenschaft weiß von Schnäpsen, die im Lauf von zehn Jahren zehn mal als immer wieder neues Geschenk den Besitzer gewechselt haben, bis sie eines Geburtstages wieder im Keller des ursprünglichen Inhabers landen.

Dieser Wanderschnaps-Rekord ist jetzt vermutlich gebrochen worden. Ganz genau hat es aber nicht mehr geklärt werden können, ob der Wander-Willi von Herrn Reiner K. zehn oder zwölf Jahre als Dauergeschenk unterwegs war. Tatsache ist, dass der Reiner zu seinem 40. Jubelfest neben vielen Flaschen Schlehengeist, Zwetschger, Kirsch, Mirabellen, Haselnuss und Vogelbeer auch einen fränkischen Williamsbirn erhalten hat. „An Willi mooch a jeder", hat das Geburtstagskind nach dem Festessen gesagt, „nou mach mer glei denn aaf." Nach einem ersten Probeschluck hat er seinen Freund Jochen B., der den Birnengeist mitgebracht hatte, gerügt: „Des is a Diääd-Willi, hä!? Umhauer doud mi der nedd." Fünf weitere Geburtstagsgäste haben das Präsent vorsichtig getestet und dann einstimmig befunden: Der Willi ist ein abgestandenes Leitungswasser.

Jetzt ist Herr Jochen B., von dem das nullprozentige Leitungswasser stammte, vor Gericht gestanden. „Allmächd, is mir des beinlich gween, Herr Richder", jammerte der Jochen am Amtsgericht, „Zeerschd hobbi gsachd, dass iich an andern Willi miidbrachd hob. Obber dou is ja mei Gebozzdoogs-Kärddla nu droo g'hängd. Wos maaner'S, wäi däi miich an den Dooch veroorschd hom. Ob iich vielleichd Jesus hass, homs mi gfrouchd, wall i aus Willi Wasser machn konn. Und anner is middern Aamer Wasser kummer und hodd gsachd, er soll in mein Noomer a Rundn ausgeem. Obber nou bin iich der ganzn Sache

nouchganger, Herr Richder. Wall iich hob ka Wasser in däi Schnabsflaschn neidou."
Der Jochen hatte also rekonstruiert, dass der original fränkische Williamsbirn ein Geschenk an ihn vom Erich war, vor einem Jahr. Der Erich wiederum hatte den Birnengeist, ein Jahr zuvor, vom Erwin erhalten. Zum Erwin war er als Mitbringsel vom Walter an einem Weihnachtsfrühschoppen gelangt. Gemäß dem Walter seiner Erinnerung hat er anlässlich einer Grillparty einmal eine Flasche fränkischen William vom Dieter zum Geschenk erhalten, der eigentlich aus seinen Beständen fränkischer Wanderschnäpse gestammt hat. So ist also vom Jochen, dem man schwere Schnapspanscherei vorgeworfen hat, die Spur dieses inzwischen aus Leitungswasser bestehenden Birnenschnapses bis fast ins Entstehungsjahr 1991 zurückverfolgt worden.
„Sooch amol", hat der Jochen da die Frau vom Geburtstagskind Reiner K. gefragt, „is des nedd des Joohr gween, wou dei Moo schdrengsdes Algerholverbood g'habd hodd? Weecher seine Leberwerte?" Ja, sagte die Gisela, daran könne sie sich ganz genau erinnern. Alle Schnäpse in der Hausbar seien damals von ihr auf das Genaueste kontrolliert worden. „Und iich", hat da der Jochen gebrüllt, „konn mi aa nu ganz genau erinnern – wäi dei Moo am Schdammdiisch amol gsachd hodd, dasser sei Alde ganz schäi grolld hodd. Wäis drei Dooch middn Keglverein forddgfoohrn is damals, hodder a ganze Flaschen Willi ausgsuffn und dernouch mid Wasser widder aafgfülld. Und in Schdöbsl hodder suu neidriggd, dass mer ibberhabbs nix gmergd hodd."
Daraufhin hat bei dieser Geburtstagsfeier große Erregung geherrscht, weil es plötzlich jedem wie Schuppen von den Haaren gefallen ist, dass er an den verschiedenen Festen von seinen Freunden jeweils eine Flasche original fränkisches Leitungswasser erhalten hat. „Nou hodd mich", sagte der Jochen jetzt vor Gericht aus, „der Reiner am Groong baggd und mich oogschriea, dass ich eine Denunziandn-Sau bin. Und nou hobbin däi Wanderflaschn iibern Kubf g'haud. Des woor alles."

Wegen schwerer Körperverletzung wurde Herr Jochen B. zu vier Monaten auf Bewährung und einer Geldbuße von 1500 Euro verurteilt. „Suu schwer“, kritisierte der Jochen das Urteil, „konn däi Körberverledzung nedd gween sei. Iich hob ja vo den dummgsuffner Schnabs-Bedrüücher nerblouß in Kubf droffn. Wenns die Gurgl gween wär …“

**Der Spezi unterwegs –**
**In der Welt der Staatsdiener:**

# Zumwinkels Schraubzug

In dieser Woche war auf fast allen Polizeirevieren Alarmstufe eins. Hunderte von besorgten Bürgern haben angezeigt, dass in ihrer Straße nachts ein Briefkasten abmontiert und gestohlen worden ist. Schon ist im Präsidium eine Soko Einwurfschlitz gebildet worden, die nach einer vermutlich aus dem osteuropäischen Raum eingesickerten Briefkastenknackerbande verschärft fahnden hätte sollen. Bis gottseidank Entwarnung gegeben worden ist. Der Zumwinkel hat wieder zugeschlagen, der Rationalisator, der Erfinder des nichtklebenden Personals bei der Post.
Diesesmal hat er für eine große Erleichterung unter den Postkunden gesorgt und zahlreiche Briefkästen in Stadt und Land abmontieren lassen. Wer jetzt bei sich daheim in der Wodanstraße, in der Äußeren Bayreuther Straße oder aber auch in der Ostendstraße einen Brief einwerfen will, kann ihn sich klemmen. Und zwar zwischen die Arschbacken. Von da aus wird ein Brief zwar in den seltensten Fällen zugestellt, aber man spart sich in Zukunft das mühselige Verfassen von Briefen, das gefährliche Ablecken von Briefmarken, das Porto und den schweißtreibenden Gang zum nicht mehr anwesenden Briefkasten.
Ob die Post sich jetzt durch großangelegte Altmetallverkäufe sanieren will, ob der Oberpostrat Zumwinkel sich statt der bisher üblichen Briefmarken- eine Briefkastensammlung anlegen will, oder was sonst der Sinn der nächtlichen Schraubzüge sein soll, weiß man nicht. Man weiß nur: Wo früher ein Briefkasten war, blicken uns vier tiefe Bohrlöcher an und ein Zettel, wo draufsteht: „Lieber Kunde, dieser Briefkasten wird nicht mehr geleert, weil er abmontiert ist. Selbstverständlich haben Sie eine Einlieferungsmöglichkeit in erreichbarer Nähe. Den nächsten

Briefkasten finden Sie: In der Verarscher Straße 75. Aber beeilen Sie sich mit dem Hineinwerfen Ihres geschätzten Briefes, denn der Ausweichbriefkasten wird nächste Woche abgeschraubt."

Jetzt hasten die letzten Briefschreiber dieser Stadt durch Straßen, Gassen, Avenuen, jagen über Plätze auf der Suche nach einem Briefkasten. Und das Gewinsel unter diesem kleinen Kreis von Alphabeten ist groß: Ja wo simmer denn! Die Post hodd gwiss an Badscher! Ein Service soll des sei!

Aber gemach, mit dem Verunglimpfen der Deutschen Post! In den meisten Fällen ist es eine Wohltat, dass die Briefkästen jetzt ins Deutsche Post-Rostlager überführt worden sind. Wie oft haben sich kleinwüchsige Betrunkene an den in der Regel viel zu nieder angebrachten Briefkästen beim Heimtaumeln den Kopf blutig geschlagen? Wie oft hat man beim Einwerfen seines Briefes die Hand aus dem rückzuggesicherten Briefkastenschlitz nicht mehr herausgebracht! Wie oft sind Kleinkinder in Briefkästen gefallen und für immer verschwunden, weil sie nicht ordnungsgemäß frankiert waren! Damit hat es jetzt gottseidank ein Ende. In keinen Briefkasten kann man nicht mehr hineinfallen. Ganz zu schweigen von diesem schreienden Gelb eines ehemaligen Briefkastens. Man hat nur einmal hinschauen müssen, schon hat man den Gelben Star gehabt und ist ein Opfer unserer Gesundheitsministerin gewesen.

Und dann: Wo steht denn geschrieben, dass die Post ein Service-Unternehmen ist? Ein Service-Unternehmen ist vielleicht Wieseler & Mahler, der Ostermayer oder der Küchen-Lösch. Außerdem sollte jeder einigermaßen zivilisierte Mensch sein Service selber daheim haben, bestehend aus vier Eßtellern, vier Suppentellern, vier Salattellern und einer Soßenterrine. Wer meint, die Post ist ein Service-Unternehmen und man kann bei ihr sein Gulasch aus dem Briefkasten löffeln, der soll sich in der nächsten Nervenklinik melden, die auch bald abgeschraubt wird, oder beim Deutschen Propaganda-Ministerium beschweren. Es handelt sich dabei um jenes jederzeit ebenfalls

abschraubbare Ministerium, das nachts bei seinen Saufgelagen auch gern propagiert, wie besorgt die Bahn, die Telekom und der Bundestag um die Bürger sind. Wenn sie es propagiert haben, müssen sie immer gscheit lachen.
Um noch einmal auf das Einwerfen von Briefen zurückzukommen – es wird bald überflüssig sein. Erstens durch die Ergebnisse der Pisa-Studie. Zweitens: Wer dann immer noch schreiben kann, hat die Möglichkeiten des Briefweitwurfs, der Brieftaube oder der Luftpost, indem er seinen Brief zu einer Papierschwalbe faltet und ihn zum Empfänger fliegen lässt.
Noch besser ist die Flusspost. Da schmeißt man den Brief in den Gully, von dort schwimmt er über die Kläranlage in die Pegnitz, Rednitz, Main, Nordsee bis nach Amerika. Falls man in diesen Zeiten überhaupt was nach Amerika schreiben will.

**Der Spezi unterwegs –**
**In der Welt der Vordenker:**

# Arschgsicht, Weichei, Bubblfresser

Eine der geschmeidigsten, wortreichsten, schönsten Veranstaltungen ist bekanntlich der politische Aschermittwoch. An ihm lassen sich unsere Vordenker und geistigen Ziehväter zwei, drei Maß Bier hineinträufeln, den bayerischen Destilliermarsch aufspielen, die Gebetsmühlen aufziehen, um sich sodann einmal im Jahr die große Lippe zu geben. Sie stellen sich vor uns hin und brüllen „Wollt Ihr das totale Schimpfwörterlexikon!?“ Wir wollen es. Und wir kriegen es. Denn schon prasselt es auf uns aus berufenem Schwollmund hernieder: Dummdenker, Krampfhenne, Chaos-Depp, Bauernfänger, Roßtäuscher, Reform-Rimbfiech, transatlantische Hauptstadt-Schwuchtel, Benzin-Betrüger, Renten-Rambo, und was es sonst noch an politischen Argumentationen, an feinstziselierten Formulierungen im Magen- Darmbereich gibt.
Was nach den langjährigen Anstrengungen unserer Herren und Damen Vorbilder aber leider noch immer sehr im Argen liegt, das ist die große Begriffsstutzigkeit von uns, der staunenden Bevölkerung. Außer dass wir jenen bewunderungswürdigen Wortkaskaden jedes Jahr am Arschermittwoch ehrfürchtig lauschen und danach mit fünf Promille unterm Tisch rumkugeln, hat es nämlich bisher für uns keine Konsequenzen. Das muss anders werden! Wir müssen endlich einmal den Ball, den uns unsere Politiker zuwerfen, auffangen und uns ihren immensen Wortschatz aneignen.
Es nützt doch nix, wenn wir am Mittwoch was vom Aasgeier hören, vom Polit-Desperado, Steuerbetrüger oder von der gesundheitspolitischen Spinatwachtel, und es einen Tag später schon wieder vergessen haben. Wir sollen unseren wohlerzogenen Vorbildern nacheifern, wo es nur geht.

Also schreiten wir früh aus dem Häuschen erblicken unseren Nachbar, und schon muss es aus uns schalmeien: „Ja da schau her, du Klößkopf, du versiffter, du Randsteinbrunser, lassen'S Ihnen auch schon wieder in die Öffentlichkeit? Wie lang waren Sie jetzt im Knast, Sie Drecksack mit Ihrem Dreizentner-Arsch? Is Ihr starker Mundgeruch schon wieder abgeebbt, Sie gebenedeite Wildsau, Sie Aff, Sie Zerrbild von einem Menschen, Sie lustwandelnde Karikatur!" So oder so ähnlich müssen wir gemäß unseren Vordenkern miteinander umgehen, sonst ist doch ein politischer Aschermittwoch voll für die Katz. Da muss es rauschen im Karton, da müssen anwaltliche Schreiben nur so durch die Lüfte fliegen, da muß es Beleidigungsklagen hageln und Rufmorde regnen, dass es nur so kracht. Für was geben sich denn unsere Politiker mit ihren Latrinenparolen und Scheißhaus-Reden so eine große Mühe? Doch nicht deswegen, dass wir uns gegenseitig achten, schätzen, lieben und fröhlich Guten Morgen sagen!
Ein Mitmensch, ein Kollege, ein Mitbewerber – das ist ein Scheißbrühfahrer, Dolleroggl, Nasenbär, eine Schreckschraube, ein Arschgsicht, Weichei, Bubblfresser, ein Huusnbrunser, Ziebflziecher, Haumzwigger, Leingwoongbremser. So klingt's bei uns, so klingt's auch bei unseren Politikern. Es muss, ähnlich wie an einem Aschermittwoch, voll aus uns herauskotzen: Was macht die Trinkerleber, der Herr? Wie geht's Ihrem Gaggerlaskubf, befindet sich in ihm noch ein Gramm Hirn oder hat es Ihnen Ihr angetrautes Suppenhuhn schon herausgepickt? Da müssen ein fröhliches Rachsau, Luschenkönig, Schnallntreiber, Käsezehe, Zwiebel-Zumbfl, Fuchzgerlas-Nuttn, Schneegans, wandelnder Pressack, Stadtworschdschnerbfl, Hängebauchschwein nur so herumschwirren, dass unser Gegenüber schon nicht mehr weiß, ist er jetzt noch im Schlachthof oder bereits bei der Podiumsdiskussion in der Nibelungenhalle.
Ein herzliches Beutelschneider, Rhinozeros, Affenarsch, Saufkopf, rachitische Rotznase, Triefauge oder gurkenbeiniger Gischbl, gurkenbeiniger runden die Begrüßung ab. Also gehen wir in uns und überprüfen unsere Innerei-

en von der Galle bis zum Schließmuskel, ob sie sich für gehobene Unterhaltungen, wie sie sich unsere Politiker von uns wünschen, eignen! Odeln statt jodeln, dann haben wir bald wieder blühende Lackaffen, beziehungsweise Landschaften.

# Turmspringen im Hinterhof

Private Schwimmbäder im eigenen Hinterhof sind im Sommer immer eine große Freude – aber meistens nur für den Besitzer. Für die Nachbarn hingegen ist ein Swimming-Pool oft ein Dorn im Auge, beziehungsweise im Ohr. Denn eine sogenannte Arschbombe aus drei Meter Höhe mitten ins Becken, um Mitternacht, überschreitet das Bundesleisheitsgebot deutlich. So hat auch das knapp einen Meter fünfzig tiefe Planschbecken des Herrn Felix Z. bei seinem Nachbar Erich L. wenig Frohlocken erregt. „Däi sin“, blätterte der Erich jetzt vor Gericht in seinen Aufzeichnungen, „amol nachds ummer Elfer, amol ummer Aans, aamol woors sugoor Halberzwaa vobbei, sin däi vom Balkon im erschdn Schduug in ihrn Buhl nei g'hubfd. Und mir sin jeedsmool im Bedd houch g'hubfd.“ Oft hatte der Erich es von seinem Balkon aus ganz genau beobachtet. „Der Nachber und sei Frau und manchmal aa nu andere Laid sin dou gschbrunger“, entrüstete er sich, „Und masdns naggerd. In den Alder! Iich hob goor nemmer hiischauer kenner. Des woorn kanne Oorschbombn, des woorn Hänge-Oorschbombn!“
Er solle sich mit seinen anatomischen Werturteilen etwas zurückhalten, empfahl der Vorsitzende, sonst müsse er ihn mit einer Ordnungsstrafe belegen. Und der Zeuge und Planschbecken-Besitzer Felix Z. erläuterte dann auch gleich den so herb kritisierten Sprungstil. „Fraali hommer Oorschbombn gmachd“, wehrte er sich, „wall wenn i ba einen Meder fuchzich Wasserdiefe an Hechderer mach, nou hobbi an Kubf suu flach wäi a Bfannerkoung!“ „Den hosd suu aa“, murmelte der Nachbar dazwischen. Der Pfannkuchenkopf kostete 50 Euro Ordnungsstrafe. „Der hodds grood nöödich“, wehrte sich daraufhin der Felix, „der Verbrecher mid sein dummgsuffner Oorschkubf!“ Auch in dem Fall waren für den dummgesoffenen Arschkopf 50 Euro fällig.

Dann kam das hohe Gericht zum Kern jener fast verhängnisvollen Nacht. Damals hatte der Inhaber der Hinterhof-Adria wieder Badegäste eingeladen, wieder war Hochstimmung am Balkon mit anschließendem Kunstspringen. „Iich sooch nu zu an Freind vo mir“, erinnerte sich der Felix, „dasser aff jeedn Fall a ganz flache Oorschbombn machn soll, sunsd hauder si am Grund oo. Und nou sooch i zu ihn ‚Schau her, asuu‘, hubf, zäich die Baaner oo – und nou machds ‚Dong’ in unsern Schwimming-Buhl, und nou woor i bewussdlos.“ „Iich hädd hii sei kenner“, schluchzte der Balkonspringer auf. Und wie er sich wieder einigermaßen beruhigt hatte, fuhr er fort: „Des konn blouß der Verbrecher vo neemdroo gween sei. Hodd der vo unsern Schwimming-Buhl es Wasser raus glassn, der Mörder! Wäi iich g’hubfd bin, woorn grood nu zwanzg Zendimeder drinner. Obber des hosd ja nachds nedd gseeng vom erschdn Schduug aus.“ Worauf der Erich erwiderte: „Der is doch fiir miich nedd ganz dichd!“ „Wer“, wollte der Richter ordnungsstrafenbegierig wissen, „is nedd ganz dicht?“ „No, den sei Gummibadwanner im Huuf“, antwortete der Erich, „und nou is hald an den Oomd es Wasser rausgloffn. Woohrscheins homsis in ihrn Breller nedd gseeng, daß im Huuf grood Ebbe is.“ Er, der Erich hätte jedenfalls in das Vorstadt-Meer weder ein Loch geschnitten noch den Stöpsel aus ihm rausgezogen. Und Beweise für so einen Anschlag gebe es auch nicht.
Der Richter hatte auch seine leichten Zweifel und wollte vom Kunstspringer Felix noch wissen, warum er den Sturz in seinen Flachweiher nahezu unverletzt überstanden hat. „Walli affer Lufdmadradzn draff g’hubfd bin, Herr Richter“, antwortete er. „Und wenn goor ka Wasser mehr drinner gween wär“, äußerte sich der Erich noch einmal, „nou wäär nern aa nix bassierd. Wall den sei Drimmer Oorsch wirkt wäi a Drambolin. Dou hädds nern hexdns widder am Balkon zrigg gschnalzd.“ Der Trampolin-Arsch kostete erneut 50 Euro, ansonsten wurde der Erich freigesprochen.

# Der Zwitscherer

Eine Freundschaft ist ein zerbrechliches Wesen. Ein falsches Wort zur falschen Zeit, ein falscher Blick, ein falscher Zehner beim Schafkopfen – schon kann eine Freundschaft in die Brüche gehen. Bei der einmal sehr innigen Zweisamkeit der Herren Ronald B. und Dieter J. hat das Zerwürfnis infolge eines falschen Rades seinen Lauf genommen. Jeden Mittwoch pflegten die zwei voll durchtrainierten Fahrradathleten zusammen mit zwei weiteren Burgbergkameraden die Mitte der Woche als Bergfest zu feiern. Bis zum Mittwoch geht es in der Woche hinauf, danach hinunter zum Wochenende. Der Dieter ist zu diesem Bergfest meist mit dem Fahrrad gefahren, und hat es heimwärts geschoben. Der Ronald ist ebenfalls mit der Kraft seiner zwei Waden in die City gebrettert. „Mid mein Mondin Bigge", hat er dem Richter erklärt. „Und hamm", fuhr er fort, „aa widder mid mein Mondin Bigge." „Womit fahren Sie da?", erkundigte sich der rat- und offenbar auch radlose Richter. „Ner, iich hobs doch scho gsachd grood", wunderte sich der Ronald, „mid mein Mondin Bigge. Aanerzwanzg Gäng, im Händgrib indegrierde Bremsn, gnallroud, Dellerskoobfederung, alles droo an mein Mondin Bigge, des glabbsd!"
Die Protokollführerin erklärte dem Herrn Amtsgerichtsrat schließlich, dass es sich bei dem Mondin Bigge um die örtliche Phonetik und folglich um ein Mountain Bike handelt. „Und mid mein Mondin Bigge", sagte der Ronald, „dou drink iich immer drei Radlerhalbe, und nou braus i widder hamm. Obber an den Dooch hodd der Zwidscherer Gebozzdooch g'habd." Wer jetzt der Zwitscherer ist, wollte der Richter wissen. „Ner der Zwidscherer hald. Der Depp mid sein blauer Mondin Bigge, wou iich verwechselt hob." Also handelte es sich um den Dieter. „Zwidscherer hassd der", erläuterte der Ronald, „wall er seit fuchzeha Joohr scho a Zooluggn hodd. Und dou zwidscherder bam Blaudern manchmal wäi a Amsl. Also der Zwidscherer hodd Gebozzdooch g'habd und hodd an ausgeem."

Lediglich sieben kleine Bier habe er, der Ronald gehabt, drei Schnäpse und zwei Achtel Wein. Ob es auch sieben große Bier, drei doppelte Schnäpse und zwei Viertel Wein gewesen sein könnten, erkundigte sich das hohe Gericht. „Konn aa sei“, räumte der Ronald ein. Er sei dann aus dem Wirtshaus getrudelt, habe sich auf sein Mondin Bigge geschwungen und sei Sekunden später über den Sattel geflogen. „Obber nedd, walli bsuffn woor“, sagte der Ronald, „sondern wall mei Mondin Bigge abgschberrd woor. Und nou hobbi in Schlüssl nedd gfundn. Und nou hobbis hammdroong, mei Mondin Bigge. Aff der Schulder. Bis nach Gebersdorf.“ Vorm Haus vom Ronald in Gebersdorf steht eine Straßenlaterne. Dort stellte der Ronald seinen einundzwanziggängigen, teleskopgefederten, knallroten Liebling aufatmend ab. „Und dou siech iich nou“, sagte er jetzt, „daß mei Mondin Bigge nichd mehr roud gween is, sondern vo oomer bis undn blau. Und vorna hodds schdadds drei nerblouß zwaa Gäng g'habd. Hob iich Depp zwaa Schdund lang mei Mondin Bigge nach Gebersdorf droong – und es woor goornedd meins! Und vuur lauder Woud binni nocherdla aff ihn rumg'hubfd.“ Bei dem Ausdruckstanz auf einem Fahrrad schaute neben einigen Nachbarn auch eine Polizeistreife zu. Der Ronald zerstörte tänzerisch die Schaltung, riss die Bremszüge raus, warf den Sattel ins Gebüsch, zertrampelte die Speichen und verbog die Räder zu ansehnlichen Achtern. Dann wurde er wegen Fahrrad-Vandalismus, Diebstahl und Ruhestörung vorläufig festgenommen.

Nur eine halbe Stunde später hatte in dieser Nacht der Zwitscherer den Diebstahl eines blauen Mountain Bike angezeigt. Es hat sich dabei um das Fahrrad-Wrack in Gebersdorf gehandelt. „Verdroong mer si hald widder“, bat der Rad-Zertrampler Ronald den Zwitscherer um Wiederaufnahme der diplomatischen Beziehungen. „Mid Ihnen rede ich nicht mehr“, schlug der Zwitscherer das Angebot aus. Der Richter ließ hingegen Gnade vor Recht ergehen: Freispruch, für den Fall, dass der Ronald dem Zwitscherer Dieter J. sein knallrotes Mountain Bike als Entschädigung anbietet. „Ist Ihr Fahrrad“, wollte der Richter vom Ronald wegen des sofort akzeptierten Tausches wissen, „damals noch vorm Wirtshaus gestanden?“ „Naa“, murmelte der Ronald, „ba mir dahamm im Keller. Iich hob in mein Gwalm ganz vergessn g’habd, dassi weechern Zwidscherer sein Gebozzdooch middn Bus in die Ziddy gfoohrn bin.“

# Hohe Dichtkunst

Gute Handwerker muss man heutzutage mit Gold aufwiegen. Schlechte Handwerker aber offenbar auch. Jetzt ist Herr Günther W., stolzer Besitzer einer antiken Geschirrspülmaschine, vor Gericht gestanden, weil er an einem mit allen Wassern gewaschenen Installateur eine Selbstjustiz mit Kilometergeld verübt hat.
Unmittelbar nach dem Hilfeanruf vom Günther ist der Installateur Gottfried R. damals schon zur Instandsetzung erschienen. „Des hodd mi scho amol gwunderd“, sagte der Günther jetzt in der Verhandlung, „dass der a Schdund schbeeder und nu derzou annern Samsdooch kummer is. A gscheider Handwerger, der kummd ibberhabbs nedd odder vielleichd amol nach drei Joohr.“
Zum zweiten mal hatte sich der Günther wundern müssen, wie der Installateur Gottfried R. forsch festgestellt hat, dass er es binnen weniger Minuten repariert hat, es ist nur die Dichtung. „Die Dichdung“, erinnerte sich der Günther, „woors obber nedd. Däi hodder ausdauschd und nou is mei Gschirrschbüler immer nunni ganger. Und wäi er dann nach drei Schdund ganger is, nou häddi mein Gschirrschbüler auch als Sitzdusche verwendn kenner, wall es Wasser in hohen Boong rausgschbridzd is. In unserer Kichn hodds ausgschaud wäi innern Agwarium. Und mei Frau hodd scho die Schwimmflüücherla vo unsern Enkerla hulln wolln. Obber sunsd woor alles in Ordnung.“
Dann hat sich der Günther aber noch einmal wundern müssen, nämlich wie ihm der Installateur die Rechnung überreicht hat. „Der hodd sein Safdloodn“, erklärte der Günther dem hohen Gericht, „gleich a Schdrass weider. Also ungefähr hunderfuchzg Meeder wech vo uns.“ „Und wissn'S“, fragte der Günther den Richter ziemlich erregt, „wos der aff mei Rechnung draff gschriem hodd, der Verbrecher!“ Der Herr Rat wusste es nicht. „Fimbfersiebzg Euro Fahrdkosdn!“, brüllte da der Günther, „fiir hunderdfuchzg Meeder Laafn verlangd der fimbfersiebzg Euro

Fahrdkosdn! Hodd der an Hilfsmodor im Oorsch odder wos!? Odder bin ich vielleichd die Grundig-Witwe, dassi fimbfersiebzg Euro in Gully neischmeißn konn. Beziehungsweise in mein Gschirrschbüler!"
Der Günther hat damals die im astronomischen Bereich angesiedelte Rechnung dennoch bezahlt, ist mit dem Herrn Installateur in die Werkstatt gegangen und hat sich nach dem Fahrzeug, das so viel Kilometergeld kostet, erkundigt. „Dou konn wos an dein Dachomeeder nedd schdimmer", hat der Günther vermutet und dann gefragt, ob der Gottfried den VW-Bus kurz einmal anlassen und eine Runde drehen könne. „Iich hob zwoor nedd gwissd, wos der will", sagte der Installateur jetzt als Zeuge und Geschädigter, „obber iich hob in Modor ooglassn. Und dann hodd der miich gfrouchd, ob er si amol an Lenker hockn derf. Hobbin an Lenker hockn loun – und nou gibd der aff amol Gas, fährd aus mein Huuf naus, und fordd woor er. Des woor am Samsdooch."
Am Montag erst ist der VW-Bus vom Gottfried wieder vor der Werkstatt gestanden. Zwei Tage lang ist der Günther von der Polizei als Autodieb gesucht worden – vergeblich. „Wenn mi die Bolli in Wolfsburch gsouchd häddn", sagte der Günther, „häddns mi vielleichd derwischd." Wieso in Wolfsburg, fragte der Richter. „Wall iich mid meine vier Kumbl zu den Glubb-Schbill in Wolfsburch gfoohrn bin. Der Glubb, der Depp, hodd verluurn. Obber iich hob des Kilomeedergeld fiir die Gschirrschbülmaschiner widder herinner g'habd." „Und demnächsd", kündigte er noch an, „schidd i den Halsabschneider nu hunderd Aamer Wasser in sei Kichn. Dasser aa amol wass, wos a Iiberschwemmung is. Nou konn er als Haumdaucher drinner rum schwimmer."
Nur unter der Voraussetzung, dass er von der Überschwemmung absieht, stellte der Richter das Verfahren wegen Selbsteintreibung eines Kilometergeldes ein. Nach der Verhandlung verriet der Installateur dem Günther noch, dass er jetzt die richtige Dichtung gefunden habe und sie demnächst anbringen werde. „Däi Dichdung", sagte darauf der Günther, „däi konnsder in Oorsch neischdeggn, dassd middn Hindern ka Wasser zäigsd. Wall däi Iiberschwemmung kummd, unweigerlich."

# Der Stabstiefflieger

Das Fundament einer allzeit bereiten Vaterlandsverteidigung bilden Gehorsam, Drill, Gleichmarsch und die abgöttische Liebe zu allen Vorgesetzten. Beim zufälligen Zusammentreffen zwischen dem Oberleutnant der Reserve Gerd S. und dem Stabsunteroffizier Roland L. haben sich diese Tugenden des Soldatenwesens wieder einmal als sehr vorteilhaft erwiesen.

Vor dem Amtsgericht ist jetzt rekonstruiert worden, wie Herr Gerd S. mit seinem Neffen im Wirtshaus gesessen ist, wie plötzlich in Zivil der Stabsunteroffizier Roland L. an einem anderen Tisch nach sieben Bieren das glorreiche Panzerlied geschmettert und der Neffe in dem Marschlied-Lallheimer plötzlich seinen ungeliebten Schleifer und Ausbilder erkannt hat. „Iich hob den Herrn Stabsunteroffizier nerblouß aweng zur Ordnung rufn wolln", entschuldigte sich der wegen verschiedener Missbräuche angeklagte Reserve-Hauptmann. Er wohnt nur zwei Häuser weiter von diesem Wirtshaus entfernt. „Iich bin gschwind hamm", sagte der Gerd, „und hob mei Oberleudnand-Uniform oozuung. Und nou binni widder kummer." Laut einem Zeugen am benachbarten Wirtshaustisch soll der frisch maskierte Oberleutnant zu seinem Neffen vorher aber noch gesagt haben: „Edzer bass aaf, wos iich mid dein Ausbilder mach. Der werd edz glei maaner, der dridde Weldgriech is ausbrochn."

Der Herr Stabsunteroffizier hatte inzwischen das achte Bier und schmetterte gerade das Lied „Die blauen Dragoner, sie reiten". Da hat sich der Oberleutnant vor ihm aufgestellt und gebrüllt, wie es der Brauch ist: „Lied aus!!" Und schrie dann weiter: „Iich wer Ihner edzer gleich zeing, wäi die blauen Dragoner reidn! Name, Diensgrad, Einheid!!" Und wie sich der Rekruten-Schreck Roland L. befehlsgemäß ausgewiesen hatte, ist er erst recht in Bedrängnis gekommen. „Mann!", bellte ihn der Oberleutnant an, „Sie sin gwiss vom wildn Affn bissn! Iich glaub,

mein Schwein bfeifd! Iich kennerd ja auch ein chinesischer Schbion sei, odder wos! Dou geem Sie eimbfach Ihr Einheid preis und Ihrn Diensdgraad! Hinleeng, Liecheschdüdz, und es Deutschland-Lied singer!!" „Und nou hobbi mi hiigleechd", sagte der Stabsunteroffizier jetzt vor Gericht, „und hob die Nazional-Hymne gsunger. Liecheschdüdz hobbi nemmer zammbrachd. Und nou hodd der Oberleudnand gsachd, daß mer alle zwaa vuur die Dür naus genger. Binni vuur die Dür nausgrabbld. Und derbei hobbi immer nu es Deudschland-Lied singer mäin."
Draußen vor der Tür war dann Formal-Ausbildung: Hinlegen, Aufspringen, Tiefflieger von vorn, Tiefflieger von hinten, Tretmine von unten, Marschieren im Entengang – das gesamte Repertoir einer abwechslungsreichen Rekrutenausbildung.
„Durch die halbe Schdadd hodder mi gjoochd.", erinnerte sich der Stabsunteroffizier, „Wos maaner Sie, Herr Richter, wäi iich widder nüchdern worn bin! ‚Augen links' hobbi machn mäin und ‚Die Augen rechds', Grüßen im Vorbeimarsch, Grüßen bei ‚Schdillgeschdanden'. Und dann sin aff aamol widder die Diefflíecher kummer." Den schönsten Befehl hatte sich der Oberleutnant als Rache für seinen Neffen für den Schluss aufgehoben. „Lungen-Schdeggschuss", hat der Gerd gebrüllt, „iich bin schwer verwunded! Serfordd ins Lazaredd droong!" Wo das Lazarett ist, wollte der Stabsunteroffizier wissen. „Im Werzhaus", befahl der Oberleutnant, „Sie nehmer mi edzer am Buggl und droong mi ins Lazaredd! In zwaa Minuddn is Oberazion!" „Und nou hobbin", sagte der Roland, „aff die Schuldern ins Werzhaus droong. Des mäin mindesdens zwaa Kilomeeder gween sei. Und Diefflíecher hodder aa nu dreimool kummer loun."
Bei der Rückkehr ins Wirtshaus erklärte man dann dem Stabsunteroffizier in Zivil, dass er ein ziemlicher Hirnheiner ist, weil der Oberleutnant Gerd S. schon seit 15 Jahren keine Kaserne mehr von Innen gesehen hat. Wegen Missbrauch eines Stabsunteroffiziers als Hinwerfmännchen und menschliche Tragbahre wurde der Ex-Oberleutnant Gerd S. zu 7000 Euro verurteilt. Beim Verlassen des Sit-

zungssaales zischte der Gerd zum letzten mal „Diefflie-cher vo vorn!“, und um ein Haar hätte sich der Stabsun-teroffizier wieder auf den Boden geschmissen.

# Der fahrbare Karpfenteich

Open-Air-Konzerte auf Rädern erfreuen sich in den Sommermonaten immer größerer Beliebtheit. Allerdings meist nur bei den Besitzern jener fahrbaren Diskotheken, die nachts im Kabrio durch die Vorstadt brettern und die Anwohner mit Techno-Musik beschallen, dass diese senkrecht im Bett stehend argwöhnen, ihr Schlafzimmer wäre irrtümlich auf den Truppenübungsplatz Grafenwöhr verlegt worden.
So ein Veranstalter von nächtlichen Zwangskonzerten ist auch Herr Florian R., der jetzt als Zeuge aufs Amtsgericht geladen war. Angeklagt war der Nachbar vom Florian, Gustav K., wegen Ruhestiftung. Immer in den Nächten von Freitag auf Samstag und von Samstag auf Sonntag ist der stolze Kabriolet-Besitzer Florian in der Siedlung um den Stock gefahren und hat jedermann an seinen quadrophonen Autoradio-Konzerten für Presslufthammer, Panzerfaust und Kanonenschlag teilhaben lassen. Die einen Nachbarn haben vor Begeisterung Tomaten geschmissen, andere haben sich Ohrenstöpsel gekauft, wieder andere haben sich vor den Hammerkonzertabenden mit einem Kasten Bier örtlich betäubt.
„Die erschdn boor mol", sagte der Gustav, „wou der ba uns ummern Schduug rumgfoohrn is, hobbi gmaand, der Irak-Griech is edzer doch zu uns riibergschwabbd, und die Ami hom unser Haisla middn Hussein sein Balasd verwechsld. Middlschddreggnracheedn sin geecher den sein Autoradio wäi es Summen vo anner Muggn! Nach zwaa Wochn binni bragdisch gehörlos gween."
Mehrfach hat der Gustav dem konzertanten Kabrio-Fahrer angedroht, dass er entweder die Polizei alarmiert oder eine andere Anti-Ohrenterror-Einheit. Genützt hatten die Drohungen nichts, dem Florian seine Disko auf Rädern hat weiterhin seine Runden gedreht. Dann ist der Gustav

aber auf eine andere Idee gekommen. Nämlich hat er sich angesichts der Lautlosigkeit in seinem Aquarium daheim gedacht, dass Wasser stark lärmdämmend wirken könne. An einem Samstag vormittag hat der Florian sein Kabrio bestiegen, wie immer mit einem sportlichen Sprung, ohne die Tür zu öffnen. „Und nou wär i“, sagte der Florian jetzt als Zeuge vor Gericht, „ummer Haar dersuffn. Bis zum Hals binni im Wasser g’hoggd!“ Sein Verdacht ist gleich auf den Gustav gefallen, aber der hatte irgendwelche Anschläge energisch bestritten. Die Spurensicherung hat es aber dann an den Tag gebracht: Ungefähr früh um vier muss der Gustav den Gartenschlauch in das Kabrio geleitet und den Wasserhahn aufgedreht haben. Nach zwei Stunden war das Auto randvoll, die Innenausstattung gut aufgeweicht, die Quadrophonie-Anlage ersoffen.
„Waren Sie es oder nicht?“, fragte der Richter den Gustav. „Konn scho sei“, antwortete der Angeklagte, „obber iich hobs goud gmaand. Wall wenn suu a Anlaach dauernd suu laud läffd – nou brauchds ja aa amol a Kühlung, odder? Und nou hobbi hald aweng neigschbridzd.“ Wegen Sachbeschädigung wurde der Gustav zu einer Geldstrafe von 3000 Euro verurteilt. „Des verschdäih iich nedd“, kommentierte der Klassik-kundige Angeklagte den Schuldspruch, „der hädd doch sei Auto nedd rebbariern loun braung. A boor Karbfn neidou, und der Debb hädd in aanzichn fahrbarn Fischweiher vo ganz Frankn g’habd. Und derzou hädder Dooch und Nachd die Wassermusigg von Händel schbilln kenner.“

# Klangwunder

Der Flohmarkt hat seinen Namen höchstwahrscheinlich wegen der dort gern angepriesenen Textilien aus zweiter Hand, beziehungsweise zweitem Bein. In ihnen nisten angeblich nicht selten Flöhe, Hosen, Röcke, Sakkos ähneln eher einem Streichelzoo. Während man also beim Flohmarkt-Kauf von Textilien oft noch was dazu kriegt, sind andere antike Artikel häufig ein bisschen unvollständig, wie etwa Jugendstil-Nachttöpfe ohne Boden, vollkommen rumpffreie Puppen oder alte Schallplatten ohne Schall. Bei dem begeisterten Antiquitätenaufkäufer Oskar A. hat es sich um einen nicht mehr ganz hundertprozentig funktionierenden Grundig-Radio aus den Fünfziger-Jahren gehandelt. Jetzt ist der Oskar wegen seiner ungewöhnlich heftigen Reklamationen amtsgerichtlich behandelt worden.

„Wäi iich den aldn Grundich gseeng hob", wusste der Angeklagte noch, wobei er mit dem alten Grundig nicht den Max meinte, sondern das mahagonifurnierte Klangwunder am Tapetentisch-Stand vom Georg, „dou hobbi zu mir gsachd: Den odder kann! Und nou hobbi den Bedrüücher gfrouchd, wos der Kasdn kosdn soll." Bei dem Betrüger handelte es sich um den hauptberuflichen Flohmarkt-Googerer Georg H., der für sein Klangwunder 200 Euro wollte.

Es ergab sich sodann ein kleines Streitgespräch, das weitgehend mit den Worten Ganov', Gauner, Halsabschneider, Pfennig-Fuchser, bestritten wurde. Nach der etwa halbstündigen Feilscherei war man bei 70 Euro angelangt. „Und?", meldete der Oskar am Ende noch einmal gewisse Zweifel an, „gäid däi Kisdn ibberhabbs nu. Wall iich will nern nedd als Nachdkäsdla verwendn, sondern zum Radio-Horng."

Da wurde der Georg fast ausfällig. Das ginge an seine Ehre als diplomierter Graffl-Verkäufer, wütete er, wenn man ihm unterstelle, er würde hier defekte Ware feilbie-

ten, erst gestern habe er aus seinem kostbaren Grundig noch Volksmusik erschallen hören, und letzte Woche sei er ohne Beanstandungen beim Radio-TÜV durchgegangen. „Leider konnin edzer nedd laafn loun“, sagte der Georg am Schluss, „wall mer kann Schdrom dou hom. Obber iich schwörs bei Gott, dass der nu gäid wäi a Neier.“ Bei dem Schwur legte er eine Hand auf eine antike Bibel, die höchstens noch fünf Seiten hatte.
Also zahlte der Oskar die 70 Euro und fuhr hochzufrieden heim. „Als erschdes“, sagte er vor Gericht, „hobbin glei aff unser Kommodn im Wohnzimmer gschdelld, dou in Schdegger nei und dreh am Gnöbfla – und heer Nix, Null, nichd amol aweng a Gradzn.“ „Und wäi iich nou die Rüggwand abgschraubd hob“, fuhr der Oksar fort, „hobbi scho gwissd, warum dassi nix heer. Wall in den Radio nix drinner war, ka Röhrn, kanne Schbuuln, nichd ein einziches Dräädla. Hodd der Verbrecher mir bragdisch a leers Hulzkisdla fiir siebzg Euro verkaffd! Ja, und nou hobbis‘n nerdirli widder zrigg brachd.“
Zunächst war der Käufer eines Radios ohne Radio bei der Rückgabe noch einigermaßen friedlich. Die Auseinandersetzung eskalierte erst, als der Georg auf die Vorwürfe sehr erstaunt reagierte. „Allmächd naa“, rief er aus, „hom däi damals in die Fuchzger Jahr Radio baud, wou inner nix drinner woor! Edzer wassi scho, warum der Grundich bleide gmachd hodd.“ In dem Augenblick packte der schäumende Oskar den antiken Hohlradio und stülpte ihn dem Georg über den Kopf. „Die Brilln hodds mer roog’haud“, beklagte sich der Radiohändler, „ein Ohrläbbla hodds mer halb wechgrissn, a Gehirnerschüdderung hobbi g’habd, und a Värddlschdund hobbi mid den Radio am Kubf rumlaufn mäin, wallin nimmer roobrachd hob.“
Wegen Klangkörperverletzung wurde Herr Oskar A. zu einer Geldstrafe von 600 Euro verurteilt. „Ich wass goornedd, wos der Depp hodd“, maulte der Angeklagte nach, „der hädd den Radio doch aff sein bläidn Kubf draff loun kenner. Durch des magische Auge, wou der Grundich nu hodd, kommer doch schäi ins Freie schauer.“

# Die Rache der Rechenkünstlerin

„Die Rache ist mein, spricht der Herr", heißt es im fünften Buch Moses, Kapitel 32. Manchmal spricht aber auch die Dame, dass die Rache ihr ist. Wie im Fall von Frau Gina W. Diese im Kopfrechnen manchmal nicht ganz auf der Höhe der niederen Mathematik befindliche Bedienung ist von ihrem Stammgast, einem Herrn Erich K., anlässlich einer etwas eigenwilligen Additionsmethode zutiefst beleidigt worden. Über ein Jahr hatte der Erich das Gasthaus schon regelmäßig besucht, bis er einmal den von der Gina eigenköpfig ermittelten Rechnungszettel überprüft hat. Es ist unten eindeutig ein um drei Euro erhöhter Betrag herausgekommen. Daraufhin hatte der Buchhalter die daheim in einem Ordner sauber abgehefteten Rechnungen der letzten Wochen überprüft. Einmal ist da die Gina um fünf Euro daneben gelegen, einmal um 2,50 Euro, einmal sogar um elf Euro. „Däi hodd miich", sagte er, „ein Jahr lang deroordich bschissn, daß mer die Aung drobfd hom. Und iich Depp hobs nedd gmergd!"
Am nächsten Wirtshausabend ertappte der Buchhalter die Rechenblock-Täuscherin auf frischer Tat, wie sie zusammengezählt hat „Drei und vier is zwölf, hol ich mir einen runder ..." „Dir werri glei an runder hulln", schrie der Erich, „Drei und Vier is nedd Zwölf, du Sulln! Wennsd du miich dou herin nu aamol bediensd, du Schnebfn, nou hau i der dei Rechnung am Baggn naaf!" Es ergab sich vor allen Gästen noch eine kleine Diskussion über die Grundrechnungsarten, das Runterholen und die Betrügereien im Gastgewerbe, die der Erich mit den Worten beendete: „Hald dei Schlebbern, Schneegoons, bläide! Und verschonen Sie mich bidde in Zukumbfd mid Ihrer Bscheißerei, rachgieriche Grambfhenner, rachgieriche!"
Zwei Tage später erschien der Erich wieder in dem Gasthaus, diesesmal mit seiner Ehefrau Marlies, bestellte beim

Wirt persönlich und behandelte die Bedienung Gina W. wie abgestandene Wirtshausluft. „Und nou kummd des Luder aff aamol zu uns an Diisch hiigrennd“, entrüstete sich der Erich vor dem Amtsgericht, „langd mer in mei Hemmerd nei und sachd ‚Schnuggi-Budzi, mein Erichlein! Iich hob die ja suu vermissd‘. Und nou küssd däi miich vull in mei Ohr nei, Herr Richder, aa nu in des Ohr, wou iich mein Dinnidus hob! Des hodd vielleichd bfiffn!“
Der Erich wusste nicht mehr, wo oben und unten war. Die Gina schon. Sie kraulte den Herrn Buchhalter unten, streichelte ihn oben, stieß juchzende Laute aus und stöhnte „Ach mid Dir is hald immer suu schäi, mei Beddhengsd!“
Worauf Frau Marlies K., die höchst erstaunte Ehefrau vom Erich, nur noch empört herauspressen konnte: „Wäi hebb mers denn dou!? Der Beddhengsd dou is mei Moo. Denner'S blouß Ihre Griffl wech.“
Die Gina vertiefte aber ihre Hände noch mehr in den Erich, stieß weiterhin Laute größten Entzückens aus und erklärte der Marlies, dass sie sich da sicher täuscht. „Mei Erichlein“, säuselte sie, „der gherrd mir ganz allaans. Gell, mei Zuckerbär, mei Schleggerla!“ Das war dann entschieden zuviel für die Marlies. Erst riss sie der Gina einen Büschel Haare raus, dann knallte sie dem erstaunten und immer noch nicht ganz durchblickenden Zuckerbär zwei panzerfaustartige Watschen mitten ins Antlitz. Und wie die Gina anmerkte, dass sie erstens mit ihrem Erichlein verlobt und zweitens in der ersten Woche von ihm schwanger ist, da schepperte es auch im Gesicht vom Fräulein Behelfs-Braut gewaltig. „Hob doch iich nedd dengd“, verteidigte sich die Gina vor Gericht, „daß den sei Alde suu gewalddäädich is. Iich wolld nern aus Rache blouß aweng veroorschn. Und nou haud mer däi gleich zwaa Schneidezähn aus der Goschn. Suu gäids doch aa nedd.“
Wegen Körperverletzung an ihrer vermeintlichen Nebenbuhlerin wurde die Marlies zu einer Geldstrafe von 1200 Euro verurteilt. „Wenn'S edzer“, bat der Erich die Gina nach der Verhandlung, „meiner Frau wenigsdns soong kenndn, wäis wergli woor. Däi glabbd mer ja immer nunni, daß iich goornedd Ihr Beddhengsd bin.“ „Wäis wergli

woor“, antwortete die Gina vor den schreckhaft geweiteten Ohren der Marlies, „des is ja goornedd zum Soong. Drei- viermool hodder mers gmachd, in anner Nachd. Manchmool sugoor suu ofd, dassi mid Zähln ganz durchernander kummer bin.“

# Biere kommen, Biere gehen

Bier wird unter einschlägigen, noch in der Billig-Preller-Epoche aufgewachsenen Greisen seit längerem schon „Kehlen-Gold“ genannt. Nicht wegen seiner gelben, goldartigen Färbung, sondern wegen seines ebenfalls goldartigen Endpreises. Auch der Kettentrinker Manfred R. neigt, seit das Reagenzgläslein voll Schaum zu drei Euro und mehr abgegeben wird, gelegentlich zur Beschaffungskriminalität. In einigen Getränkemärkten hat er wegen schwerer, bargeldloser Geheimtrinkerei hinter den Regalen Hausverbot. In seinen drei Stamm-Gasthäusern lässt man ihn nur noch gegen Vorkasse an die Tränke.
Jetzt ist der mittelfränkische Meister im Selbstbedienungstrinken auf einen sehr hartnäckigen Gegner gestoßen. Beziehungsweise ist dieser auf den Manfred gestoßen. Angeklagt war der Nebenerwerbsuhrenhändler Reinhard K. Er hat ebenfalls einen starken Zug im Hals, allerdings eine schwache Blase. „Iich wenn blouß a Bier siech“, erklärte er seinen pathologischen Wasserhahn, „nou mouß i scho am Abordd.“
An dem Tatabend hatte er schon mehrere Biere gesehen, allerdings nur zu einem ganz kleinen Teil getrunken. Neben ihm ist nämlich der Manfred gesessen. „Iich hob mer a Bier beschdelld“, rekonstruierte der Reinhard die wundersame Verdunstung, „bin gschwind aff Ausdreedn, und wäi i widder kummer bin, woor in mein Grüüchla blouß nu a Maul vull drinner.“ Verwundert ließ der Reinhard das Restbier in seinen Hals tröpfeln, bestellte eine weitere Halbe und entschwand erneut auf die Toilette. Bei seiner Rückkehr war der Krug wieder fast leer. Argwöhnisch musterte der Reinhard seinen zufrieden vor einem Glas Tee sitzenden Nachbarn. „Sie hom nedd zufällich mei Bier ausgsuffn“, fragte der Reinhard den Manfred. „Also horng’S amol!“, entrüstete sich der, „Iich glaab, Ih-

ner sin Ihre zwaa Seidler scho in Kubf gschdieng! Ich bin ein schdrigder Andi-Algerholiger, dassis wissn! Algerhol is Gifd fiirs Hirn, des mergd mer ba Ihner!“
Also bestellte der Reinhard ein drittes Seidlein. Diesesmal tat er aber nur so, als müsste er schon wieder dringend hinaus ans Becken. Mit den Worten „Haid driggds mi obber gscheid“ stand er auf, machte auf halbem Weg kehrt und beobachtete hinter einer Säule den Manfred. „Der Moo“, sagte der Reinhard jetzt auf der Anklagebank, „der mouß ein Riggschdoßfendil in sein Hals drinner hoom. Suu schnell hob iich goornedd gschaud, baggd der mei Bier, zäichd oo – und in zwaa Sekundn woors leer.“ „Obber es besde“, fuhr er fort, „is ja nu kummer. Erschd hodder wäi a unschuldigs Kälbla gschaud, nou hodder einen Rülbserer rausgloun wäi a Hirsch in der Brunfdzeid – und nocherdla hodder wäi ein Lama neigschbodzd in mein Biergruuch! Däi Sau!“ Um nach dem Kälblein, dem Hirsch, dem Lama und der Sau den Tiergarten komplett zu machen, hat der Reinhard mit einem Prankenhieb wie ein Bär die Faust auf den Hinterkopf vom Manfred niederdonnern lassen. „Ausgrechnd in den Momend“, jammerte der Manfred, „wäi iich den Biergruuch nu in der Händ g’habd hob.“ „Jawoll“, schrie der Reinhard, „in den Momend, wou Sie neigschbodzd hom.“ „Iich hob nedd neigschbodzd!!“, wehrte sich der Manfred, „Des woorn meine drei Schneidezähn, wou Sie mir rausgschloong hom!“
Einen Speicheltest hatte die Polizei damals nicht durchführen lassen, die drei Schneidezähne waren allerdings aktenkundig, und Herr Reinhard K. wurde wegen Körperverletzung zu einer Geldstrafe von 1200 Euro verurteilt. „Zwelfhunderd Euro!“, äußerte sich der Zeuge Manfred R. mit großem Respekt, „Ba den Bierbreis dääd iich middn Saufn obber serfordd aafheern.“ „Und wou Sie’s“, wandte er sich an seinen Gegner, „doch glei nach a boor Schlugg widder rausbrunsn …“

# Fünf Minuten Liebe, fünf Stunden Tiefschlaf

Laut einer sadistischen Umfrage der Gesellschaft für Kondomforschung gehen knapp 120 Prozent aller Ehemänner fremd. Zu dieser wissenschaftlich ermittelten Gruppe von Schlafzimmer-Emigranten gehört trotz seiner 69 Jahre auch der Rentner Eduard Z. Er hat in Gestalt einer erst 29-jährigen Elisabeth B. sein spätes Zweitglück gefunden.
Ein paar mal hat die Marga, dem Eduard seine Ehefrau sich gewundert, dass ihr angetrautes Unterleibs-Ruhekissen von irgendwelchen Vorstandssitzungen erst früh um drei Uhr heimkommt. „Scheinds", hat sie nach einigen Wochen stürmischer Vereinsabende zu ihm gesagt, „bisd du Vuurschdand innern Barfüm-Verein. Wall du schdinksd wäi ein dreischdöckiches Buff." Und dann hat die Marga ihrem Eduard vier Wochen Hausarrest mit Putz- und Abspüldienst angedroht, wenn er noch einmal von einer Vorstandssitzung später als 22 Uhr heimkommt.
Nur drei Tage später ist er nach einer sogenannten Liebesnacht bei der Elisabeth wieder um halbvier in der Früh schweren Gewissens in Richtung Heimat geschlichen. „Des Bläide is hald gween", schilderte er jetzt seine heißen Nächte bei der Elisabeth vor dem Amtsrichter, „dass mir ungefähr fimbf Minuddn Liebe gmachd hom, und nou hobbi fimbf Schdund lang gschloufn vuur lauder Erschöbfung."
In dieser Nacht hat der Eduard wegen der Hausarrest-Drohung nicht mehr ein und aus gewusst, und ist dann auf die Idee mit dem Überfall gekommen. Als Zeuge sagte der Schichtarbeiter Jürgen W. aus. „Iich bin vo der Ärwerd kummer, fix und ferddich", sagte er, „und aff aamol schdäid a Moo vuur mir. Der hodd an Baggschdaa in der Händ g'habd und brilld mi oo, dassin edzer serfordd mid den Schdaa niederschloong soll. Erschd hobbi dengd, iich bin ba der Ärwerd eigschloufn und mir draamds des al-

les.“ Aber als der Eduard immer lauter schrie, dass er jetzt sofort überfallen und mit dem Backstein niedergeschlagen werden will, war es dem Jürgen klar: Es ist die rauhe, wenn auch schwer verständliche Wirklichkeit. Er ist davon gerannt und hat die Polizei davon verständigt, dass gleich in der Nähe ein alter Mann unbedingt mit einem Backstein niedergeschlagen werden möchte.
Einige Minuten später näherten sich dem Eduard zwei Beamte in Zivil. Als die den Antrag, den Eduard zu steinigen, ebenfalls ablehnten, schluchzte ihnen der Spätheimkehrer sein ganzes Dilemna vor. Dass er wieder nach einem ganz kurzen Hupferla mit der Elisabeth ohnmächtig geworden ist und fünf Stunden lang geschlafen hat, dass ihm Hausarrest und Wohnungsputzen drohen oder eventuell noch schlimmere Dinge. Und dann schrie er gellend durch die Nacht: „Hauer’S mer edzer den Baggschdaa am Kubf odder iich wer rabiat!“ Die Polizisten legten ihm Handschellen an und verkündeten die vorläufige Festnahme. „Brima“, jauchzte der Eduard, „des is ja nu vill besser! Fesdnahme, Gfängnis! Vielen Dank, dou kummd mei Frau nie derhinder!“
Die Marga kam aber schon dahinter, wie die Anklageschrift wegen Vortäuschung einer Straftat und Irreführung der Staatsgewalt in der Post war. Aus den vier Wochen Hausarrest wurden zwölf Wochen, und jetzt gab es als öffentlich-rechtliche Zugabe am Amtsgericht noch einmal drei Monate auf Bewährung und eine Geldstrafe von 1400 Euro. „Und wennsd widder amol an Baggschdaa am Kubf naaf willsd“, stellte die der Verhandlung interessiert beiwohnenden Marga ihrem Eduard in Aussicht, „dann braugsd nedd exdra die ganze Nachd ba dera Schnalln schloufn. Des konnsd dahamm genau suu hoom.“

# Strichkot

In unserer momentanen Rabatt-, Schnäppchen- und Überschnäppchen-Epoche sind Mitmenschen, die irgendwo einen keinerlei reduzierten Normalpreis entrichten, eher dünn bis überhaupt nicht mehr gesät. „Und?! Brozende?!" – so begrüßen sich Käufer und Verkäufer im Supermarkt, im Autosalon, beim Frsieur, Bäcker, am Gemüsestand, Bratwurstgrill oder Brezenhäuschen.

Auch der vom rabattierten Luxusleben bisher nicht so sehr erfasste Lagerarbeiter Ulrich R. ist jetzt vom schweren Geizkragenfieber befallen worden. „Schdäid doch iiberol", erklärte er jetzt dem Richter am Amtsgericht, „und im Fernseh und im Radio heerd mers – daß Geiz geil is. Geil binni immer widder, und in Geiz hobbi mer nou hald selber gmachd."

Ein neuer Anzug sollte es sein. Das noble Gewand, das sich der Ulrich ausgesucht hatte, stand mit 399 Euro zu Buch und am Etikett. An der Kasse fragte er also die Verkäuferin Jutta B.: „Und?! Brozende!?" Da eröffnete ihm die Jutta, dass jener schöne Einreiher schon ein Modellstück aus der nächsten Frühjahrskollektion und infolgedessen selbstverständlich von jeglicher Preisminderung ausgenommen ist. Auch fünf weitere Anzüge waren nicht fürs Feilschen bestimmt.

„Obber aff jeedn Schaufensder", erinnerte sich der Ulrich, „is dick und fedd dorddn gschdandn, daß Rabadde bis zu sechzich Brozend gibd. Und däi Verkaiferin hodd gsachd, daß mer hexdns aff a Einschdeggdüchla sechzg Brozend geem konn." „Nou hobbi zu ihr gsachd", fuhr der Ulrich auf der Anklagebank fort, „daß iich doch nedd bläid bin. Soll i gwiss schdadds an Anzuuch a Einschdeggdüchla oozäing?" Also zog er sich damals in dem Geschäft samt dem 399-Euro-Anzug in eine Umkleidekabine zurück, zückte einen Kugelschreiber, errechnete mittels Dreisatz 60 Prozent von 399 Euro, strich den Fix-Preis am Etikett durch und schrieb 159,60 Euro hin. „Und nou", sag-

te er, „binni zur Kasse ganger. Und nocherdla sachd däi zu mir, daß 399 Euro gräichd! Des middn Kuglschreiber gschriemne gild nedd, hodds gsachd. Aff ihrn Strich-Kod kummer 399 Euro raus.“
Auf diesen Strich-Code hin ergab sich zwischen der Verkäuferin Jutta B. und dem Käufer Ulrich R. ein erregtes Zwiegespräch. „Ihr Strich-Kod“, schrie der Ulrich, „und wos ban den rauskummd – des indressierd miich ibberhabbs nedd! Wos maaner’Sn, wos ba mein Strich-Kod rauskummd!? Dou konn vonnern Strich ibberhabbs ka Red sei. Des kenner Sie sich amol ooschauer, wenns Ihner indressierd! Des is masdns a ganz schäiner Haufn und ka Strich!“ Die Diskussion über Kot, Code und andere Exkremente nahm immer ausfälligere Formen an, so dass der Abteilungsleiter Rudolf S. schließlich die Polizei alarmierte.
Schnell war ermittelt, dass der Ulrich die 60 Prozent Rabatt eigenköpfig errechnet und eigenhändig am Preisschild eingetragen hatte. „Woohrscheins“, brummte er, „hobbi däi sechzg Brozend Rabadd aff alle Schaufensder aa eigenhändich hiigschriem.“ Seine Einwände blieben unberücksichtigt, wegen Betrug und Preisschildfälschung wurde er zu einer Geldstrafe von 1600 Euro verurteilt. „Is des“, fragte er den Richter vorsichtig, „edzer scho aff Strich-Kod, odder is nerblouß suu derhii gschissn.“ Diese Frage kostete wegen Verunglimpfung des hohen Gerichts noch einmal 150 Euro zusätzlich.

**Der Spezi unterwegs –**
**In der Welt der Ballartisten:**

# Lieber Club …

… Du wirst schon ahnen, was jetzt wieder kommt. Genau. Ein schwer gestöhntes Passionslied, dass früher alles besser, schöner, angenehmer war. Auch bei Dir im Alten Zabo. Wie Du Dich vielleicht noch dunkel erinnern kannst, haben wir zwei uns ungefähr vor einem halben Jahrhundert kennengelernt. Dir wird es vielleicht wurscht gewesen sein, wie ich damals mit dem weinroten Trikot, den schwarzen Hosen und den schwarzweißroten Stutzen ins Bett gegangen bin und vor lauter Aufregung, ob ich am andern Tag aufgestellt werde, nicht schlafen habe können. Ein bisschen großkotzig warst Du ja damals schon. Aber wir Zabo-Zwerge haben es ertragen, denn man hat uns eingepflanzt: Das Größte auf der ganzen Welt ist ein weinrotes Trikot und ein jährlich in den Farben wechselnder kleiner Pappdeckel, die Club-Mitgliedskarte.
Du weißt ja selber, was ein stolzer Besitzer dieser Mitgliedskarte mit Dir alles anstellen hat können. An der rostigen Drahttür hinter der Rollschuhbahn hat uns der alte Papa Partzack umsonst zu den erhabenen Spielen deiner Fußballmannschaft passieren lassen. Oder die Böhms Mutter hat uns aus ihrem nach Oberliga und Meisterschaft duftendem Fundus ein Paar Fußballschuhe geliehen, oder einen Ball gegeben, der bei Regen so schwer geworden ist wie ein Medizinball. Beim Monatsberger oder beim Sigi Grimm im alten Club-Haus haben wir an der Theke stehen und zum Morlock Du sagen dürfen. Einmal, es war ein Donnerstag, habe ich in Deinem Vereinsheim, gleich neben dem Sitzungssaal von Deiner 1. Fußballmannschaft, eine angehende Hockey-Nationalspielerin näher kennengelernt. Ich werde es nie vergessen.
In Deinem uralten Schwimmbad hat es noch keine Filtrieranlage gegeben, und es ist alle sechs Wochen das Wasser abgelassen worden. Und wir haben das Schwimmbecken

geschrubbt. Trotzdem war das Wasser nach zwei Tagen schon wieder eine trübe Odelbrüh. Aber für uns war es das schönste Wasser zwischen Goldbach und Indischem Ozean.

Das Beste war aber, wenn zum Beispiel der Strehls Heinz, der Schobers Gustl oder der Steff Reisch irgendeinen dahergelaufenen Münchner Abwehrspieler aufgeschwanzt haben, dass er nicht gewusst hat, befindet er sich in einem Ventilator, in einer Hüpfburg oder auf einem Kettenkarussell. Später nach dem Erwachen aus seinem Schwindelanfall in der Kabine hat er es dann aber schon geahnt: Er befindet sich in Zabo.

Und dann auf einmal, über Nacht, haben sie Deine Seele verkauft. Seitdem stehen im Sechzehner Eigentumswohnungen, auf dem alten Clubbad ein Supermarkt, und auf Deinem Bankkonto steht das Komma immer um mindestens sechs Stellen zu weit links. Das wäre aber gar nicht das Schlimmste gewesen. Doch nach der Seele ist dann auch noch Dein Herz verscherbelt worden, und zwar von einem gewissen Max Merkel. Präsidenten und Kassierer sind manchmal verhaftet worden. Der Konkurs-Richter in der Fürther Straße hat sich mehrmals mit Dir und Deinem verkauften Innenleben befasst. Das war dann der zweite Schritt auf Deinem ständigen Fortschritt. Allerdings haben die Spieler von Deiner 1. Mannschaft immer noch gewusst, dass man bei einem Ball obacht geben muss, weil er manchmal rollert oder gar hupft. Sie haben diesen Ball trotzdem nicht selten beherrscht. Der Heinz Höher hat ihnen schon beigebracht, wie man einen Ball trotz seiner heimtückischen Rundheit stoppt.

Inzwischen hast auf Deinem Fortschritt bereits den dritten Schritt getan. Statt einer Fußballmannschaft hast Du jetzt eine Gurken GmbH. Du hast einen Spielerimport und Export. Was am Samstag immer im Stadion rumläuft, nennt der Obereinkäufer Material, der Oberbuchhalter nennt es Durchlaufposten. Am Material verdient vom Einkäufer bis zum Verkäufer jeder immer ein bisschen mit, nur Du nicht. Dafür trinken Deine Leistungsträger gern ein Weizen pro Minute, leben in einer schönen Villa in München und lassen auch sonst die Sau raus. Wenn Du sie nicht mehr zahlen kannst, siehst Du sie vor Gericht wieder. Einmal habe ich in meiner Verzweiflung über Dich gesagt: „Der Club ist ein Depp.“ Ich habe Dich, aus gutem Grund, vermenschlicht. Aber gleichzeitig beschimpft. Die Beschimpfung möchte ich hiermit zurücknehmen. Denn die Deppen sind die Absahner, die Vereinsfledderer, die Männer an der Materialausgabe, die keine Ahnung haben von einem verwaschenen weinroten Trikot und seinen überirdischen Fähigkeiten. Mach’s gut und möglichst an den Deppen vorbei. Ungefähr so wie damals der Strehl, der Reisch oder der St. Morlock.

**Der Spezi unterwegs –**
**In der Welt der Sprechblasen:**

# Eine Kanzlerrede

Der Kanzler hat in dieser Woche geruht, zwanzig Minuten in Nürnberg zu weilen, um auch uns Mittelkranken seine blonde, blauäugige Agenda vorzustellen. Hier erstmals öffentlich seine vor handverlesenen Mystikern gehaltene Geheimrede: „Sehr geehrte Schröpfköpfe und Melkkühe, Wie Sie alle wissen, ist es in unserem Land hinten höher als vorn. Oder nachts finster als draußen. Aber auch tagsüber. Mit der Agenda 2010, vor allem in den neuen Bundesländern. Bei gleichzeitiger Humanisierung der Schattenwelt greift mit der Agenda 2010 im Zuge der Globalisierung, die von uns nicht kann, in der ganzen Welt. So können wir Ihnen heute sagen, dass im Jahr 2010 und wenn die Demophrasische Entwicklung so weiter. Dann nämlich haben wir eines Nachts nicht vier, nicht fünf, nicht zehn, sondern 160 Millionen Arbeitslose. Also mehr als Bevölkerung. Oder deutlicher gesagt: Deutlich. Daran arbeiten wir. Nicht hier und heute, aber wo anders und irgendwann.
In Sorge um unser Vaterland ist die Riester-Rente sicher. Dafür müssen wir aber Einschnitte in spürbarer Form, da die Form die Funktion bestimmt weiß das niemand. Doch, meine Freunde. Die Sozialhilfe und die Krankenkassenbeiträge übersteigen – und das hat die Sirup-Kommission jetzt schonungslos. Indem die Quark-Kommission das Arbeitslosengeld abschaffen. Und das mit Recht. Wo sind denn unsere Lohnnebelkosten? Wo liegt denn Berlin? Wer versteht schon noch, was ich dauernd selber nicht verstehe, aber gebetsmühlenartig, liebe Euter, die auf einmal keine Milch mehr. Wir müssen, basta. Sonst können wir nicht einmal mehr wollen mögen, selbst wenn wir es vermachten. Da trinkt die Maus keinen Eimer mehr aus, wenn sie nicht vorher. Das ist ein Faktum. Ob das meinem Friseur gefällt oder ob im Reichstag. Wo sind sie denn? Mit mir nicht. Ich wiederhole: Mir.

Wenn die Sozialhilfe wegfällt, das Arbeitslosengeld, das Ehegattensplitting, und da weiß ich wovon ich rede, denn Agenda ist beileibe kein altrömischer weiblicher Vorname. Ich und meine Agenda, basta. Damit haben wir die Chance, das ganze Jahrzehnt zu gestalten, wir müssen es nur reformgestalten wollen. Auch und gerade die Windbeutel-Kommission. Und wenn Sie Armani sagen, dann entgegne ich: Für mich Wöhrl!

Wenn also, um es noch einmal aufzugreifen. Das ist ein Faktum. Im Osten geht die Sonne auf. Wir streichen alle Löhne, alle Gehälter, alle Einkünfte aus Steuerhinterziehung, Schwarzarbeit. Wir enteignen die Kleinen. Zahnersatz muss aus der eigenen Lasche bezahlt werden, und zwar mit der Sozialhilfe, die jeder Arzt auch als Eintrittsgeld in seine Praxis umdeklarieren kann. Das ist auch im Show-Business so. Das finden wir in dem Papier der Brioni-Kommission an oberster Stelle. Wer außer mir reformiert die Reform, so dass am Ende jegliche. Ich betone: Jegliche. Keine Reform weiß mehr, ob sie nach meiner Reform noch eine Reform ist oder schon eine Reform in ihrer deformierten Reform-Form. Die Scheinselbständigen in Bagdad, um nur ein Beispiel herauszugreifen.

Wer hat denn die Arbeitslosen halbiert, so dass sie jetzt zwar einbeinig herumlaufen, aber doppelt so viele? Das macht mich auch ein Stückchen Holz, beziehungsweise stolz. Die Gesundheitsexplosion ist auf dem richtigen Weg. Ärzte über 18 Jahre dürfen nicht mehr praktizieren, dann haben wir 2010 kein Rentenproblem mehr. Und die Jungen sterben auch aus. Auch das ist ein Fakt, selbst nachts. Schauen Sie nach Skandinavien. So kurzsichtig kann doch. Da gebe ich Ihnen recht. Die Sozialistengesetze eines Fürst Pückler. Mit Eisbomben löst man keine Probleme. Und dann sei die Frage gestattet: Wer oder was sind Sozialisten, Sozialdemokraten? Ich jedenfalls nicht. Hiermit stelle ich die fünfundzwanzigste Vertrauensfrage in einer Legislaturperiode. Im Grunde genommen brauchen wir keine Bevölkerung, die uns sowieso nicht versteht. Unsere Renten sind sicher. Beziehungsweise: Meine. Das ist Humanismus: Alle für einen. Friede dem

Regierungspalast, alle vier Jahre, Friede den Hütchenspielern! Mobilität, Flexibilität, Diäten! Das is so."
Danach tagte die Beifall- und Applaus-Kommission.

# Straßenbekehrung

Gott liebt nur durch und durch saubere Gemeinwesen. Schmutzige Städte wie Sodom und Gomorrha werden abgefackelt und bis auf die Grundmauern zerstört. Dieses leuchtende Beispiel städtischer Sauberkeit erzählt der Religionslehrer Hans M. während seiner Spaziergänge durch die City immer wieder gern jedem, der es nicht wissen will. Nichts belastet nach der festen Überzeugung dieses Hilfspfarrers das Moralgefüge unserer Welt so sehr wie weggeworfene Bonbonpapierchen, Tempo-Taschentücher oder ausgezullte Kaugummi. Großes Grauen befällt den Kopfsteinpflaster-Ästhet vor allem beim Anblick von Zigarettenkippen.
Im Rahmen der von der Kirche angeordneten Zivilcourage-Kampagne ist der Kämpfer für eine staubmilbenfreie Stadt jetzt sogar körperlich gegen einen jener verruchten, gottlosen Kippenschnalzer vorgegangen. Vor dem Amtsgericht hat der Religionslehrer bekundet, dass er manchmal schon Mühe hat, die Wege Gottes zu verstehen. Die Welt und die irdische Justiz, die ihn wegen Körperverletzung angeklagt hat, versteht er aber überhaupt nicht mehr.
An einem schönen Sommerabend ist der Seel- und Sauberkeitssorger durch die Innenstadt flaniert, hat da bei einem Freilandbiertrinker über das Dosenpfand referiert, dort einem Dackel eingeschärft, dass man auch als Hund nicht öffentlich urinieren darf, einem älteren, nicht mehr ganz schleimfreien Herrn das Spotzen auf's Pflaster strengstens untersagt. In dem Augenblick hat unmittelbar vor ihm der zunächst auch noch sehr selbstzufriedene Passant Karlheinz S. einen letzten Schnapper aus seiner Zigarette gezogen und dann mit einem kunstvollen Schnipserer mit Mittelfinger und Daumen die Kippe weit von sich geschnalzt.
Sekunden später hat der Religionslehrer Hans M. den Karlheinz am Hemdkragen gerüttelt und in seiner Eigen-

schaft als Gehsteiganwalt gezischt: „Däi Kibbn heem's edzer obber aaf!“ Der Karlheinz hat sich umgedreht und in original fränkischer Höflichkeit gefragt: „Konn des sei, daß Ihner aweng ins Hirn gschissn hom?!“ Diese in der Tat etwas provozierende Frage hätte er nicht stellen sollen. „Baggd miich der Moo“, sagte der Zeuge Karlheinz S. jetzt vor Gericht, „middn Bollizeigriff am Arm, dreed mern rum, dassi scho gmaand hob, er zäichd mern raus, driggd mer sei Gnie vull ins Graiz – und nou hobbi zu meiner Zigareddnkibbn hiigrabbln mäin.“ „Serfordd aafheem und endsorgen!“ brüllte der Karlheinz noch einmal. Beeindruckt von dem schmerzhaften Polizeigriff hob der Karlheinz die Kippe auf, wusste aber nicht genau, ob es wirklich seine Zigarette war. „Edzer loun'S hald endlich mein Arm los“, wimmerte er, „dou lieng doch suu an haffdn Kibbn rum, dou kummds doch aff anne mehr odder wenicher nedd oo!“ Da verschärfte der Hans die Armumdrehung noch etwas, verstärkte den Druck ins Kreuz und brüllte: „Däi wern edzer alle zammglaubd. Iich will dou ka aanziche Kibbn mehr seeng!“
So musste der öffentliche Raucher und Kippenschnalzer Karlheinz S. etwa eine halbe Stunde lang großflächig am Pflaster hin und her kriechen, alle verfügbaren Zigarettenstummel einsammeln und in seiner Hosentasche zwischenlagern. „Und jeeds mool“, sagte der Zwangs-Straßenkehrer aus, „wenn i gsachd hob, dassi ferddi bin, hodd der widder a neie Kibbn gseeng. Nou hobbi an Drimmer Oorschdridd gräichd vo ihm und hob hiigrabbln mäin.“ Erst die von anderen Passanten alarmierte Polizei machte den Leiden des Kippensammlers Karlheinz S. ein Ende.
Wegen Körperverletzung wurde Herr Hans M. zu einer Geldstrafe von 700 Euro verurteilt. Wie von Gott geläutert und milde gestimmt ging der Karlheinz nach der Verhandlung auf den Hans zu, hielt ihm die Versöhnungshand hin und sagte: „Geh zou, verdroong mer si widder!“ Der Religionslehrer ergriff gerührt die Hand und brüllte Sekunden später vor Schmerzen auf, dass es durch den ganzen Justizpalast hallte. In der Hand des Karlheinz hatte eine bereits angezündete Zigarette verkehrt rum, Filter nach

außen, Glut nach innen, gesteckt. „Schäi mid Brandsalm eischmiern“, riet der Karlheinz dem Hans noch, „und nedd vergessn: Die Kibbn dernouch aufheem, gell!“

# Ein Opfer der Architektur

Keine Auszeichnung streben Architekten mit so großer Anstrengung an wie den Mittelfränkischen Gleichheits- und Hobel-Preis. Diesen erhält immer jener stolze Brau-, beziehungsweise Baumeister, dem es gelingt, 20 Häuser am Stück zu errichten und äußerlich so abzuhobeln, dass sie vollkommen gleich ausschauen. Am liebsten hätte es der Preisträger, wenn die Bewohner einer solchen Uniform-Siedlung auch alle den gleichen Namen im Klingelschild führen würden. Dem Reihenhaus-Bewohner Hugo F. ist das Gleichheitsprinzip der Architekturkunst jetzt zum Verhängnis geworden.

„Also guud“, räumte er vor dem Amtsgericht ein, „Es kenner scho fimbf Glühwein gween sei. Obber mehr gwieß nedd. Mehr genger aa goornedd nei, dou babbds der ja vuurher in Hals zou.“ Der amstärztlichen Hochrechnung zufolge müssten es aber mindestens 15 Glühwein gewesen sein, die der Hugo an jenem Abend in den keineswegs zugeklebten Hals gegossen hatte. Am Taschentelefon hatte er damals seiner schon länger wartenden Ehefrau angekündigt, dass er jetzt zusammen mit seinen tausend Russen und einer Strandhaubitze gleich heimkommt. Damit es sich nicht noch mehr verzögert, nahm trotz der energischen Warnungen einiger Mittrinker sein Auto.

„Vill wass i nimmer“, sagte der Hugo am Gericht, „Iich hob dahamm an der Diir glaid, hob Griss Godd gsachd und bin glei naaf ins Schlafzimmer.“ Die Zeugin Marianne B. erinnerte sich aber an entschieden mehr Details. Sie war die Nachbarin vom Hugo und hatte damals ebenfalls auf ihren noch in der Firma weilenden Ehemann gewartet. Wie es geläutet hatte, öffnete sie die Tür, sprach ins Dunkel der Nacht hinaus, dass sie stinksauer ist, dass sich das Essen in der Mikrowelle befindet und setzte sich wieder in den Fernsehsessel.

„Und wäi iich nachera halm Schdund ungefähr in die Kichn naus gfrouchd hob, obs schmeggd“, erinnerte sich die

Marianne, „dou dröhnd aff aamol vom Schlafzimmer roo ein Rülbserer – also suwos hobbi in mein Leem nunni g'heerd, Herr Richder! Wäi wenn anner inner Drombeedn neigschbeid hädd." Völlig verwirrt rannte die Marianne hinauf in den ersten Stock, hinein ins Schlafzimmer, wo sich im Bett ein an ein wildes Tier gemahnendes Lebewesen krümmte, hochschnalzte, wieder in sich zusammenfiel und sodann nach einem erneuten schweren Rülps-Anfall stöhnte: „Schatzi, an Aamer! Obber schnell, sunsd gäid alles am Debbich." Dieses knurrende Raubtier im Ehebett hatte einen zusammengedrückten Hut auf, einen roten Schal um den Hals und war mit schwarzweißen Schuhen und einem Kamelhaarmantel bekleidet. „Mei Moo", sagte die Marianne, „hodd obber kann Houd, kanne schwarzweißn Schouh, kann roudn Schal und kann Kamelhaarmandl. Und nou hobbi serfordd die Bollizei oogruufn, daß ba mir a fremder Moo im Bedd lichd und wäi a Schbringbrunner schbeid." Wie im Hugo fast kein Glühwein mehr drin war, ermittelten die Beamten, dass der röchelnde Springbrunnen ein Reihenhaus weiter wohnt.
„Und nou kummd es Allerschennsde", wetterte die Marianne, „Zeerschd is mei richdicher Moo hammkummer. Und wäi er gseeng hodd, dass scho anner bsuffn im Bedd drinner lichd, isser widder ganger. Und wäi iich zur Nachberi driimer gsachd hob, daß ihr Moo ba mir im Ehebedd schbeid – dou sachd däi zu mir ‚Den konnsd b'haldn.' Und nou hodds mer die Diir vuur der Noosn zoug'haud." Der Gleichheits-Architekt der Reihenhaussiedlung wurde nicht belangt. Auch der Hugo ging wegen des irrtümlichen Missbrauchs eines Ehebetts straffrei aus. Lediglich für die Heimfahrt mit 15 Glühwein in den veralkten Adern, umgerechnet 2,7 Promille, muss er 7000 Euro Strafe zahlen und seinen heiligen Führerschein 14 Monate zu den Gerichtsakten legen. „Und wos gräichin derfiir", schimpfte die Marianne nach dem Urteil", daß mer edzer mei Moo fiir immer dervoo is weecher den bsuffner Irrläufer?!" „Wennsd willsd", antwortete der Hugo dumpf, „nou gräigsd miich. Mei Frau is aa fordd. Und ba dir im Bedd schbeid si's vill leichder wäi ba mir driimer."

# Der Alles-Duzer

Im Gegensatz zur englischsprechenden Welt ist der deutsche Untertan ein sehr vornehmes Wesen. Er spricht andere Menschen mit „Sie“ an, duzen erfordert hingegen vorherige Vertraulichkeiten, Intimäten wie etwa den unmittelbaren Verwandtschaftsgrad zwischen zwei sogenannten Schwägern mit ein und derselben Geliebten oder wie das gemeinsame Heimkriechen nach zwölf Bieren. Allerdings kennt man teils aus dem Sportfernsehen, teils aus der jüngeren Nürnberger Geschichte die berüchtigten Alles-Duzer. Zu ihnen gehört auch der Metzgermeister Walter H., der überhaupt ein entschiedener Anhänger der deutlichen Sprache ist.
Der für die finanziellen Transaktionen vom Walter zuständige Bankdirektor, der noch mit den Umgangsformen der höfischen Feudalzeit behaftete Ferdinand K., hat den Walter seinerzeit mit den Begrüßungsworten kennenlernen dürfen „Horch amol du Zinsnschinder – wenn du maansd, du Heichderla, du konnsd mid mein Geld aweng an aff Brünfdich machn und aff meine Kosdn Drimmer Weiber rumschäim, nou hosd di fei brennd. Jeder Bfenning, wou neemnaus gäid, den hau i der bersönlich vom Buckl roo.“
Bei allen Gesprächen über Kontenverschiebungen, Zinsgewährungen, Depotabwanderungen in die schöne Schweiz und andere Vertraulichkeiten hatte sich Herr Direktor Ferdinand K. stets dringend erbeten, der Walter möge ihn siezen. „Siezen, Siezen!“, beschied ihm dann immer der Walter, „Siezen bliem binni es erschde mool bereiz in der driddn Glass Volgsschul. Legg mi aweng am Oorsch mid dein Siezen. Red mer iibers Geld, Herr Direggders-Zibfl!“
Unermüdlich siezte der Herr Direktor seinen Kunden, genau so unermüdlich duzte der Walter seinen vornehmen Bänker und nannte ihn mit Vorliebe „Direggders-Zibfl“.
Dass Herr Ferdinand K. dennoch so viel Geduld mit dem Dauer-Duzer hatte, möchte unter Umständen auch etwas mit den stets prall bestückten Konten des Metzgermeis-

ters zu tun zu haben. Auf diesen Konten hatte sich jetzt aber das Komma jeweils ein bisschen nach links verschoben, in gleichem Maß reduzierte sich der Respekt. Jetzt hat die Auseinandersetzung Duzen gegen Siezen vor dem Amtsgericht geendet.

In der Schalterhalle, vor reichlich Publikum, hat der Walter seinen Geldverwalter nicht gerade im Flüsterton mit den Worten begrüßt: „Servus, Direggders-Zibfl! Wos machd der Schduhlgang? Scho gschissn haid?“ Und dann fuhr er fort: „Walli diich Schleimi grood sich – du moußd mer mein Greddidrahmen aweng vergräißern. Zwaahunderddausnd Euro brauch i, alder Schnallndreiber! Gemmer glei in dei Rumblkammer und machns baleddi!“ Worauf ihm der Herr Direktor ins Ohr zischte: „Ich bitte Sie zum letzten mal, mich nicht zu duzen! Vor allen Leuten!“ „Und der Kreditrahmen“, fügte er noch ganz leise hinzu, „der wird nicht erweitert, sondern gestrichen, mein Herr.“ „Vor allen Loittten, vor allen Loittten“, äffte ihn der Walter nach, „Iich glaab, du bisd aff Mineralwasser-Endzuuch! Du moußd doch dodaal bsuffn sei, bis iibern Oorsch nunder! Iich brauch zwaahunderddausnd Euro! Wäisd der mid mir nu an goldner Oorsch verdiend hosd, dou hobbi zu dir Hulzkaschber ‚Du‘ soong derfn, odder? Sugoor vuur allen Loittten, du Halsabschneider, du verbrunsder!“

Dann erinnerte sich der Herr Direktor vor dem Amtsgericht, dass ihn der Walter noch Großbetrüger, Buff-Direggder und Schlammsau genannt hatte. „Sodann“, sagte er, „habe ich die Polizei gerufen.“ „Sodann konnsd mi aweng am Oorsch leckn“, merkte der Walter an. Er wurde wegen Duzen und Beleidigen vor Leuten zu einer Geldstrafe von 1200 Euro verurteilt. „Wassd, wos du mich aweng konnsd, Herr Richter?“, fragte der Walter den Amtsgerichtsrat, „Du maansd edzer woohrscheins: Auch am Oorsch leckn. Obber dou hosd di daischd. Du konnsd miich aweng – aff die Bank begleidn, zu mein Direggders-Zibfl. Und schauer, obber nu 1200 Euro aff mein Kondo hodd.“ Dieses schöne Schlusswort kostete noch einmal 400 Euro Ordnungsstrafe.

# Gostenhofer Geysire

Über den Geldwert einer Portion Spucke war man bisher auf Vermutungen angewiesen oder man ist im Dunklen getappt. Seit dem Verfahren gegen den Zielspotzer Dieter G. weiß man es erstmals genau: Eine hierorts auch Kudderla genannte Rachen-Rakete kommt insgesamt auf 3900 Euro, 900 Euro Geldstrafe plus 3000 Euro Reparaturkosten für ein Geisterauto.

Der kaufmännische Angestellte Dieter G. hat sich an einem Montag Feierabend zu Fuß auf dem Heimweg durchs Gostenhofer Tunnel befunden, wo er wegen des starken Platzregens außerhalb der Unterführung etwa zwanzig Minuten verweilt hat. „Iich woor suu frouh“, teilte er dem Amtsrichter jetzt mit, „dassi vuur den Kiddlwascher nu es Dunnell derwischd hob. Und nou hobbi mer dengd – edzer warddsd, bis aafheerd, und nou kummsd schäi druggn hamm.“

Da hatte der Dieter falsch gedacht. Binnen weniger Minuten hatte der Platzregen in der Unterführung einen riesigen Stausee gebildet, erhabene Fontänen, erzeugt von den durchfahrenden Autos, haben von der imponierenden Wassertiefe des Sees gekündigt. „Obber“, erinnerte sich der Dieter, „iich bin jeeds mool rechdzeidich affd Seidn g’hubfd.“ Auch beim letzten Rettungssprung in Richtung Tunnelwand ist der Dieter einigermaßen trocken geblieben, hat dabei aber nicht berücksichtigt, dass sich bereits eine zweite Welle in Mannshöhe aufbaut. In diese Welle ist der Dieter voll hineingesprungen.

„Suu eine Unverschämdheid!“, schimpfte er auf der Anklagebank, „Der Moo mouß doch mid sein Audo mindesdens mid Hunderd durch däi Bfüdzn durchbredderd sei! Dou brauch i im Urlaub nedd nach Island foohrn, wenns in Gosdnhuuf auch Geysire gibd. Iich hob ja gmaand, miich hodd jemand zum Duschn undern Niagara-Fall gschdelld! In erschdn Momend hobbi unwillkürlich Schwimmbeweechungen gmachd. Wall i Angsd g’habd hob, iich dersauf.“

Der Brandungswellenerzeuger Daniel K. hatte von dem drohenden Tod des Dieter durch Ertrinken in seinem Kielwasser nichts bemerkt und ist weitergefahren. „Nou binni“, sagte der Dieter, „dera Schlammsau nouchgrennd.“ An der ersten Ampel ist der Daniel dem Tunneltaucher entwischt, an der zweiten Ampel ebenfalls, aber dann war Rote Welle.
Das Gesicht von Daniel K. spiegelte erneut blankes Entsetzen wider, wie er das Zusammentreffen mit dem Rächer der Gegerbten schildern musste: „Dou reißd anner mei Diir aaf vom Audo, iich hob gmaand der Meeresgott Nebdun schäid vuur mir, suu nass is der gween. Und nou isser mid sein Oberkörber aweng zrigg, schnalzd vuurwärds – und in den Momend hob iich ein Kudderla im Gsichd g’habd, dassi ball nix mehr gseeng hob.“ Eine bis aus der großen Zehe heraufgeholte volle Ladung, nach Art des südperuanischen Blasrohr-Lamas. „Und nou“, sagte Herr Daniel K., „hobbi mer erschd die Schbodze ausn Gsichd gwischd, und nocherdla binnin nouchgrennd.“
Dabei hatte der Daniel vergessen, die Handbremse anzuziehen. Mit laufendem Motor, ungebremst und führerlos ist das Auto vom Daniel die kleine Anhöhe vor der Ampel zurückgerollt und auf die Leitplanke vom ehemaligen Kanalhafen geprallt.
Die Verbeulungen zweiten Grades sind, wie erwähnt, auf 3000 Euro geschätzt worden, der Rachespotzer Dieter G. muss wegen Autofriedensbruch und Speichelschnalzen 900 Euro Strafe zahlen. „In Zukumbfd“, kündigte der Dieter an, „wenn der Wedderberichd Reeng meld, nou nimmi mein Daucheranzuuch in die Ärwerd miid.“ „Und am besdn“, riet ihm der Daniel, „hoggsd nou auch an Daucherhelm aaf. Nou konnsd an die Fensderscheim vo dein Helm hiischbodzn, und nedd aff andere Laid.“

# Die Nachteile des Taschentelefons

Ohne den kleinen Handtaschen- und Hosenzwitscherer ist menschliches Leben auf der Erde nicht mehr möglich. Global Bläher verrichten mit der Maultrommel im Gehen und Stehen ihre großen und kleinen Geschäfte, Urlauber plaudern in sie hinein, dass sie im Urlaub sind, Ehemänner verkündigen nach Büroschluss daheim große Freude, indem sie jeden Feierabend taschentelefonisch anfragen, ob das Essen schon am Tisch steht. Wie das Leben in der Prä-Nokia-Epoche funktioniert hat, weiß niemand mehr.
Kleine Nachteile im mobilen Hör- und Lauschanpfiff gibt es jedoch noch. Einer dieser Nachteile ist jetzt dem kaufmännischen Angestellten Willi K. in Form einer fristlosen Kündigung widerfahren. Er war stolzer Inhaber von bereits zwei schriftlichen Abmahnungen, jetzt hat ihn wieder eine große Arbeitsunlust befallen. In seiner Eigen-Diagnose an einem kopfnebelhaften Montag Früh hat der Willi diese Unlust als Hexenschuss, grippalen Infekt, gepaart mit Brechdurchfall, Fischvergiftung und schwerer Migräne eingeordnet. Er ist dabei aber ziemlich frisch und wohlgemut durch die Fußgängerzone geschritten. „Geem'S mer amol in Aldn", hat er mit gut einstudierter Mattheit in der Stimme in sein Handy geröchelt. Am anderen Ende war die Sekretärin von Herrn Direktor Felix F. „Wenn Sie in Herrn Direggder maaner", hat die Sekretärin geantwortet, „dann muss ich Ihnen affs Handy draffschaldn, wall der Herr Diregdder is underwegs."
Also wurde der Willi am Handy aufs Handy vom Herrn Direktor draufgeschaltet. „Iich bins", meldete sich sodann der Willi mit einer Stimme wie vom Sterbebett, „Griss Godd, Herr Direggder. Ich wollerd blouß soong, dass iich haid nedd in die Ärwerd kummer konn. Miich hodds vielleichd derwischd!" Dann folgten die einzelnen Posten seiner umfangreichen Krankmeldung: Hexenschuss,

grippaler Infekt, Brechdurchfall, Fischvergiftung, Migräne. „Um Goddeswilln!“, entsetzte sich der Herr Direktor, „Hexnschuss, gribbaler Imbfegd, Brechdurchfall, Fischvergifdung, Migräne! Dou sollerdn’S obber nichd durch die Schdadd laufn.“ Der Willi spannte noch nichts und verwickelte sich noch tiefer in sein nahendes Unglück. Es war ungefähr noch zehn Meter entfernt.
„Maaner Sie“, flüsterte der Willi mit ersterbender Stimme, „iich gäih in der Schdadd schbaziern?! Des wär ja Selbsdmord! Iich liech dodal vergrümmd mid mein Hexnschuss im Bedd! Und däi Migräne zermarderd mer vielleichd in Kubf. Und dann nu gribbaler Imbfegd und Fischvergifdung und Brechdurchfall! Wenns vorna aafheerd, fängds hindn oo! Am libbsdn mecherdi zum Fensder naushubfn!“
„Aus welchem Fenster?“ fragte Herr Direktor Felix F. interessiert zurück. „No, zu mein Schloufzimmerfensder“, antwortete der Willi. Jetzt lief der Direktor – was der Willi immer noch nicht ahnte – in der Fußgängerzone höchstens noch drei Schritte hinter seinem todkranken Mitarbeiter. „Seid wann“, fragte der Direktor, „wohnern Sie in der Karolinenschdrass?“
Der Willi wunderte sich immer noch nicht und berichtigte, dass er noch nie in der Karolinenstraße gewohnt habe, sondern Zeit seines an Krankheitsfällen so reichhaltigen Lebens in der Gugelstraße. Wie er dann mit letzter Kraft ins Handy hauchte, dass sich zu seinem momentanen Befund wahrscheinlich auch noch Mumps und Masern hinzuziehen, waren beide – der Willi und sein Chef – in der Karolinenstraße auf gleicher Höhe. Der Chef schaute ihn von der Seite an und sagte „Gun Morng, wie gehd’s?“ Der Willi schaute kurz auf, hielt das Handy mit der Hand zu und erwiderte: „Mir gäids subber. Obber an Momend nu, iich hob grood a wichdigs Gschbräch.“ Erst dann erkannte er seinen Chef.
Die zwei hätten sich dann auch live, von Mund zu Ohr, unterhalten können. „Edzer“, sprach der Herr Direktor ins Handy, „genger’S mit Ihrn Hexnschuss, Brechdurchfall, gribbalen Imbfegd, Migräne, Fischvergifdung, Mumbs und Masern ins Büro und hulln Sie Ihre Babiere ab. Obber schdeggn’S im Büro kann oo, gell!“

Auch jetzt vor dem Arbeitsgericht behielt die Kündigung ihre Gültigkeit. Am Ende der Verhandlung läutete das Handy vom Willy. Er nahm es aus der Hose, drückte drauf und brüllte hinein: „Blouß dassders wassd, du Oorsch vonnern Händy – dir is edzer aa kündichd!“ Und dann prellte er es vom dritten Stock durchs Treppenhaus hinunter bis ins Erdgeschoß, wo es seinen unseligen Geist aufgab.

# Der Meister aller Trickbetrüger

Trickbetrüger gibt es von Berlin über Düsseldorf, Oggersheim bis München wie Sand am Meer. Sogar in allerhöchsten Positionen. Ob es die großen Vorbilder, das schnelle Geld, die milden Richter oder jene um möglichst keinerlei Aufklärung bemühten Untersuchungsausschüsse waren, die den Frührentner Hermann L. zum versuchten Trickbetrug verleitet haben, weiß man nicht. Man weiß nur, dass seine Variante nicht wie üblich in die eigene Tasche, sondern voll in die eigene Hose gegangen ist. Die Rekonstruktion des 200-Euro-Coups vor dem Amtsgericht war außerordentlich schwierig.
Damals am Tattag ist der Hermann beim Bäckermeister Anton W. erschienen und hat mit zittriger Stimme zehn Krapfen verlangt. „Odder", hat er seine Bestellung dann deutlich reduziert, „geem'S mer läiber suu an Schoglood-Luudscher dou. Wos kosdn der?" Er kostete 25 Cent. Der Hermann zitterte einen 200-Euro-Schein über die Theke. „Sin Sie der Ackermann vo der Deutschn Bank odder wer?", fragte der Bäcker Anton, „Odder mecherdn'S däi 25 Cent läiber iiberweisn?" Worauf der Hermann zum Schokoladen-Lutscher dann doch wieder zusätzlich die zehn Krapfen orderte. Es machte sodann 9 Euro und 25 Cent. Wieder wedelte der Hermann mit seinem Zweihunderter. Der Anton retournierte erst 100 Euro, dann 50, dann intervenierte der Faschingskrapfengroßeinkäufer: „Hald naa! Denner'S den Zwaahunderder widder her! Iich glaab, iich hobs doch bassend."
Danach rotierten die Scheine wie in einer Geldzählmaschine. Erst riss der Hermann den 200-Euro-Schein an sich, fingerte in seiner Hosentasche nach verschiedenen Münzen, ließ ausversehen einen Zwanzger in eine Sahnetorte segeln, zerquetschte die bereits eingepackten zehn Krapfen unterm Arm, dass hinten die Hiffenmarmelade

rausspritzte, gab auf Befehl vom Bäckermeister den Hunderter wieder zurück, den er aber mit dem Zweihunderter verwechselte, steckte ausversehen den Schokoladen-Lutscher in seinen Geldbeutel, knallte schließlich die plattgemachten Krapfen wieder auf die Theke, fischte sich geschwind einen 50-Euro-Schein aus der Hand des Bäckers, ließ dabei einen anderen Schein fallen und rannte fluchtartig aus dem Geschäft.
„Und nou hob iich“, sagte der Bäckermeister und Zeuge Anton W., „erschd amol zähld, wäivill Geld dassi nu hob. Wall i mer scho dengd hob, daß miich der Doldi rolln hodd wolln. Und nou hobbi gmaand, mich driffd der Schlooch – inglusive den Zwanzger in der Sahnedorddn hob iich aff aamol fimbfhunderdsiebzg Euro g’habd!“ „Des mäin’S Ihnen amol vuurschdelln, Herr Richder“, fuhr er fort, „Dou kummd anner zum Loodn rei und kaffd si fiir fimbfhunderdsiebzg Euro an Schoglood-Luudscher! Des sin ja fräihers eindausendeinhunderdvärzg Marg gween!“
Die Polizei hatte der Hermann danach nur angerufen, dass man ihn nicht noch wegen Schokoladen-Lutscherwucher belangt, und er dem Hermann sein Geld wieder zurückgeben kann. Kurze Zeit später war der Schein-Jongleur Hermann L. bereits ermittelt. Eine halbe Stunde vorher hatte er in einem Schnellimbiss eine Currywurst zu 3 Euro 50 ebenfalls mit einem 200-Euro-Schein bezahlen wollen und dabei durch seine enormen Fingertricks 50 Cent erbeutet. Nach eindringlicher Befragung des Richters gab der Hermann schließlich zu, dass seine Schein-Rotationen eigentlich als Trickbetrug gedacht waren. Weil bekanntlich der Versuch, auch der klägliche, strafbar ist, wurde der Angeklagte zu vier Wochenenden Putzarbeit in einer staatlichen Schule verurteilt. „In anner staatlichn Schul?“, wunderte sich der Bäckermeister Anton W. und wandte sich dem Hermann zu, „Nou däädi mi an deiner Schdell in anner Trickbedrüücher-Schul meldn.“

# Der Gummihammer

Unser Bundeskanzler fordert mit Recht täglich zweimal Innovationen, Visionen, Präpositionen zum Anschwurbeln der Wirtschaft. Aber was etwa bei der Autobahnmaut-Technologie in Form visionärer Papier-Bläbbala ganz gut greift – die Entwicklung in der Scherzartikel-Industrie, ein wesentliches, wenn nicht das einzige Standbein unserer Wirtschaft, lässt in letzter Zeit stark zu wünschen übrig. Kein Mensch mehr fühlt sich durch die einst so beliebten Scherzartikel wie Juckpulver, kunstvoll geringelte Plastik-Hundescheiße, wasserspeiende Fotoapparate oder selbstknatternde Schießkissen auch nur annähernd belustigt. Der Absatz im Scherzartikel-Standort Deutschland stagniert, schon erschallt der Ruf nach Beratern für Plastik-Hundescheiße.

Lediglich der legendäre Gummihammer hat jetzt im Nürnberger Fasching wieder einmal einen glorreichen, hoffnungsvollen Auftritt gehabt. Und zwar am Amtsgericht.

Der Siebdrucker Georg F. war wegen Gummihammerbetrugs angeklagt. Die Tat ereignete sich während eines Kappenabends in einer Schrebergartenkolonie. Zu diesem Kappenabend, an dem traditionell Mützen- und Bierpflicht herrscht, ist damals der hauptamtliche Job-Floater einer bekannten Bundesagentur in der Regensburger Straße, Christian G., als Schwarzarbeiter maskiert erschienen: Schwarzer Pullover, schwarze Hose, schwarze Schuhe, schwarze Skimütze am Kopf und einen Gummihammer als Arbeitsgerät.

Der scherzhafte Gummihammer schaut einem echten, etwa zehnpfündigem Hammer täuschend ähnlich. Bei einem Hammerangriff wähnt das Opfer sich schon im Jenseits, erleidet dann bei einem Schlag auf den Kopf aber keinerlei Verwundungen, denn der Gummihammer ist, wie der Name schon sagt, aus Schaumgummi.

Nach zirka zwölf Bieren und ebensovielen Wodka-Feige ist der als Schwarzarbeiter maskierte Christian G. durch

die Schrebergarten-Kantine getaumelt und hat die Teilnehmer des Kappenabends der Reihe nach abgehämmert. Beim dritten Durchgang hat schon keiner mehr Angst gehabt vor einem Hammerschlag. Jeder hat gewusst: Es handelt sich um einen vollkommen schmerzfreien Gummihammer. Bis dann der jetzt angeklagte Siebdrucker Georg F. die Gummihämmerei nicht mehr ausgehalten hat. „Iich hob doch“, sagte er vor Gericht, „iich hob doch nix gmachd. Blouß den bsuffner Affn sein Gummihammer abgnummer und zum Fensder nausgschmissn. Und nou hodder ummernandergschriea, dasser sein Hammer widder hoom will, sunsd gäider hamm. Ohne Hammer is ka lusdicher Kabbnoomd fiir ihn. Und dann hobbin hald sein Hammer widder g’hulld.“
Diese Aussage war aber etwas unpräzis. Der Georg hatte dem Christian nicht seinen Hammer wieder gegeben, sondern einen Hammer. Und zwar einen Hammer aus der Werkzeugkiste das Kantinenwirts. Dieser Hammer war wider Erwarten nicht aus Schaumgummi. „Vill wassi vo den Kabbnoomd nimmer“, erinnerte sich der Job-Floater Christian G., „Blouß nu dou droo, dass mer der Gerch mein Hammer widder geem hodd. Und nou is vuur mir der Wirt am Diisch g’hoggd. Däi hom Seggd gsuffn. Und nou hobbi numol a Schbässla machn wolln, mir hom ja Fasching, nä, und hob nern mid mein Hammer gscheid am Kubf naafg’haud.“ Nach einer kurzen Pause fuhr der Christian fort: „Des woor vielleichd ein Gligg, Herr Richder, dassi unser Wirt an Sektkiibl iibern Kubf driibergschdülbd hodd. Wall es woor ja a Kabbnoomd, nä.“ „Ja und dann“, berichtete der Christian weiter, „dann hob iich den also mein Gummihammer am Kubf naafgschmedderd. Douds der aff aamol einen Schlooch, Herr Richter! In den Sektkiibl isser Drimmer Delln drinner, und unser Wirt hodd eine Gehirnerschüdderung g’habd. Middern Gummihammer, moußder denkn!“
Der Christian war selbstverständlich an dem stahlharten Schlaganfall unschuldig. Der Gummihammertäuscher Georg F. hingegen wurde zu einer Geldstrafe von 700 Euro verurteilt. „Frooch hald amol in Richder“, sagte

der Christian zum Georg, „ob der Baragraf, nach den wousd verurdeild worn bisd, ob des efenduell ein Gummi-Baragraf is.“

# Die pfefferscharfe Bardame

Pfeffer macht nicht immer scharf. Im Gegenteil stumpft er manchmal sogar die Sinne ab, im Fall des Nachtbar-Besuchers Hermann W. vor allem die Sinnlichkeit. Der frisch geschiedene Autovertreter hatte eines Abends einen starken Frühlingsdrang in sich verspürt und war infolgedessen beim Lustwandeln in der Stadt in diesen kleinen Anbaggerei-Laden geraten. Dass in solchen Zwielichtspieltheatern gepfefferte Preise vorherrschen, hatte er schon geahnt. Dass dort aber auch ein Pfeffer in seiner natürlichen Beschaffenheit auf ihn lauern könnte, war dem Hermann in keiner Weise geläufig.
„Iich beschdell mer ba dera Altn in den Schubbn a Bier“, schilderte der Angeklagte am Amtsgericht jetzt seinen Ausflug in die Welt der Abendröte, „Und nou kummd däi zu mir her, an Ausschnidd vom Hals bis zur groußn Zeher nunder, und sachd zu mir, sie hassd Mona und sie hodd aa an Dorschd. Hobbi gsachd, sie soll a Wasser saufn, des hilfd am besdn geechern Dorschd.“
An einem Wasserhahn war die Mona angeblich weniger interessiert. Ihr Augen- beziehungsweise Handmerk soll sich mehr dem Hahn vom Hermann gewidmet haben, worauf dieser mit leicht geschwollenem Kamm dann doch einen Pikkolo zu 50 Euro spendierte. „Iich woor ja bragdisch unzurechnungsfähich“, sagte er aufgebracht, „wäi däi an mir rumdou hodd! Dou wersd doch nersch! Und nou gib iich dera Henner an Biggolo aus. Fiir an Fuchzger! Und bis i gschaud hob, hodds nern scho ausgsuffn g'habd.“ Und dann – fragte der Richter. „Und dann“, erinnerte sich der Hermann, „dann hobbi ihr nu an ausgeem. Und sie hodd immer ärcher an mir rumgnoddld. Und dann hodds zu mir gsachd, daß mer edzer wos ganz Wildes in ihrn Sebaree drinner machn. Obber dou mäißerd i edzer nu a Flaschn Schambanjer zoohln.“ Nach irgendwas Wildem

im Separée stand dem Hermann nach der kurzen Handarbeitsviertelstunde der Mona durchaus der Sinn. Schwer benebelt von den Offerten der Bardame rückte er noch einmal 150 Euro für den Champagner raus. „Die masdn geem zwaahunderd“, soll die Mona die Trinkgeldgepflogenheiten in der Separée-Szene erklärt haben. Also zahlte der Hermann mit bebenden Nüstern 200 Euro.
„Nou hobbi mer dengd“, schilderte er den weiteren Verlauf der Baggerarbeiten, „edzer mäißerd obber nou langsam aweng wos laafn. Lang i nei in dera Frau Mona ihrer Bluusn – und aff aamol gräich iich einen Niesanfall, Herr Richter, dass i gmaand hob, mir zreißds in Kubf! Die Brilln is mer in hohen Boong dervoo gfluung, an Hemmerdgnobf hodds mer wechgrissn! Alles weecher den Niesanfall.“ An die zwanzig Minuten lang soll es den Hermann damals durchgeschüttelt haben. Als Nase und Mund einigermaßen getrocknet waren, die Brille sich wieder gefunden hatte, probierte es der Hermann erneut mit einem kleinen Eingriff in die Mona. Und wieder hallten schwere Nasen-Explosionen durch das Separeé. Je schwerer die Nies-Detonationen, desto mehr senkte sich dem Hermann sein Hormonspiegel. „Und nou“,sagte er in der Verhandlung, „nou hobbis gmergd. Hodd däi Biggollo-Schnalln scho widder aus einen Bfefferschdreuer an Bfeffer in ihr Händ gschüdd und neiblousn!“ „Fiir miich“, fuhr er nach einer kurzen Entschuldigung für das Wort Pikkolo-Schnalln fort, „fiir miich woor des ein K.O.-Bfeffer, Herr Gerichdsvuursidzender! Iich bin dodal algerisch geecher Bfeffer. Nou hobbi ihr anne am Baggn naafg'haud, in ledzdn Resd Bfeffer aweng im Gsichd verdeild und meine zwaahunderd Euro widder rauszuung. Däi hodds in ihrn Slib drinner g'habd.“
Die Frau Mona äußerte sich dahingehend, dass es nicht eine, sondern zwei Schelln waren, dass sie dem Hermann keinesfalls an den Hahn gegangen ist und dass sie sich schon immer gern in den süßen Champagner eine Prise Pfeffer einstreut. Anders hält sie das dauernde Champagnertrinken nicht aus. Wegen ziemlicher Zweifel an der Darstellung der Frau Mona wurde der Hermann nicht we-

gen Unterhosen-Raub, sondern nur wegen Körperverletzung zu einer Geldstrafe von 2400 Euro verurteilt. „Dou di nedd oo“, sagte die Mona nach der Verhandlung zum Hermann, „Niesn, sachd mer, is der Orgasmus des kleinen Mannes.“

# Das Unterwasser-Handy

Ohne Visionen, Innovationen ist das Leben ein Dreck. Nur die Innovationsfreude weist den Menschen als höheres Wesen aus. Dem menschlichen Erfindungsgeist verdanken wir zum Beispiel, dass man mit einem neuartigen Taschentelefon nicht nur telefonieren kann, sondern auch fotografieren, Bilder versenden, Mitteilungen schreiben, Musik hören, faxen, speichern. Jetzt hat am Amtsgericht die Frage geklärt werden sollen, ob ein Handy auch fliegen und schwimmen kann.

An einem sehr frühen Frühlingstag sind auf einer Parkbank unweit der Pegnitz zwei im Kommunikationswesen sehr unterschiedlich strukturierte Menschen gesessen: Der Berufstelefonierer Harry R., gewissermaßen ein wandelndes Call-Center, und der Mumpfler Michael N., der Gespräche aller Art grundsätzlich für einen akustischen Dünnpfiff hält. Erst recht öffentlich geführte Telefongespräche.

Bereits nach knapp einer Minute Natureinsamkeit und Stille auf dieser Bank an der Pegnitz ist in der Hosentasche vom Harry eine gut hörbare Melodie erklungen – Alarmzwitschern aus dem Handy. Es war die Ehefrau vom Harry, die durchgegeben hat, dass alles in Ordnung ist, dass sie daheim ist, dass sie soeben mit ihm, dem Harry, telefoniert und einige andere, ähnlich dringende Nachrichten. Sekunden nach dem Anruf hat der Harry seinerseits seine Frau angerufen und ihr wissen lassen, dass alles in Ordnung ist, dass er auf dem Heimweg ist und dass er gerade telefoniert. „Aweng a Rouh“, hat da der Banknachbar Michael N. gemurmelt, „wär edzer aa ganz schäi.“

Er hat noch nicht ganz ausgesprochen, da ist schon wieder ein Zwitschern erklungen, und der Harry hat mit seiner Mitteilungsmaschine jemandem durchgegeben, dass es jetzt Samstag Mittag ist, die Sonne scheint, und dass er schon zweimal mit seiner Frau gesprochen hat. Nach diesem Gespräch hat der Harry noch geschwind die Schwiegermutter angerufen, die Tochter, die Autowerkstatt, einen Stammtischkumpel, einen Arbeitskollegen, einen Nachbar und die Oma väterlicherseits. Dann war fast eine ganze Minute lang Ruhe, bis es wieder gezwitschert hat. Es war der Opa mütterlicherseits.

In einer unerwarteten Telefonpause hat sich der Harry an seinen Banknachbar mit der Frage gewandt: „Sie hom gwiss ka Händy?“ Und ohne eine Antwort abzuwarten fuhr er fort: „Iich hob a ganz neis Händy. Mid den konn iich foddografiern, nou konn i nu SMS neidriggn, SMS embfangen, SMS schbeichern, SMS wechdriggn, Delefonnummern nouchschauer. Und delefoniern kommer aa dermiid.“ Wie der Michael keine Antwort auf alle diese Großartigkeiten gewusst hat, ist dem Harry noch unter lautem Gelächter eingefallen: „Und es Schennsde is – in der Huusndaschn douds vibriern, mei Händy.“

Erst da hat Herr Michael N. erstmals reagiert. „Derfis amol seeng“, hat er gefragt, „Ihr Händy?“ Er hat das Wundertelefon in der Hand gehalten, es von allen Seiten begutachtet und dann von seinem Nachbar wissen wollen, ob das Handy auch schwimmen kann. „Wie – Schwimmen?“, hat der Harry zurückgefragt. „Ja Schwimmer hald, im Wasser“, hat der Michael geantwortet, dabei mit dem Arm weit ausgeholt und das Mehrbereichs-Handy in hohem Bogen in die Pegnitz geschmissen. „Flieng konns jeednfalls“, hat der Michael während des Handy-Flugs bewundernd festgestellt, „Edzer mäimer blouß nu schauer, obs schwimmer konn.“ Es konnte nicht schwimmen. Mit einem letzten Zwitscherer ist es in den Fluten der Pegnitz versunken. „Nou simmer“, sagte der Harry vor dem Amtsgericht, „alle zwaa am Ufer dorddn gschdandn und hom zougschaud, wäis undergehd. Und wäi iich den Verbrecher gfrouchd hob, wäi iich edzer widder zu mein neier Händy kumm, hodder gsachd „Ganz eimbfach“ und hodd mi aa in die Bengerz neigschubsd.“

Mit starker Unterkühlung hatte der Harry von Passanten geborgen werden können. Das Unterwasser-Handy ist aber wahrscheinlich schon in Fürth, Frankfurt, Rotterdam oder gar in der Nordsee, und es telefonieren Heringe mit ihm. Der Handy-Feind Michael N. wurde wegen Körperverletzung und Sachbeschädigung zu drei Monaten auf Bewährung und 4000 Euro Geldstrafe verurteilt. „Des mouß i“, sagte der Harry und griff dabei in die Hosentasche, „gleich meiner Frau durchgeem aff mein neier Händy.“

# Der schwerhörige Karpfen

„Stumm wie ein Fisch im Wasser" – über diesen auf die angebliche Sprachlosigkeit aller Flossenträger zielenden Vergleich kann der Versicherungssachbearbeiter Norbert M. nur abschätzig lachen. Der Freizeit-Fischbändiger hält in seinem ozeanartigen Gartenteich Heerscharen von Goldfischen und als Prunkstück einen echten, 5000 Euro teueren Koi-Karpfen. Der japanische Koi hört auf den Namen „Heinzi". „Nach mein Großvadder", erklärte der Norbert vor Gericht den ungewöhnlichen Karpfen-Vornamen, „der hodd nämlich Heinrich g'hassn." Und der Norbert ist überzeugt: So wie er mit seinem Heinzi spricht, so spricht auch der Heinzi mit ihm. „Dou mouß mer si nerblouß innern suu Fiisch neiversedzn kenner, nou verschdäid mer aa sei Schbrooch", erörterte er dem Richter sein inniges Verhältnis zum Koi-Karpfen Heinzi.
Früh um sechs Uhr pflegte sich der Norbert mit seinem Karpfen ausgiebig zu unterhalten, dann wieder abends nach Rückkehr von der Arbeit und sogar nachts. „Ob Sie's glaam odder nedd", sagte der Zeuge Jörg P. bei der Verhandlung aus, „Der Moo is middn in der Nachd mid der Schdirnlambn am Kubf noo zu sein Fiischweiher und hodd si ganz laud mid sein Scheiß Heinzi underhaldn. ‚No, wou is denn mei Moggerla, mei Heinzila, mei Schilfscheißerla' hodder rumbrilld, ‚Gell, däi druggner Wasserflöh schmeggn mein Heinzi.' Heinzi in der Fräih, Heinzi in der Nachd – der Moo hodd doch nimmer alle Schubbn am Kubf, Herr Richder!"
Eines unschönen Feierabends hatte der Norbert wieder nach seinem dressierten Heinzi gerufen. Erst halblaut, dann laut, dann ganz laut, dann durch die ganze Siedlung laut klagend: „Wou issn mei Heinzi?! Ja, wou isser denn?! Heinzi, Heinzi, Heinziiii." Aber es tauchte kein Heinzi aus dem Gartenteich auf.

Ein paar Tage vor dem Verschwinden vom Heinzi hatte der Nachbar Jörg P. den Norbert erstmals wegen seiner lautstarken Unterhaltungen mit dem Heinzi zur Rede gestellt. Die Unterhaltung hatte mit der Drohung vom Jörg geendet: „Wenn Sie nu einmal suu laud nach Ihrn Scheiß Heinzi schreia, nou hulli die Bollizei! Nou kummd Ihr schbrechender Karbfn ins Gymnasium! Odder in die Bengerz!“
Also war dem Norbert an diesem Abend vollkommen klar: Der Nachbar hatte seinen Heinzi aus dem Teich gefischt und sich möglicherweise an ihm vergangen.
Er rannte hinüber zu Herrn Jörg P., läutete Sturm und rannte am erschrockenen Nachbar vorbei sofort in die Küche. „Dou riechds nach Fiisch“, schrie er, „Ihr Verbrecher hobd mein Heinzi ermorded!“ Tatsächlich saß die Familie P. an diesem Abend vor einer großen Platte am Tisch, auf der ein bereits gehäuteter und zur Hälfte verspeister Fisch aufgebahrt war. „Mei Heinzi“, schluchzte der Norbert, „mei Heinzi is dood. Und däi Kannibalen hom nern scho halmi gfressn!“
Erst brach der Norbert vor Abschiedsschmerz fast zusammen, dann raffte er sich wieder auf – um seinen gemeuchelten Heinzi zu rächen. „Mir hodder“, rekonstruierte der Jörg die Rachehandlungen, „den Dobf mid der haaßn Budder am Kubf gschmissn, dassi Verbrennungen zweidn Grades g’habd hob. Und meiner Frau hodder in ganz Kardofflsalood in Mund neigschdobfd. Dou derbei hodds a Gräädn verschluggd. Däi hommer ins Kranknhaus bringer mäin, sunsd däärs derschdiggd.“ So sehr der Jörg an diesem Abend immer wieder beteuert hatte, dass der Karpfen am Tisch nicht aus dem Fischweiher vom Norbert, sondern aus dem Bassin vom Bernet stammt – der Koi-Liebhaber wütete wie eine Panzerfaust. „Die halbe Kichn hodder uns zammg’haud, die Deller zammds in Resd vo unsern Karbfn zum Fensder nausgschmissn, und wäi iich numol gsachd hob, dass der Karbfn vom Bernet is und dassin die Rechnung zeing konn, hodder mi niedergschloong.“
Wegen Körperverletzung, Sachbeschädigung und Karpfenwerfen wurde der Norbert zu einer Geldstrafe von

4500 Euro verurteilt. „Und was issn edz mid Ihrn Fisch?“ fragte der Richter zum Schluss den Angeklagten. „Sie maaner mein Heinzi?“, antwortete der Norbert kleinlaut, „Der is widder aafdauchd am andern Dooch. Iich glaab, iich mouß mid ihn amol zum Ohrnarzd.“

# Wellness – jetzt auch im Kofferraum

Wellness ist nicht immer well. Im Fall vom Eduard, genannt Caipi-Edi wegen seiner Vorliebe für den Schnellpreller-Cocktail Caipirinha, hat ein Wellness-Abend in der Oberpfalz ausgesprochen unwell geendet. Am Amtsgericht hat sich der wegen verschiedener Delikte angeklagte Herr Eduard F. nur schemenhaft erinnern können. „Iich wass blouß nu, dassi in anner Höhle drinner gleeng bin und nimmer rauskummer. Und gscheid kald is gween. Sunsd wassi nix mehr." Verhältnismäßig wenig Wissen im Vergleich zu dem, was an diesem Abend wirklich passiert ist.

Bei der Höhle hat es sich um den geöffneten Kofferraum vom Auto des Wellness-Anhängers Fred R. gehandelt. In ihn ist der Caipi-Edi auf dem Heimweg nach vielleicht fünf oder sieben oder auch neun Caipirinha ausversehen hineingeflogen. „Iich wolld widder rausgrabbln", wusste der Edi noch, „obber des is nedd ganger. Dou war eine Wand, dou binni ums Verreggn nedd durchkummer." Nämlich ist der Caipi-Edi in die falsche Richtung gekrabbelt, die Wand – das waren die Rücksitze vom Auto des Herrn Fred. Der hatte an dem Abend vor seinem Haus mit offenem Kofferraum nur schnell gehalten, um seine Reisetasche für ein Wellness-Weekend in einem schönen Landgasthaus in der Oberpfalz noch zu verladen.

„Iich hob die Daschn neigschmissn", sagte er vor Gericht, „hob in Kufferraumdeggl zoug'haud und bin gfoohrn. Währnd in Foohrn hodds a boor mool bumberd. Hobbi dengd, des is mei Ausbuff, wou glabberd, und bin weidergfoohrn." Es war aber nicht der Auspuff, sondern es hat sich um Klopfzeichen vom Caipi-Edi gehandelt, der seine Höhlenforschungen beenden und ins Freie wollte.

Am Wellness-Hotel in dem kleinen Oberpfälzer Dorf angekommen hatte der Fred erst den Wellness-Wirt Hans N.

begrüßt, einen Welcome-Drink in Form von drei Weizen zu sich genommen und dann erst seinen Kofferraum geöffnet. Aber blitzschnell hatte er den Deckel wieder zugeschlagen und war käsweiß bei seinem Wirt erschienen.
„Is in dein Bier wos drinner!? Iich siech Geisder. In mein Kufferraum lichd die Weiße Ahnfrau!“ Zu zweit hatten sie sich dann vorsichtig dem Kofferraum genähert, der Fred hat aufgesperrt, der Hans hat ihm Mut zugeredet – und schon ist aus der Höhle tatsächlich eine weiße Gestalt aufgetaucht, mit einem blauen Kopf. Es war der Caipi-Edi.
„Miich hodds in der Höhln suwos vo gfruurn“, erklärte er seine Verwandlung in eine weiße Ahnfrau, „und nou hobbi in dera Daschn wos zum Oozäing gfundn. An Mandl und a Müdzn.“ Es waren die Wellness-Utensilien vom Fred – ein langer, weißer Bademantel und eine blaue Bademütze. „Des hobbi oozuung, und nou binni godzeidank befreid worn.“
Nach einer kurzen Flucht vor der weißen Ahnfrau waren die zwei Geisterjäger wieder zum Auto zurückgekehrt. „Ja und nou“, sagte der Fred, „nou hodd der Moo in mein Kufferraum vielleichd abg’hausd, Herr Richder! Iich hob nern endführd, hodder gsachd. Er hulld edzer die Bollizei. Und vo seiner Frau, hodder nu gschriea, dou gräich iich suwiesuu ka Fümbferla Lösegeld.“ Auf die Frage, wo er sich überhaupt befindet, hat ihm der Fred mitgeteilt, sie wären in einem Wellness-Landgasthaus in der Oberpfalz. Mit den Worten „Du konnsd edzer a Drimmer Wellness am Baggn hoom!“ hat der wieder einigermaßen zu Kräften gekommene Caipi-Edi erst den Fred und dann den Hans sehr strang massiert, beziehungsweise voll abgefotzt. Mit einer langstieligen Buckelkratzbürste aus dem Wellness-Arsenal. Dann hat er sich in ein Zimmer des Landgasthauses geflüchtet, zugesperrt und bis zum anderen Morgen seinen Caipirinha-Anfall ausgeschlafen.
„Fräih“, sagte der Edi, „hobbi mei Frau oogruufn und hob gsachd, dassi in die Oberbfalz verschlebbd worn bin und dass mi abhulln soll.“ Was die Frau vom Edi auch befehlsgemäß erledigt hat. Für den Missbrauch eines Kofferraums, für das Verprügeln vom Hans und vom Fred

und für das Prellen der Übernachtungskosten wurde der Caipi-Edi zu einer Geldstrafe von 1200 Euro verurteilt. „Wellness“, befand der Edi, „is nichd schlechd. Obber aa nedd ganz billich.“

**Der Spezi unterwegs –**
**In der Welt des Glaubens:**

# Oblaten-Betrüger

An Pfingsten schwebt der Heilige Geist auf uns herab und dringt in unsere Seelen. Dieses Jahr wird sich auch ein bisschen Streitberger Zwetschgengeist drunter mischen, beziehungsweise Magenbitter. Denn die ganze Welt blickt zur Zeit erregt auf Großhabersdorf, wo ein katholischer Pfarrer schon seit Tagen Aufruhr, Kirchenpalastrevolution und noch größere Schweinereien schürt. Er ist des schweren Oblaten-Missbrauchs überführt und wegen vorsätzlicher Ketzerei angeklagt.
Seine Dreistigkeit, der Pfarrer von Großhabersdorf hat zusammen mit einigen Protestanten das Abendmahl eingenommen! Nicht etwa ein örtliches Abendmahl bestehend aus Pressack, Senf, Essiggurken, Bier, sondern das Heilige Abendmahl! Mit einem Falschgläubigen! Was Gott und kurz danach auch der Papst ja im Jahr 1517 ausdrücklich und auf das Allerstrengste verboten haben.
Seit der damals von Martin Luther veranstalteten Reformation haben bekanntlich Katholiken und Protestanten beschlossen, dass sie ab sofort den Leib und das Blut des Herrn Jesus streng getrennt zu sich nehmen. Jeder hat seine eigenen Oblaten und Messweine, seine eigenen Kirchen, seine eigenen Landsknechte, vermutlich auch seinen eigenen Gott. Durch den dreißigjährigen Krieg ist dieses Heilige Gelübde auf gegenseitige Verachtung dann noch bekräftigt worden. Und jetzt kommt also der Großhabersdorfer Pfarrer daher und möchte sich mit einem evangelischen Pfarrer an einen Tisch setzen! Die schwerste Glaubenskrise aller Zeiten erschüttert die Welt!
Gottseidank – so soll dieser Tage Gott persönlich anlässlich eines Rundflugs um das Walberla gesagt haben – „Gottseidank hat der Erdbeerschorsch von Eichstätt gleich reagiert und den Oblaten-Betrüger seines Amtes enthoben.“ Nur bei der Christenheit auf der ganzen Welt

herrscht jetzt natürlich wieder einmal große Unsicherheit. Auch bei den Oblaten und beim Messwein. Eine Oblate fragt sich doch unwillkürlich: Bin ich jetzt evangelisch oder katholisch, welchen Glauben hat die Zunge, auf der ich mich befinde, ist die Speiseröhre, durch die ich jetzt gleich durchrutsch, rechtgläubig, komme ich in den Himmel oder lande ich in der Kloschüssel? Fragen über Fragen in der Christenheit, die der Erdbeerschorsch und der Papst aber bereits im Handstreich erledigt haben: Fegefeuer für den Großhabersdorfer. Denn wenn man Nachsicht üben würde und so einem Abweichler den kleinen Finger reicht, dann nimmt er den ganzen Kelch.
Am Schluss möchte sich vielleicht auch noch ein Buddhist, ein Hindu, ein Moslem oder irgend ein anderer Heide in die Großhabersdorfer Abendmahl-Orgien einschleichen, und es herrscht im Fürther Landkreis in allen Kirchen Soda und Andorra. Eigentlich ist die Reaktion der Kirchenfürsten auf diese Fraternisierungssauereien ja noch viel zu milde, viel zu sehr geprägt von der Berg-und-Tal-Predigt. Wir Kampf-Christen von der Basis hoffen inständig, dass endlich die Bibel wieder das wird, was sie einmal war: Ein waffenpflichtiges Wurfgeschoß für alle entschiedenen Glaubenskriecher, mit dem man sich den Schädel einhauen kann.
Die Zeiten, wo Kreuzzügler aus dem Morgenland eine Achterbahn gemacht haben, wo ein Martin Luther zum Verbrennen der Synagogen aufgerufen hat, wo die Heilige Inquisition abtrünnige Schäflein dem wärmenden Feuer der Scheiterhaufen zugeführt oder Hexen in den Fluten des Mains endgelagert hat – diese Zeiten müssen wieder auferstehen. Wann endlich wird es große gelbe Jacken-Aufnäher geben mit einem „K“ und mit einem „P“, so dass gleich jeder weiß: Mir steht ein Katholik, ein Protestant gegenüber, den ich meiden muss wie die Pest und höchstens voll abfotzen darf? Wann gibt es für die Römischen und für die Lutheraner eigene Wohnviertel? Wann wird die fälschungssichere Oblate eingeführt?
So wie es jetzt in Großhabersdorf begonnen hat, geht es jedenfalls nicht weiter. Wo soll denn das hinführen?

Katholiken vespern mit Evangelischen, Evangelische lobpreisen die Ohrenbeichte, islamische Palästinenser liebkosen orthodoxe Juden, Iraker umarmen öffentlich hochanglikanische Engländer oder gar amerikanische Wanderprediger! Und auf einmal endet es in einem Weltfrieden? Das wäre das Aus für die Menschheit, Allmächt Mahlzeit, beziehungsweise Abendmahlzeit! Und schuld dran ist dann der Pfarrer von Großhabersdorf und seine Irrlehre von der Brüderlichkeit.

**Der Spezi unterwegs –**
**In der Welt der Weltverbesserer:**

# Jetzt wird in die betenden Hände gespuckt

Gestern früh hätte unser Super-Minister Clement einmal eine Runde um den Nürnberger Hauptmarkt drehen sollen. Falls er da seinen Vollrausch schon ausgeschlafen hat. Dann hätte er nämlich Tausende von Wirtschaftsverbrechern beobachten können, wie sie faul am Pflaster knien, freche Lieder singen, wie sie vor der Frauenkirche den Feiertag Fronleichnam heiligen und auch noch verklärt glotzen, obwohl sie an unserer Wirtschaftskatastrophe schuld sind.
Auch in den anderen katholischen Kirchen soll wieder die Hölle los gewesen sein. Insgesamt haben allein in Nürnberg, Fürth, Erlangen und Schwabach an die 500 000 Staatsfeinde keinen Finger gerührt, außer vielleicht beim Beten und danach beim Bierkrugstemmen. Und jetzt ist es mit der Geduld vom Minister aber endgültig aus. Feiertage sind Seiertage, hat er durch ein Meinungsmachungs-Institut höchstamtlich feststellen lassen, und es ist jetzt Schluss mit Brückentagen, Jogging, Saufing, Couching und Kurz-Holidaying in Titting, Greding oder Thalmässing. Die Feiertage werden weitgehend gestrichen, jetzt wird in die betenden Hände gespuckt, so erhöht der Clement das Bruttosozialprodukt.
Und wem die drückende Hitze noch ein paar Milligramm Hirn im Gniedlaskopf gelassen hat, der wird einräumen müssen: Wieder einmal hat der Regierungslautsprecher voll recht. Der Mensch ist nicht zum Feiern, Seiern, Reihern auf der Welt, sondern zum Malochen. Das steht in der Bibel und neuerdings scheint's auch im Parteipro-

gramm der SPD. Feiertage, Mußestunden, Mittagspausen sind Gift für uns.
Allein die Fronleichnamsfeier gestern am Nürnberger Hauptmarkt zeigt uns in erschreckendem Maß auf, wie hier Volkseigentum grob fahrlässig zerstört wird. Keiner dieser dumpf herumlungernden Feiertags-Faulenzer hat gestern auch nur einen Cent in die Rentenversicherung eingezahlt, in die Krankenversicherung, in die Pflegeversicherung, in die Zahnersatzversicherung, in die verschiedenen Zusatzversicherungen. Vom ersten Halleluja gestern früh bis zum letzten Amen haben in der Staatskasse schon wieder an die fünf Milliarden Euro gefehlt. Das Pflaster am Hauptmarkt ist dünner geworden, Gehsteige in der ganzen Altstadt haben unter den Fußtritten der Müßiggänger gelitten, schwere Luftknappheit, Platzverdrängung, Engpässe in der subventionierten Gesangbuchversorgung! Noch einmal ein paar Milliarden ins Weihwasser geschmissen! So kann es nicht weitergehen. Auch die Schalter, wo sonst immer die Schmiergelder ausbezahlt werden, waren geschlossen.
Außer unserem Super-Minister denkt wahrscheinlich auch keine alte Sau darüber nach, wie mit solchen plötzlich dahergeflogenen Feiertagen die knapp fünf Millionen Arbeitslosen vor den Kopf gestoßen werden. Es langt doch schon, dass sie an Werktagen keine Arbeit haben. Jetzt werden sie zusätzlich noch dadurch gelangweilt, dass ihnen Feiertage wie Werktage und Werktage wie Feiertage vorkommen. Außerdem ist das Problem der Arbeitslosigkeit ja erst durch die Feiertage entstanden. Wie wir hier in Nürnberg vor etwa hundert- bis zweihunderttausend Jahren nachweislich noch keinen einzigen Feiertag gehabt haben, hat es auch keinen Arbeitslosen gegeben. Null Prozent Arbeitslosigkeit, Vollbeschäftigung aller Amöben, Geißel- und Pantoffeltierchen im damaligen Jurameer – ja, das waren halt noch Zeiten! Vielleicht kommen die wieder, wenn es noch mehr regnet. Mehr Wind haben wir schon infolge politischer Verlautbarungen zur Feiertagsabschaffung. Dieser Wind könnte Wolken bilden, aus denen es dann regnet.

Aber mit der Forderung nach dem ersatzlosen Streichen von Feiertagen allein kann die Krise natürlich nicht bewältigt werden. Das ist auch im Streichamt hinlänglich bekannt. Zusätzliche Tage müssen her! Dass vielleicht nach dem megalangen verkaufsoffenen Sonntag der Bfrinztag kommt, dann der Wanztag, Grunstag, Schmittwoch, Zongerstag, danach erst Montag, Dienstag, Mittwoch und so weiter. Wenn eine Woche zwanzig Tage hat, sind wir eventuell gerettet. Falls das nichts nützt, kann man ja auch zusätzliche Jahre einführen, in denen voll gearbeitet wird. Und wenn dann wirklich noch jemandem der Sinn nach einer Fronleichnamsfeier ist, soll er halt warten, bis er mit 95 Jahren in Rente und von da direkt ins Jenseits geht. Da hat er dann am Johannisfriedhof Zeit zum Feiern. Denn die Ewigkeit dauert im Gegensatz zu einer voll durchgeblödelten Legislaturperiode bekanntlich ewiglich. Falls der Clement nächste Woche nicht wieder mit einer guten Idee dahergetaumelt kommt und die Ewigkeit abschafft.

# Hirnfrei

Schon immer bewegt die denkende Menschheit die Frage: Was ist schöner, anmutiger, lieblicher – der krampfadernumkränzte Körper eines Mannes oder das Gehäuse einer Frau? Diese beinahe schon philosophischen Erwägungen sind in diesem sehr frühen Frühjahr mitten in der Fußgängerzone erörtert worden. Gesprächsteilnehmer an der ersten Kopfsteinpflasterdiskussion des Jahres waren die etwas luftig bekleidete Frau Karin F. und der schwere Frauenhautallergiker Otto G. Zwischen ihnen befindet sich eine Differenz von knapp vierzig Jahren. Nur so ist es verständlich, dass die Schönheitsideale der beiden Diskussionsteilnehmer an diesem sehr schwülen Nachmittag starke Differenzen aufwiesen.
Die Karin hüllt ihren nicht unüppigen Körper am liebsten in fast gar nichts, während für den Otto das Schönste auf der Welt mit der Zahl Sieben behaftet sein muss, oben weich und weiß, unten gelb und aufschäumend – also sieben Weizenbiere am Stück. Diese soll er an jenem Nachmittag bereits eingenommen haben, sie waren ihm eine große Argumentationshilfe.
Wie die Karin damals in der Karolinenstraße an ihm vorbeigehupft ist, in einem nabelfreien Hauch von einem Höschen und oben wackelpuddingmäßig, hat der Otto aufgeseufzt: „Also suu eine Dreegsau! Schämer Sie sich eingli nedd!?“ Die Karin hat die Bremsbacken sichtbar angezogen, ist stehen geblieben und hat dem Otto ihre Schamgefühle so erklärt: „Wenn i suu wie Sie mein Oorsch als Gsichd verkleidet am Hals hoggn hädd – nou dääd i mi scho schämer.“
Von dieser Äußerung an ist der Otto ständig hinter der Karin hergeschlurcht und hat ihr dabei anatomische Vorträge gehalten, an die er sich allerdings vor dem Amtsgericht nicht mehr so genau erinnern konnte. „Derfiir“, sagte sein Opfer, „konn mi obber iich an jeeds Word vo damals nu erinnern.“

„Erschd", erklärte die Karin, „hodder hinder mir numol hergschriea, dass ich eine verkommene Wildsau bin. Dann hodder brülld, dass er nu goornedd gwissd hodd, dass edzer middn aff der Karolinenschdrass eine Bieb-Schau is mid naggerde Weiber." „Suu eine Sauerei", ist der Otto dann politisch geworden, „dou konn ja aus Deidschland nix mehr wern, wenn die Weiber ba uns rumlaafn, wäi wenns grood vom Grichdsvollzieher kummerdn! Oomer nix, undn nix und in der Middn scho glei goornix!" „Hom'S gwiss Neidgefühle", fragte die Karin zurück, „wall'S under Ihrer Bierwambn eine Mittelstandskrise hom?" Mit diesen Worten ist die Karin geschwind in ein Gässchen abgebogen, um den nicht mehr ganz nüchternen Körperkritiker abzuschütteln. „Obber nou isser aa schneller grennd", sagte die Karin, „und hodd mid sein Houd andere Laid oogmachd. ‚Eine milde Gabe', hodder dauernd gschriea, ‚eine milde Gabe! Fiir däi naggerde Frau dou, dasser si wos zum Oozäing kaafn koo!' Und nou isser ganz nah an miich herkummer, hodd die Händ aafg'haldn und brülld ‚Allmächd naa, ummer Haar wär Dir edzer der Oorsch aus der Huusn rausg'hubfd! Obber ich hädd nern scho aufgfangd.' Und dann hodder widder zu die Laid gsachd, dass des a Sauerei is, der halberde Oorsch und die ganzn Diddler im Freien. Und dass des bam Hitler nedd geem hädd."
Bei den Erinnerungen vom Otto an die gute alte Nazi-Zeit ist der Karin dann der Kragen endgültig geplatzt, beziehungsweise die Hose. „So", hat sie den Moral-Adolf gefragt, „Sie seeng blouß in halberdn Oorsch!?" Hat ihre Hose ein Stückchen weiter gelüftet, sich gebückt und gesagt: „Dou hosd edzer in ganzn Oorsch! Schood dassi ka suu a glanne Schnorrn in der Middn hob, sunsd däädsd edzer dein Hitler seeng!" „Und bevuur, dasser vuur mein Oorsch middn Hitler-Gruß schdramm gschdandn is", erinnerte sich die Karin noch, „is obber nou die Bollizei kummer."
Wegen grober öffentlicher Beleidigung und Belästigung ist Herr Otto F. zu einer Geldstrafe von 1200 Euro verurteilt worden. Und die Diskussion von der Karolinenstraße schloss die Karin nach dem Urteil mit den Worten ab: „Läiber nablfrei als hirnfrei."

# Der Adi denkt, die Margit lenkt

Ursprünglich ist der Fahrer aber auch der Beifahrersitz in einem Auto für je eine Person konstruiert. In früheren Jahren, wo die Sitten noch strenger waren, sind die für eine Person gedachten Autositze dann und wann schon einmal von zwei Passagieren auf einmal benutzt worden. Vor allem nachts in stillen Waldwegen. Aber niemals während der Fahrt. Insofern ist jetzt am Amtsgericht eine Premiere verhandelt worden.

Der Uralt-Playboy Adi R., ein mehr oder weniger strammer End-Sechziger, und das einschlägig bekannte Kabrio-Luder Margit M. sind an einem schönen Samstag im Frühling im offenen Nobel-Hobel zu einer Schnapsverkostung in die Fränkische Schweiz gefahren. Nach Aussagen des Schnapsbrenners hat man erst einen Kirschgeist probiert, dann einen Zwetschger, Birne, Schlehe, Vogelbeere, Waldhimbeere, Walnuss, Apfelschnaps, Obstler, Brombeerwasser, Aprikose, Haselnuss, fränkischer Wodka, Magenbitter und dann das gleiche Sortiment wieder von vorne. „Wäis zur Diir nausgfluung sin alle zwaa", wusste der Wirt noch, „dou hodd däi Schnebfn gsachd, dass edzer im Hotel unbedingd nu an Schbruuz Bier brauchd, walls suu an Dorschd hodd. Also woor fiir miich gloor, dass däi zwaa nimmer middn Audo foohrn."

Dem Adi und seiner K.O.-Pilotin war in dieser Nacht vor lauter Klaren aber nichts mehr klar. „Anns woll mer amol fesdhaldn, Herr Richder", entrüstete sich jedoch der Adi, „iich bin nichd mehr Audo gfoohrn. Des wassi ganz genau." Er sei aber, wie die Polizei die fahrende Schnapsfabrik abgehalten habe, am Fahrersitz gesessen, wandte der Richter ein. „Ja, scho", sagte der Adi, „obber iich bin nedd gfoohrn. Die Margit is gfoohrn." Dann erklärte der Adi, wie und warum man zu zweit auf nur einem Sitz Auto fährt. Der Adi: „Däi is ba mir am Schoß g'hoggd." Der

Richter: „Was haddsn da gmachd?“ Der Adi: „Glenkd, middn Lenker.“ Der Richter: „Warum?“ Der Adi: „Wall iich an Fedzn Breller g’habd hob.“ Der Richter: „Und Ihre Freundin war stocknüchtern?“ Der Adi: „Naa, schdoggbsuffn. Obber sie hodd ja blouß glenkd. Und iich hob under ihr Gas geem.“ Der Richter: „Und was war mit Bremsn?“ Der Adi: „Des woor ganz eimbfach. Wenn die Margit gschriea hodd ‚Bremsn!‘, nou hobbi bremsd.“ Der Richter: „Und kuppeln und schalten?“ Der Adi: „Iiich hob a Audomadigg.“ Nach diesem Verhör war aber nur ein Teil der neuartigen Tandem-Fahrweise geklärt. Zum zweiten Teil wollte der Richter wissen, warum nach dem Stoppen durch eine Polizeistreife der Adi ohne Hose und Unterhose aus dem Auto herausgeflogen ist und die Margit ebenfalls unten ohne. „Des konn iich Ihner ganz genau soong“, erklärte es der Adi, „wall des woor ja der haaße Samsdooch im Abril. Wennser si erinnern, Herr Richder. Und wennsd ba dera Hidz suu affernander hoggsd, dou schwidzd ja unheimli. Und nou hommer si hald auszuung alle zwaa. Nedd wos Sie maaner, Herr Richder!“
Gemäß den Aussagen der beiden Streifenbeamten soll es sich aber doch um Sex am Fahrersitz gehandelt haben, zumindest um den Versuch. Amtlich waren auch die Promillemessungen bei der Frau Schnapsdrossel und ihrem Untermann: 2,7 im heißen Blut vom Adi, 2,1 bei der Margit. In Zukunft müssen die zwei Autogeschlechtsverkehrsteilnehmer mit herkömmlichen Unterlagen wie Sofa, Bett oder Küchentisch vorlieb nehmen, die fahrende Hüpfburg steht ihnen für längere Zeit nicht mehr zur Verfügung. Für den Adi hielt das entsetzte Gericht zwei Jahre Führerscheinentzug, sechs Monate mit Bewährung und 8000 Euro Geldstrafe für angemessen, bei der Margit kamen immerhin auch noch ein Jahr Scheinfreiheit, drei Monate und 2000 Euro zusammen. „A schäiner Grambf“, sagte der Adi nach dem Urteil. „Wall gloffn is aa nix. Ein Schlagloch nachn andern. Aff der Schdrass.“

# Das Bett im Fleischsalat

Auch bei den rauschendsten Festen wird der einstige tiefere Sinn solcher Veranstaltungen meistens total verfehlt: die Erreichung eines alle gesellschaftlichen Zwänge sprengenden Vollrausches. Von 20 Schoppen Frankenbrunnen kriegt man keinen Preller, höchstens einen gewaltigen Halsorkan mit Donner im Gefolge. Hermann K., in seinem früheren Leben wegen seiner immensen Aufnahmefähigkeit von Bieren „Gully“ genannt, hat es nach langer Abstinenz wieder einmal wissen wollen – wie es ist, wenn man früh beim Aufwachen erstens nicht genau weiß, wo man sich befindet, und zweitens den dröhnenden Behälter auf seinem Kopf für den Durchlauferhitzer einer kleinen Schnapsfabrik hält.
Jetzt hat er die Vorkommnisse bei der Eröffnungsparty der Vorstadtmetzgerei seines ehemaligen Freundes Willy F. vor dem Amtsgericht schildern müssen. „Iich konn dou ibberhabbs nix derfiir“, sagte der Hermann, „der Willy is droo schuld. Der hodd zu mir gsachd, dassi noodfalls ba ihn schloufn konn. Und iich soll ruhich aweng an Broseggo drinken.“ „Aweng an Broseggo hobbi scho gsachd“, mischte sich der Zeuge und Metzgermeister Willy F. ein, „obber nedd eimerweis. Den is ja scho zu die Ohrn raus kummer. Ba der Einweihungsred hodder dauernd gsunger ‚Aber eins, aber eins, das bleibd beschdehn – der FCN darf niemals undergehn‘. Und nocherdla hodder middern Bressagg Foußball gschbilld.“ „Dann wassi blouß nu“, sagte der Hermann, „dass der Willy gsachd hodd, iich soll in den Nebenraum gäih, dou schdäid a Sofa, wou i mi hiileeng konn.“
Gemeinsam hat man jetzt vor Gericht rekonstruiert, dass der Hermann durch die Tür tatsächlich irgendwie in diesen Nebenraum gelangt ist. Von dort muss er aber in der Dunkelheit durch zwei weitere Türen getaumelt sein. Schließlich hat er sich wieder im Metzgereiladen befunden. „Obber des hob doch iich nedd gwissd“, sagte der

Angeklagte und erklärte dann, dass er in der Finsternis dieser Sommernacht nach dem versprochenen Sofa getastet hat. „Und nou“, sagte er, „hobbi an wos hiiglangd, des woor schäi weich, und nou hobbi mi aff des Sofa draff gleechd. Vuurher hobbi nu mei Huusn roo.“

Die gefühlte Weichheit rührte aber nicht von einem Sofa her, sondern von einer großen Ansammlung Tellersulze, Bratwurstgehäck, Schinken roh und gekocht, Mettwurst, Salami, Fleischsalat, Thüringer, Wiener, vorgebratener Schnitzel, Rouladen. Früh gegen sieben Uhr stand eine erregte Menschenmenge vor der neuen Metzgerei und betrachtete die interessante Auslage: Eine fast nackte Schaufensterpuppe, nur mit einer Unterhose bekleidet, aus der ein ansehnliches Stück Stadtwurst herausragte. Ein Teil der Zuschauer war überzeugt, dass es sich um eine Aufmerksamkeit erregende Werbeaktion handelt, ein anderer Teil hielt die Schaufensterpuppe für einen eingeschlafenen Einbrecher, zwei Frauen sprachen vom Hermann in Verbindung mit der Stadtwurst als „unzüchdiche Dreegsau“.

„Hodd sich des Rimbviech“, schimpfte der Metzgermeister Willy F., „in sein Zinderer ins Schaufensder neigleechd!“ Und erregte sich dann weiter: „An der Eröffnung vo mein Gschäfd! Lichd der halmi naggerd fräih in mein ganzn Sorddimend drinner. Und aus der Underhuusn schaud a Drimmer Schdaddworschd raus! Wos maaner’Sn, Herr Richder, wos die Laid gsachd hom!? A Moo is zu mir reikummer und hodd gsachd, er is scho Fimbfersiebzg und obber aa suu a Schdaddworschd fiir die Huusn hoom konn! Und ob mir ein Borno-Gschäfd hom.“

Wegen Geschäfts- und Rufschädigung und der Entweihung von mehreren Kilo fränkischer Wurstwaren wurde der Hermann zu einer Geldstrafe von 800 Euro verurteilt. „Und es nexd mool“, schrie ihm der Metzgermeister Willy noch nach, „dou schläfsd driimer im Gmüs- und Obsdgschäfd. Dou konnsder dann a Bananer in Oorsch neischdeggn!“ „Mid odder ohne Schaln“, fragte der Hermann zurück, „Wall ba deiner Schdaddworschd, glaab i, hobb i die Haud droo gloun.“

# Der Kampfspotzer

Grundsätzlich ist ein Wirtshaus eine der besten Erfindungen der Menschheit. Es ist der Sitz der Regierung, der Hort kühner Entscheidungen, es ist Parlament, Refugium und der nie versiegende Quell schäumender Beruhigungs- und Aufputschmittel in einem. Sogar Essen kann man in einigen Wirtshäusern. Doch nicht für jeden strahlt diese Institution so hell und erfrischend wie eine Oase in der Wüste. Herrn Otto W., ehemaliger Vaterlandsverteidiger und seit seinem 48. Lebensjahr schon Rentner, erscheint das Gasthaus, über dem er Tag und Nacht die Stunden zählt, wie ein Hexenkessel, wie die Hölle auf Erden.
Er schätzt die anheimelnden Geräusche einer Panzerfaust, das Zirpen der Feldhaubitze, das Murmeln von Panzerketten. Wenn aber zwei Biergläser sich berühren und dazu wer sagt „A Brösdla, gell!", dann zerreißt es dem Otto im ersten Stock am Fensterbrett das Trommelfell, es drohen angeblich Schlaganfall, Augenzusammenbruch, Herzstillstand. Dagegen setzt sich der Wirtshaushasser schon seit geraumer Zeit mit äußerst fein geformten Mitteln zur Wehr.
Der Zeuge und Wirt des Gasthauses mit kleinem Gehsteig-Garten, Herr Franz S., verfügte wegen der Flüchtigkeit dieser Wehrsäfte allerdings über keinerlei Beweismittel. „Bis elfer hobb iich immer mei Gärddla offn", schilderte der Franz die Luftabwehr vom Otto, „und bis elfer is der Moo am Fensder und schbodzd dauernd roo." In verschiedene Biere soll es schon hineingeplatscht haben, in Weine und in die kleinen, feinen Magendredzerla der sehr gehobenen Küche. „Der hodd Hanzullazionen odder wäi des hassd", sagte der Otto auf der Anklagebank, „iich hob doch ka Zielfernrohr an der Goschn, dassi vom zweidn Schduug in den seine Fingerhüüd vo Biergläser neidreff."
Auf die Vorhaltung des hohen Gerichts, dass es aber Zeugen für die Mundkanonaden gebe, meinte der Otto, es könne allerhöchstens ausversehen einmal was nach

unten tropfen. „Ich dou nemli manchmool gaafern, Herr Richder. Und des merk iich goornedd.“ Daraufhin musste geklärt werden, um was es sich bei dem Wort Gaafern handelt. „Ja also Gaafern“, versuchte es der Otto zu erklären, „Gaafern – des is scho aa wäi Schbodzn, obber ohne Druck derhinder, verschdenger’S? Des kummd wäi es schlechde Wedder. Dou bisd du machdlos dergeeng.“
Es war dann also geklärt, dass es sich um Geifern dreht, um unkontrollierten Speichelfluss. „Ob des unkondrollierd is odder kondrollierd“, intervenierte der Wirt, „is mir worschd! Schbodzn is Schbodzn! Mich frouchd ka Gasd, ob edzer dou anner kondrollierd odder unkondrollierd in sein Wein nei grodzd hodd. Der schäid aaf und gäid und kummd nie mehr!“
Daraufhin meldete sich wieder der Angeklagte zu Wort. „Also ba den Zeich, wou Sie am Diisch hiischdelln“, wütete er, „dou is doch worschd, ob draff gschbodzd werd odder nedd.“ „In den Werzhaus“, fuhr der Ottto zum Richter gewandt fort, „dou gibds nemli suu Nufelle Kusine odder wäi däi hassd. Wenn iich edzer zum Beischbill in däi Austern ausverseeng aweng nei gaafer – des schbilld doch ibberhabbs ka Rolln. Austern schauer vo Nadur suu aus, wäi wenn anner in die Muschl gschbodzd hädd. Dou reech i mi doch nedd aaf!“ „Und innern Kodzdäil“, wetterte der Otto weiter und meinte damit einen Cocktail, „dou siggsd die Schbodze aa nedd. Manchmool is ja sugoor suu a glanns Schirmla driiber gschbannd. Und bam Bier, wenns an Schaum hodd, siggsd aa nix. Blouß hodd hald den sei Scheiß Bier kann Schaum.“
Diese in äußerster Erregung vorgebrachten Erläuterungen reichten dem Richter. Er verurteilte den Kampfspotzer Otto W. zu einer Geldstrafe von 1200 Euro. Und auf den erneuten Einwand des Angeklagten „Iich schbodz ja nedd, iich gaafer blouß“ riet ihm der Richter abschließend, er solle in Zukunft seinen Mund und sein Fenster zumachen. „Ja fraali“, pfopferte der Otto, „es Fensder zoumachn! Nou heer i ja den Werzhaus-Lärm nimmer. Iiber wos sollin mi nou ärchern?“

# Alles Rute zum Geburtstag

Manche kennen eine Domina aus dem Lateinunterricht, manche schätzen die Domina als fränkische Rebsorte. In vornehmlich österreichischen Kirchenkreisen wiederum ist die Domina als Klostervorsteherin bekannt oder aber auch als leichtes Mädchen, das zur großen Freude ihrer Kundschaft schwere Peitschenhiebe austeilt. Der zeit seines 50-jährigen Lebens allein lebende Maurer Willi R. hat von keiner der zahlreichen Dominas je etwas gehört. Aber am Willi seinem Stammtisch ist eines Abends zu vorgerückter Stunde verschärft über die Tätigkeit einer Domina die Rede gewesen. Der Willi hat dabei etwas von schwarzen Lackstiefeln, Mieder, Strapsen, strenger Behandlung mitgekriegt, sich aber keinen Reim drauf machen können.
„Und nou hommer däi Oorschlecher", erregte sich der Willi jetzt am Amtsgericht, „zu mein 50. Gebozzdooch a suu a Domino gschenkd." Der Amtsgerichtsrat gab ihm darauf zwei Ratschläge: Erstens, dass es nicht Domino heißt, sondern Domina, und zweitens, dass er Worte wie „Oorschlecher" bitte während der Verhandlung vermeiden möge.
Bei der Domina handelte es sich um die nicht mehr ganz junge, längst aus der Horizontal-Branche ausgeschiedene Marianne L. Die Dame hatte der auch schon einmal als Nebenerwerbs-Loddel tätige Stammtischbruder Peter S. verpflichtet und mit den unter den Freunden gesammelten 150 Euro bereits vorab entlohnt. Der Willi war einen Tag vor seinem runden Geburtstag geheimnisvoll instruiert worden, dass am Abend das Glück in Gestalt der heißen Domina Marianne an seine Tür klopft. Und es handle sich dabei um ein Geburtstagsgeschenk. Der Marianne wiederum hatte man eingeschärft, dass ihr Freier, der Willi, auf äußerste Strenge steht.

„Iich hob ja nedd gwissd“, sagte der Willi jetzt auf der Anklagebank, „wos dou mid den Domino läffd. Iich hob mi blouß nu an die schwarzn Schdiefl, an den Mieder und die Schdrabs erinnern kenner. Dou woor i nou nerdirli scho gschbannd, gell.“ Er hatte mehrfach geduscht, sich mit orientalischen Düften eingerieben und dann, nur in einen Bademantel gehüllt, sehnsüchtig auf seine Herrin gewartet. „Nou hodds glaid an der Diir“, berichtete der Willi, „iich renn hii, mach aaf – und nou hobbi gmaand, mei Großmudder is aff Bsuch kummer. Däi mouß scho iiber siebzich gween sei.“ „Du Gnaller“, raunzte die Zeugin Marianne L. von hinten vor, „iich bin dreiersechzg!“ Ums Alter ist es aber überhaupt nicht gegangen.
„Wäi iich däi Alde nu frooch“, sagte der Willi, „wos edzer dou will – dou haud däi mir anne am Baggn naaf, links und rechds, dassi fei Schdernla gseeng hob. Nou hobb i mi am Buudn hiileeng mäin, und sie is aff mir mid ihre schbidzichn Schdiefl ummernander drambld. Und immer wenn i gsachd hob, sie soll am Buudn laafn und nedd aff mir, hodds mer mid anner Beidschn anne driiber zundn.“
„Und dann“, redete sich der Willi in Rage, „dann is es obber Allerschärfsde kummer! Erschd hodds mer nu an Oorschdridd geem und mei anns Ohr halmi wechbissn. Und nou sachds aff aamol zu mir, wenn i aff des Geld vo meine Freind nu an Fuchzger draff leech, nou douds mi fessln und an mein Dings – wissn'S scho, wos i maan, Herr Richder – dou zwiggds mer Wäschezwigger hii.“
Wäschezwicker an seinem Dings hatten dem Willi gerade noch gefehlt. Schwer angeschlagen, aber noch Herr seiner Sinne, ist der Willi aufgesprungen und hat der Marianne einige Backpfeifen verabreicht. „Schau blouß, dassdi schleigsd, alde Fuchzgerlas-Schnalln!“, hat er sie dabei angebrüllt, „Gräichd an Haafn Geld vo meine Freind und fodzd mi derfiir gscheid! Und dann nu Wäschezwigger hiizwiggn! Aff suu a Gebozzdoogsgschenk hobbi scho lang gwardd!“ Dann hat der Willi sein Geburtstagsgeschenk die Treppe hinuntergeschmissen.
Auf die Stammtischfreunde wartet ein gesondertes Verfahren, der Willi wurde angesichts seiner mangelhaf-

ten Kenntnisse über Dominas und deren berufsmäßiger Schlagkraft nur zu einer Geldbuße verurteilt, die er auch in einer gemeinnützigen Institution abarbeiten kann. Seine Fachfrage an das hohe Gericht „Is a Buff aa a gemeinnüdziche Inschdiduzion?“ kostete ihm dann aber doch eine Ordnungsstrafe in Höhe von 150 Euro.

# Käfighaltung

Wenn man von den geplanten 40-, 50- oder 60-Stundenwochen in der Industrie einmal absieht, sind unbezahlte Frondienste eigentlich abgeschafft. Im Mittelalter haben sie zum täglichen Leben gehört – heutzutage leben sie gelegentlich in der Urlaubszeit wieder auf. Man muss dem Nachbarn seine Gurken zwei Wochen lang gießen, während er im Robinson-Klub seine Gurgel gießt. Sehr beliebt ist auch das unentgeltliche Füttern von Kanarienvögeln, das Entleeren des Briefkastens, das Rauf- und Runterlassen der Rolläden, die Wartung von Streifenhörnchen, Goldhamstern oder Wohnzimmer-Waranen.

Der Immobilienkaufmann Rudolf W. hatte den Auftrag erhalten, fünf Stallhasen mit Nahrung, Wasser und Unterhaltung zu versorgen, während ihr Besitzer, der jetzt angeklagte Autoverkäufer und Kleintierzüchter Jörg D., sich drei Wochen an einem türkischen Badestrand vor Sehnsucht nach seinen Hoppelmoppeln, wie er sie zärtlich nannte, fast verzehrte.

„Zwaamool am Dooch gräing meine Hobblmobbl Gelberroum", hatte er dem Reserve-Hasenwart Rudolf eingeschärft, „am andern Dooch Kohlrabi odder Salood, dann widder Gelberroum. Immer frisch Wasser neischdelln, und immer mid ihner aweng blaudern! Des meengs gern, meine Hobblmobbl." Und er solle die Hoppelmoppel ja nicht aus dem Stall entwischen lassen, sonst würden sie auf und davon hoppeln.

Wie der Türkei-Urlauber nach drei Wochen wieder zurückgekehrt ist, hat er als erstes beim Hasenhüter Rudolf W. vorbeigeschaut. „Wäi gäidsn meine Hobblmobbl?" „Ja, woohrscheins ganz goud", antwortete der Rudolf. „Wos hassd dou ‚Woohrscheins'", wurde der Jörg ein bisschen lauter, „enweder es gäid ihner goud odder es gäid ihner nedd goud. Gemmer glei amol niiber." Beim Gang zum Hasenstall versuchte der Rudolf dem Jörg zu erklären, warum er über den Zustand der Hoppelmoppel

nichts Genaues berichten konnte. „Iich hob mi mid ihner immer aweng underhaldn“, sagte er zum Jörg, „suu wäisders du gsachd hosd. Iibern Schröder, iibern Fischer, iiber die Merkel. Obber dou homs mer blouß immer ihrn Oorsch hii greckd. Fiir Bollidigg homser si scheinds nedd suu indressierd.“ „Heer mid dein Gschmarri aaf!“, schrie der Jörg, „Wou meine Hoosn sin, will i wissn! Und wäis ihner gäid.“ „Ja des wass doch iich nedd“, schlotterte der Rudolf und erklärte dann, wie er ihnen eine politische Bildung beibringen wollte.
„Iich hobs ganz vuursichdich ausn Stall rausgloun“, sagte er, „und hob ihner ergläärd, dass des der Bundeskanzler goornedd gern sichd, wemmer in ganzn Dooch dahamm rumhoggd, nix ärwerd, ka Geld ausgibd und immer blouß Kohlrabi und Gelberroum frissd.“ Der Rudolf wollte ihnen in aller Ruhe die Vorteile eines Turbo-Kapitalismus erklären, ihnen den Unterschied zwischen Kohlrabi und Kaviar, die Vorteile des Konsumismus näherbringen, sie bei sich daheim an die Fernsehwerbung gewöhnen. „Und nou“, sagte er, „sins alle middernander aff aamol dervoo g’hobbld. Iich hobs widder eifanger wolln. Obber des sin ja fümbf Hoosn gween, und iich hob nerblouß zwaa Händ.“
Soweit hatte der Vorsitzende am Amtsgericht Verständnis für die Vorgänge im Jörg seinem Hasenstall, gelegentlich war bei ihm sogar ein leichtes Lächeln zu entdecken. Bei der Schilderung der Strafmaßnahmen des Hasenzüchters verging dem Richter aber das Lachen. „Mei Nachbar“, jammerte der Rudolf, „hodd zu mir nou gsachd, dass iich es gräißde Oorschluuch weid und breid bin, dass mer miich nimmer frei rumlaafn loun konn. Und dann hodder mi in den Hoosnkäfich neigschberrd. Ann ganzn Dooch und a Nachd lang, Herr Richder! Und fräih hobbi Gelberroum gräichd. Und underhaldn hodder si mid mir aa. Dou derbei hodder immer gsachd, dass iich es gräißde Oorschluuch aff der Weld bin.“ „Erschd wäi die Nachbern ihn seine gschissner Hobblmobbl widder zrigg brachd hom“, schloss der Rudolf seine Klagerede, „hobb i widder raus derfd ausn Käfich.“

Ob ihn seine Ehefrau nicht vermisst habe, wollte der Richter wissen. „Naa“, sagte der Rudolf, „däi woor doch im Urlaub.“ Der Hasenzüchter Jörg D. wurde wegen Käfighaltung von Menschen zu drei Monaten auf Bewährung und einer Geldbuße von 3500 Euro verurteilt. „Oorschluuch bläids“, zischte der Jörg nach dem Urteil den Rudolf an, „lou di vuur Weihnachdn blouß nedd in der Näh vo mir seeng. Sunsd wersd gschlachd.“

# Tornado im Fränkischen Seenland

Sörfen und Schlörfen sind zwei Sportarten, die sich in den seltensten Fällen vertragen. Vor allem, wenn es sich bei Letzterem um das Schlörfen von fünf Maß Bier handelt. Mit dieser stattlichen Menge Treibstoff soll sich der Surf-Anfänger Andreas L. Mut am fränkischen Seenlandstrand angetrunken haben, ehe er sich an jenem ziemlich böigen Samstag Nachmittag zum ersten mal in seinem Leben auf den Kindischen Ozean bei Gunzenhausen hinauswagte.
Der Zeuge und versierte Jollensegler Felix K. hatte den Andreas von seinem Beobachtungsposten an der Pinne mit großer Freude beobachtet. „Der is“, schilderte der stolze Segelscheininhaber am Amtsgericht herablassend die Bemühungen vom Andreas, „wäi a Seekuh aff sei Board draffgrabbld. Nou isser aff der andern Seidn widder ins Wasser gfluung, widder draffgrabbld, widder roogfluung, widder draffgrabbld. Ungefähr a Schdund lang is des ganger. Mid den schraubenardichn Draffgrabbln, Roofläing, Draffgrabbln kummd mer mid der Zeid aa ganz schäi vuurwärds.“ „Reedn's nedd suu dumm derher!“, fuhr ihm der Angeklagte Andreas L. dazwischen, „Iich wär ja nedd dauernd vo mein Sörfbreddla roogfluung. Iich hob nerblouß es Segl vergessn g'habd, und nou hobbi mi nercherds fesdhaldn kenner.“
Nach dieser unterhaltsamen Stunde Hinaufkrabbeln und ins Wasser Fliegen ist der in jeder Beziehung eingeweichte Andreas damals ungefähr von der Mitte des Sees wie ein Rad- beziehungsweise Armdampfer ans Ufer zurückgepaddelt. Dort soll er vor lauter Erschöpfung noch einmal zwei Maß Bier gestemmt und sich dann wieder – diesesmal mit Segel – in die Fluten gestürzt haben. Erneut ist er auf das schwankende Surfbrett hinauf gekrochen, hat die Leine vom Segel gerade noch erwischt, sich vorsichtig aufgerichtet – und ist wider Erwarten nicht ins Wasser

geflogen. Und in dem Augenblick muss eine Art Tornado über den bis dahin ruhigen See gefegt sein.
„Iich wass aa nedd, wos los war“, erinnerte sich der Andreas dunkel, „obber aff aamol bin der iich iibers Wasser bredderd, dass mer sugoor mei Boodhussn zrissn hodd vo den Fahrtwind.“ Ein paar Kumpel vom Andreas haben vom Ufer aus gebrüllt, er soll sofort das Segel loslassen, ein in der Nähe des Formel-I-Surfers dümpelnder Luftmatratzen-Kapitän ist vor lauter Angst ins Wasser gehupft. Gerade noch rechtzeitig, denn Sekunden später hat der Andreas mit seinem Gefechtsbrett die Luftmatratze gerammt.
So bot sich vom Ufer aus ein Bild, das man so schnell nicht vergisst: Ein pfeilschneller, vollkommen nackter Kampf-Surfer mit einer um den Mast gewickelten Luftmatratze, wie er tollkühne Sprünge über die Wogen vollführte und dabei wie am Spieß um Hilfe lallte. Schon war er knapp hinter der Jolle des Profi-Seglers Felix K. aufgetaucht. Der hatte entsetzt das Ruder herumgerissen und dem hilflosen Wasserkameraden zurufen wollen, dass er jetzt sofort ein Wendemanöver einleiten soll, denn er komme von Luv und müsse ihn gemäß der deutschen Wasserstraßen- und Seenordnung passieren lassen. „Und in den Momend“, sagte der Felix vor Gericht, „hodds scho an Drimmer Schlooch dou, den sei Board hodd mer a Luuch in mei Boot neig’haud, er selber hodd an Schnalzerer gmachd, fläichd in mei Vorschiff nei, und in gleichn Aungbligg bin iich ins Wasser gfluung.“
Der Felix hatte sich danach schwimmend ans Ufer retten können, die unheilvolle Böe hatte sich schon wieder gelegt, es war Windstille. In dieser angenehmen Stille ist der Andreas halb bewusstlos – teils vom Bier, teils von der Havarie – im Segelboot vom Felix gelegen hat später einige Seemannslieder erschallen lassen und keinerlei Anstalten gemacht, jemals wieder Land anzusteuern. Nach Einbruch der Dunkelheit hat ihn die Wasserwacht in den Hafen geschleppt. Während dieser Heimfahrt hat man den Andreas das schöne Seemannslied „Ick hev mol en Hamburger Veermaster seen“ singen hören. Danach hat er am Strand seinen Rausch ausgeschlafen.

Wegen Vergehens gegen die deutsche Wasserstraßen- und Seenordnung, Trunkenheit am Surfbrett, Körperverletzung und Sachbeschädigung ist er jetzt zu einer Geldstrafe von 4500 Euro verurteilt worden. „Der woor ja suu bsuffn“, schimpfte der Felix noch nach der Verhandlung, „der hädd ja nedd amol mehr schwimmer kenner.“ „Dou binn i“, antwortete ihm der Andreas, „obber scho läiber bsuffn. Wall nüchdern konn i aa nedd schwimmer.“

# Der Fahrradschlossherr

Die mit Abstand teuerste Immobilie in der Stadt ist bekanntlich ein Autoparkplatz. Deshalb gehen inzwischen sogar Großverdiener des gehobenen Managements dazu über, mit dem Fahrrad in die Ärwerd zu driven. Hoch zu Ross sind sie ja meistens schon von Natur aus. Zu den Herren mit den goldenen Lenkern gehört auch der Luftgeschäftsmann Ulrich B. Im dunklen, maßgeschneiderten Zwirn radelt er täglich ins Office und pflegt seinen 36-gängigen Silberpfeil – zwei Liter Schweiß auf 100 Meter, drei Kubikmeter Hupfraum, obenliegende Sockenwelle – gegenüber seiner Scheinfirma an einen Zaun anzuketten.
Nach einigen Wochen Gratis-Parken hat ihn der Zaunbesitzer Benno H. geschnappt und ihm in aller fränkischer Freundlichkeit mitgeteilt: „Dein Scheiß Saddlschlebber schdellsd in Zukumbfd wou andersch hii, Masder! Des dou is a Zaun und ka Fahrradschdänder!“ „Und Sie“, antwortete ihm der Ulrich, „sin ka Mensch, sondern a Rimbviech.“ Und ließ sein Fahrrad am Zaun stehen. Jetzt musste am Amtsgericht geklärt werden, ob auch das Gegenteil eines Fahrraddiebstahls – eine zusätzliche Fahrradsicherung – strafbar ist.
Nach Feierabend hatte der Ulrich damals heimfahren wollen, sein Schloss aufgesperrt, sich auf den Sattel geschwungen, aber sein Nobelrad rührte sich nicht vom Fleck. Es war mit einem weiteren Schloss abgesperrt. Über eine geschwind aus dem Büro geholte Beißzange konnte dieses Schloss nur lachen, auch mit einem Hammer ließ es sich nicht knacken, ein Bolzenschneider war nicht zur Hand. Der Ulrich ließ das Rad schweren Herzens und geschwollenen Daumens stehen und fuhr mit dem Taxi heim. „Iich hob ja“, teilte der Ulrich jetzt dem Richter stolz mit, „in ganzn drei Räder. Nou binni am andern Dooch mid mein Rennräädla in die Ärwerd gfoohrn.“ Auch sein 3000-Euro-Rennrad stellte er am Zaun vom Benno ab. Vom Nachbar war früh keine Spur zu se-

hen, erst wieder am Feierabend entdeckte der entrüstete Radler, dass der Benno erneut als Fahrrad-Security tätig gewesen sein muss: Auch das Rennrad war wie für die Ewigkeit an den Zaun gekettet. Bei den Bemühungen, es zu entsperren, erschien der Benno am Zaun. „Ich wass nedd genau, wäivill Fahrräder dassd dahamm nu hosd", erklärte er ihm scheinheilig, „obber suu schädzungsweis zwanzg Räder hom an mein Zaun scho nu Bladz." Er möge mit dem groben Unfug des Fahrradabsperrens jetzt aufören, bat ihn da der Ulrich, und seine zwei Räder vom Zaun befreien. Worauf sich der Benno mit einem herzlichen „Leck mi am Oorsch, bläide Sau!" verabschiedete und hinter der Gartentür verschwand.

Am dritten Tag parkte der Ulrich mit seinem dritten und letzten Fahrrad, einem geländegängigen Mountain-Bike, am Zaun vom Benno. „Und wenn des widder zusädzlich abgschberrd gween wär", sagte der Fahrrad-Multi vor Gericht, „hädd i die Bollizei oogruufn." Aber diesesmal entdeckte er kein weiteres Schloss an seinem Dritt-Rad. Allerdings wäre es nicht schlecht gewesen, wenn er außer den Reifen und dem Rahmen auch den Sattel untersucht hätte.

„Iich schwing mi draff aff mei Bike", berichtete erregt auf der Zeugenbank, „dreed in die Bedale – und suwos nach zehn Meder is aff aamol ein Ruck durch mei Fahrrad ganger, kann Millimeder is mehr weidergfoohrn und iich bin vull iibern Lenker driiber gfluung. Und nou woor i bewussdlos." Was der Ulrich bei seinem Salto über den Lenker noch nicht wusste: Sein Bike war durch ein etwa zehn Meter langes Drahtseil teils am Sattel festgebunden, teils am Stamm eines Apfelbaumes im Benno seinem Garten. Den Ruck und den Salto hatte das Drahtseil verursacht, das Drahtseil wiederum war vom Benno angebracht worden. Ein Zeuge hatte den Zauninhaber beobachtet, wie er nach dem Lenkerflug vom Ulrich geschwind das Seil verschwinden ließ.

Wegen Absperrens fremder Fahrräder, Sachbeschädigung und Körperverletzung wurde der Zaunkönig, Benno der Allerletzte, Inhaber zahlreicher Schlösser, zu einer Geldstrafe von 3000 Euro verurteilt. Und wenn er nicht binnen 24 Stunden die anderen zwei immer noch an seinem Zaun fest verankerten Räder vom Ulrich endlich aufsperrt, hat ihm der Richter drei Monate hinter Schloss und Riegel in Aussicht gestellt.

# Rauchopfer

Rauchen richtet bekanntlich die Welt zugrunde. Früher hat es auf der Erde nur zwei Menschen gegeben, Adam und Eva. Und seit der Zigarettenkonsum so immens gestiegen ist, sind es bereits sechs Millarden Menschen, die aus der Erde einen Schutt- und Schießplatz machen. Also hat man am richtigen Hebel angesetzt und das Rauchen so teuer gemacht, dass der Preis für eine Stange Zigaretten bereits dem eines Goldbarren gleichkommt. Die Raucher werden weniger, die Welt könnte aufatmen – wenn es nicht noch einen kleinen Nebeneffekt gäbe: Dadurch dass durch die Zigarettensteuer die Löcher des Finanzministers gestopft werden, müssen Raucher heutzutage wesentlich intensiver bleschen.

Zum kleinen Kreis der Steuerbeschaffungskettenraucher gehört Herr Helmut R., der sich seiner gesellschaftspolitischen Verantwortung durchaus bewusst ist. Er raucht drei bis vier Packungen am Tag, beziehungsweise deren Inhalt.

„Iich scheiß Ihner aff Ihr Rücksichd“, belferte der Kampfraucher den Richter am Amtsgericht an, „Ohne uns wär der Staat am Ende!“ Das Scheißen auf die Rücksicht machte eine Ordnungsstrafe von 100 Euro. Dann durfte sich das Rauchopfer Jürgen E. zu Wort melden. Der unfreiwillige Rauchverzeher war an jenem Abend im Wirtshaus neben dem Helmut gesessen, hatte etwa eine Stunde lang tapfer die Zigarettenabluft vom Helmut eingeatmet und die Kommentare zu jeder einzelnen Lusche angehört. „Däi Zigareddn dou is fiir die Rendnversicherung“, äußerte sich der Helmut zum Beispiel, oder „Däi is fiir die Gsundheidsminisderin, däi Kibbn is fiir die innere Sicherheit, däi zäich i fiir die Finanzierung vo der Bundeswehr nei.“ „Glaam Sie’s, Herr Richter“, sagte der Rauchmelder Jürgen E. in der Verhandlung, „an unsern Diisch hosd vuur lauder Rauch nix mehr gseeng. Und nou hobbi zu den Moo gsachd, er soll seine Nebelwerfer wou andersch oozindn. Als Andword hodder mer sei nexde Kibbn, wou er fiir die Sozialhilfe grauchd hodd, hodder mer in mei Saloddsooß neigschmissn. Und glei widder anne oozind. Und nou hobbi des glanne Geschicklichkeidsschbill mid ihn gmachd."

Dieses Geschicklichkeitsspiel besteht daraus, dass man seinen Nachbar fragt, ob er es fertig bringe, zwischen jeden Finger seiner beiden Hände je zwei Zigaretten zu klemmen. „Doch ibberhabbs ka Broblem", brüstete sich der Helmut, zwickte 16 Zigaretten paarweise zwischen die Finger, schaute den Jürgen triumphierend an und fragte herablassend: „Und edzer?" Und edzer zerriss der Jürgen erstens die leere Zigarettenschachtel und drückte dem Helmut anschließend rauh aber herzlich die rechte und dann die linke Hand. Wodurch alle 16 Zigaretten in der Mitte abgebrochen waren. „Und edzer", sagte der Jürgen, „edzer hosd sugoor zwaaradreißg Zigareddn."

Nach diesem Geschicklichkeitsspiel zog sich der Helmut aus dem Automaten eine neue Packung, wartete, bis der Jürgen zum Bierablassen schritt und folgte ihm auf die Toilette. „Dou hobbi dann mid ihm hald aa ein Geschicklichkeidsschbill gmachd", sagte er, „und hob nern gfrouchd, ob er däi zwanzg Zigareddn aff aamol in der Goschn haldn konn." Mit anderen Worten: Der strikte Nichtraucher Jürgen E. musste auf der Toilette 20 Zigaretten zwangsrauchen. „Und jeeds mool", erinnerte sich der Jürgen, „wenn i a Kibbn ins Beckn neigschmissn hob, hobbi a Drimmer Schelln vo den Moo gräichd." So rauchte er fast alle 20 Zigaretten, eine für die Innere Sicherheit, eine für die Rentenversicherung, eine für die Krankenversicherung. „Und am Schluss", sagte der Zwangsraucher, „wäi i nu anne fiir die Diätenerhöhung vo unsere Bollidigger raung hob solln, dou hobbi gscheid schbeier mäin."

Wegen Nötigung und Körperverletzung wurde der Sozialraucher Helmut R. zu drei Monaten auf Bewährung und einer Geldbuße von 1200 Euro verurteilt. „Däi zwelfhunderd Euro", fragte der Helmut am Schluss den Richter, „konni däi schdadds abzahln aa abraung?"

# Kürbiskopfweh

Alle guten amerikanischen Erfindungen gehen mit H an. H-Bombe, Hiroshima, Hämbörger. Halloween, das inzwischen auch in fränkischen Kleingärten fest eingewurzelte Kürbisbombenweitwurffest, gehört ebenfalls in diese Rangliste. Wie fest eingewurzelt Kürbisbomben bei uns sind, davon kann der Schrebergärtner Udo K. ein Lied singen. Ein Lied allerdings mit vielen Pausen dazwischen, denn das letztjährige Fest zu Ehren der medizinballartigen Feldfrucht hat sich in das Erinnerungsvermögen vom Udo nicht sehr tief eingegraben. Woran er teilweise selber schuld war.

An jener Halloween-Orgie im vergangenen Oktober in der Gartenkolonie, so erinnerte sich der Udo jetzt bodennebelhaft am Amtsgericht, da habe es wie immer vor Kürbis-Kreationen aller Art nur so gewimmelt: selbstgeschnitzte Kürbismännla, Kürbissuppe, Kürbiskernsalat, Kürbisklößchen, marinierter Kürbis, Kürbisstopfer in Kürbissoße, Kürbiskuchen, Kürbisrouladen mit Kürbisfüllung, alles serviert in ausgehöhlten Kürbissen, und natürlich Kürbis-Lampions in allen Größen vom Kürbisschusser bis zur mannshohen, bewohnbaren Kürbishöhle. „Nou hobbi mer denkd", sagte der Udo, „dassi ba den ganzn Kürbisscheiß nedd aa nu fümbf ausghöhlde Kürbis zu dera Kürbis-Barddy niiber rollern dou. Iich hob mer denkd, machsd amol wos andersch. Und nou hobbi scho a boor Wochn vuurher einen Kürbisschnabs brennd." Mit mäßigen Kenntnissen über das Schnapsbrennen und einer noch vom Urgroßvater stammenden Schwarzbrennanlage hatte der Udo das Gebräu in einer klaren Herbstnacht durchlaufen lassen. „Aweng schwach is mer mei Kürbisschnabs vuurkummer", erklärte er dem Richter die Produktionsweise seines Halloween-Cocktails, „Vielleichd hodd der Kürbis nedd gscheid gäärd. Und nou hobbi hald nu a bissla an reinen Algerhol nei. Wou mei Frau immer zum Flecknrausmachn nimmd." Am Schluss waren es

fünf Liter Kürbisschnaps, aufgebessert mit Fleckenentferner, die der Udo sauber in Limoflaschen abgefüllt mit zur Halloween-Party brachte.
Während etwa zwölf Gäste sich an Kürbissuppe, Kürbiskuchen, Kürbisplätzchen labten und dabei immer ernster wurden, saß draußen in der Gartenlaube der Udo und zwitscherte mit den erklärten Halloween-Gegnern Wilfried W. und Peter R. eine Flasche Kürbisschnaps nach der anderen. Im Gegensatz zu den anderen Party-Teilnehmern wurden sie binnen kurzer Zeit immer lustiger. Am lustigsten wurde der Kürbisschnapsschwarzbrenner Udo K., der aber auch mit Abstand am meisten von seinem Belustigungsmittel getrunken hatte. Etwa nach einer Stunde stieg er mit den Worten „Iich gäih edzer in mei Bett" in das nahe Regenwasserfass und schlief dort, bis zum Hals im Regenwasser, ein. Kurze Zeit später erwachte er aus seiner Kürbisschnapsvergiftung, lallte erneut, dass er jetzt heimgeht, und fragte noch „Wou issn mei Müdzn?" „Ja Godd", sagte der Zechbruder Wilfried W. vor Gericht, „iich hob sei Müdzn aa nedd gfundn. Und nou hobbin an vo däi ausg'höhldn Kürbis am Kubf draff gschülbd." „Und iich", sagte Herr Peter R., „hob nern aus den Wasserfass rauszuung. Wall middn Fass hädder ja nedd hammgäih kenner." Von Gehen konnte sowieso nicht die Rede sein. Infolge der Kürbismütze über dem Kopf so gut wie blind kroch der Udo durch die Gartentür, den Schrebergartenweg entlang, bis auf die nahe Straße. Dort konnte ein Autofahrer vor dem vermutlich einzigen vierbeinigen Kriechkürbis der Welt gerade noch bremsen. „Mit dem Drimmer Kubf", sagte der Autofahrer aus, „hobbi in erschdn Momend gmaand, des is a Bär, wou ausn Diergarddn durchganger is." Und nach dem Entfernen des Kürbiskopfes hatten hilfreiche Passanten durch den schweren Alkoholdampf vermutet, sie hätten eine Schnapsfabrik freigelegt.
Wegen Herstellung von einem vermutlich 80-prozentigen Kürbis- und Fleckenentfernerschnaps wartet auf den Udo noch ein gesondertes Verfahren. Der Wilfried und der Peter wurden wegen unterlassener Hilfeleistung und Verdunklung eines Menschen durch eine Kürbismütze zu je

600 Euro verurteilt. „Obber anns mouß mer soong“, meldete sich nach dem Urteil der damals auch schwer kürbisschnapsgeschädigte Wilfried zu Wort, „zum Neischbeier woorn däi ausg’höhldn Kürbis nichd schlechd. Dou is ganz schäi wos neiganger.“ „Jawoll“, bestätigte der Peter, „und Fleckn hodd der Kürbisschnabs aa kanne gmachd.“

**Der Spezi unterwegs –**
**In der Welt unserer Nachdenker:**

# Die Kipferlein-Kommission

Die Herzog-Kommission, Hartz-Kommission, Hartz II-Kommission, Hartz III-Kommission, Rürup-Kommission, Sirup-Kommission – Kommissionen kommen, Kommissionen gehen. Wenn jemand nicht weiß, wo oben und unten ist, bildet er eine Kommission. Und dadurch dass zur Zeit viele, wenn nicht sogar alle nicht wissen, wo oben und unten ist, haben wir Kommissionen wie Sand im Getriebe. In ihnen werden dann im Lauf von einigen Jahren Würgerversicherung und Kropfpauschale kommissioniert, Beitragsvermessungsgrenzen, Milliardenlöcher, die linear-pogressive Steuer- und zigtausende von anderen Reformen. Oder man klärt in einer Kommission auch hin und wieder einmal ganz gern die Frage: Mit 167 in die Rente, ja oder nein?

Das Kommissionswesen hat sich bewährt. Es kostet viel Geld, dauert unheimlich lang und ist vollkommen sinnfrei und nutzlos, also überall nach Belieben einsetzbar. So ist man auch in Nürnberg schon vor Jahren zur Verkommissionierung übergegangen, allerdings nahezu unbemerkt von der Öffentlichkeit. Kaum einer weiß zum Beispiel was von der Meiers Gerch XIV-Kommission, und doch tagt sie hierorts schon seit vielen Jahren. Wie ihr Name Meiers Gerch XIV schon sagt, hat es vor ihr bereits die Meiers Gerch XIII-, Meiers Gerch XII-, Meiers Gerch XI- bis herunter zur ursprünglichen Meiers Gerch I-Kommission gegeben. Ihr Vorsitzender und Spiritus Rector heißt Georg Meier. Er ist schon lange zum verschärften Spiritussaufen übergegangen, hat infolgedessen nicht mehr den leisesten Hauch, woran, warum und wo seine Kommission arbeitet. Nur die Numerierung hat er noch einigermaßen im Kopf. Im Spätherbst soll die Meiers Gerch XVI feierlich

zusammentreten. Als erstes will die Kommission dabei eine Erhebung machen. Das heißt also, man hebt den einen oder anderen, schläft seinen Vollqualm aus, lallt eine öffentliche Erklärung und strebt dann wieder geschwind auseinander, dem heimischen Sofa und der Einberufung der Meiers Gerch XVII-Kommission zu.
Bei dieser Gelegenheit sei auch wieder einmal an die Flughafenuntertunnelanbindungsringstraßenlösungs-Kommission erinnert, an die Frankenschnellwegübertunnelungsunddeckelungslösungs-Kommission sowie an die Augustinerhofratznburgverschönerungs-Kommission erinnert – drei städtische Kommissionen, an denen sich die Berliner Kommissions-Kommisionare Hartz, Rürup, Sirup, März, Herzog und wie sie alle heißen mögen getrost eine Scheibe abschneiden können.
Diese Nürnberger Kommissionen tagen tapfer und gelassen teilweise schon seit dreißig oder vierzig Jahren. Einige ihrer Mitglieder haben bereits das Rentenalter von 167 Jahren erreicht und sind nur noch am Leben, weil die Gesundheitsreform von der Kommission zur Bildung einer Kommission zur Reformierung der Gesundheitsreform die Gesundheitsreform noch nicht verabschiedet hat.
Gerade die Nürnberger Bevölkerung hat das Kommissionswesen längst akzeptiert und verinnerlicht und geht inzwischen nicht selten im Privatleben zur Bildung von Findungskommissionen über. Wir wissen von vier Schafkopfkartlern in einem Wirtshaus am Burgberg, den Herren Walter K., Reinhard K., Günter S. und Gerhard W., dass sie noch vor dem Mischen und Austeilen der Karten eine Kommission einberufen, die klären soll, wer jetzt gerade mischt und gibt. Meistens kommt es dabei zu erregten Diskussionen, zu Bildungen von Gegen-Kommissionen, Halb-Dagegen-Kommissionen und mit der ursprünglichen Kommission vollkommen konformen Kommissionen. So vergeht die Zeit wie im Flug, man muss nicht Schafkopf karteln, was sowieso keiner kann, und kann sich mehr dem schmackhaften Rauchbier und einigen fränkischen Haselnussschnäpsen widmen. Und wenn man am nächs-

ten Freitag nicht weiß, über was man reden soll, bildet man wieder neue Schafkopf-Kommissionen.
Derzeit überprüft gerade die Laufamholzer Kipferlein-Kommission – benannt nach dem Weltallaltersforscher Prof. Dr. Kipferlein – die Frage, was eher war: Die Berliner Rürup-Sirup-Herzog-Kommissionen oder die Nürnberger Schafkopf-Kommission. Sehr wahrscheinlich sei, so Prof. Kipferlein, dass die Schafkopf-Kommission die Mutterkommission aller Kommissionen ist.

**Der Spezi unterwegs –**
**In der Welt der Kümmerer:**

# Rettungsringe

In der Weltmetropole Nürnberg ist schon der Lachsack erfunden worden, der Denkmalschutz für Bratwürste, hier zieht auch der berühmte Deutsche Rekordabstiegsmeister 1. FCN seine kleinen Kreise. Und jetzt lenkt die Stadt erneut die Blicke einer erstaunten Weltöffentlichkeit auf sich, denn es feiert in Gestalt des Nürnberger Volksbades wieder eine Neuheit demnächst ihr stolzes Jubiläum: Zehn Jahre Extremsportart Schwimmen ohne Wasser.
Wasser kostet bekanntlich Geld, und so hat man vor knapp zehn Jahren das einst mit ziemlich viel Wasser gefüllte Volksbad an der Rothenburger Straße geschlossen. Indem es im Jahr 1914 erbaut worden ist, gilt dieses Volksbad als denkmalgeschützte Jugendstilperle. Seit der Schließung finden dort wesentlich mehr Veranstaltungen statt als in jenen Zeiten, wo das Volksbad noch für das Volk geöffnet war. Lesungen, Kleinkunstabende, Kunstausstellungen, Modenschauen, Konzerte, Schwimmbeckenführungen, Architektur-Seminare, Trockenschwimmen, Kachel-Besichtigungen. Lauter schöne Events, die bei geöffnetem, wasserhaltigen Volksbad natürlich – wie der Kenner von Wortspielen jetzt vielleicht schon ahnt – wohin gefallen wären? Genau! Ins Wasser. Von einer Lesung in drei Meter Wassertiefe hat kein Mensch was: Gluck, gluck und Ende der Lesung, für Nichtschwimmer und nicht aufblasbare Lesebücher eine Katastrophe größten Ausmaßes.
Fast noch schöner, gleißender, wortgewaltiger haben sich uns Freunden des Volksbades in den vergangenen zehn Jahren die zahlreichen Rettungsversuche dargeboten. Ungefähr wöchentlich einmal haben bekannte Politiker und Politikerinnen, Referenten, Oberbürgermeister, Investoren das Volksbad der Reihe nach gerettet. Gern hat man deswegen im Volksbad großartige Pressekonferenzen veranstaltet. Peter Schönlein, Ludwig Scholz, Renate Schmidt,

Roland Fleck – also ganze Rettungsringe – haben schon in blumigen, jugendstilhaften Worten im Rahmen von Pressekonferenzen bekannt geben, dass sie jetzt dann gleich die Perle Volksbad retten. Wer nicht weiß, was eine Pressekonferenz ist: Auf ihr kann man nach Lust und Laune was erzählen, dass den Pressevertretern die Augen tropfen, auch ohne Wasser, und am anderen Tag steht es in der Zeitung. Papier ist geduldig, das Volksbad auch.
Einmal hätte das Volksbad ein Wellness-Center werden sollen, einmal ein Fitness-Center, dann eine Disco, Mehrzweckkeller, Kaufhaus, Achterbahn, Billard-Saal, ein Einkaufszentrum für Unterwassermöbel. Aber alle zur Rettung des Volksbades massenhaft gewonnenen Investoren haben das getan, was früher die Volksbadbesucher auf dem Drei-Meter-Brett gemacht haben: Sie sind abgesprungen.
Zum zehnjährigen Jubiläum der Schließung will die Stadtverwaltung jetzt eine weitere Neuheit ins Leben rufen, nämlich ein Komitee zur Rettung der Rettungsversuche des Volksbades. Denn es wäre jammerschade, wenn eines Tages auch die Rettungsversuche ausblieben. Diese Rettungsversuche erheitern uns regelmäßig, erfüllen das alte Volksbad immer wieder mit Leben und erzeugen viel heiße Luft, so dass durch die Rettung der Rettungsversuche schon einmal die Warmwasseraufbereitung des Volksbades gerettet ist, allerdings, wie bereits erwähnt, ohne Wasser. Wieder eine Weltneuheit!

# Eine Hochzeitssuppe ist kein D-Zug

Höchstwahrscheinlich wird nach der Erfindung der Praxisgebühr jetzt bald auch die allgemeine Wirtshausgebühr eingeführt. Hat man nämlich in einem ärztlichen Wartezimmer, wie der Name schon sagt, früher zwei Stunden lang mit dem Kopf unterm Arm warten müssen, kommt man jetzt infolge der durch die Praxisgebühr leergefegten Wartezimmer sofort dran. In einem fränkischen Landgasthaus hingegen herrschen, zumal Sonntag mittag, in manchen Fällen immer noch immense Wartezeiten. Der Liebhaber fränkischer Landwirtshäuser Peter K. ist wegen diesen Wartezeiten jetzt juristisch belangt worden.
Sonntag früh punkt elf, wo der ältere fränkische Mensch normalerweise im Wirtshaus beim Mittagessen sitzt, hat Herr Peter K. eine fränkische Hochzeitssuppe bestellt. Sonst nichts, denn eine fränkische Hochzeitssuppe besteht bekanntlich aus Rinderbrühe, Pfannkuchenstreifen, Leberknödel und Butterklößchen, bietet also Flüssigkeit, Vor-, Haupt- und Nachspeise in einem einzigen Teller vereint und kostet, zumal am Land, kaum mehr als drei Euro. Etwa eine Stunde, erinnerte sich der Peter jetzt am Amtsgericht, habe er damals mit einem wolfartig knurrenden Magen auf seine fränkische Hochzeitssuppe gewartet. Nach einigen schüchternen Anfragen hat ihm sodann der Kellner Udo L. mit den Worten „Soderla, dou is scho amol Ihr Bierla, Herr Direggder!“ eine Halbe Bier zur Hälfte serviert, zur anderen Hälfte auf den Tisch geschüttet. „Erschdns“, sagte da der Peter bereits etwas lauter, „erschdns binni ka Direggder, zweidns hobbi ka Bier beschdelld und driddns will i edzer mei fränkische Hochzeidssubbn!“ „Kummd glei“, beschied ihn der Kellner. Und immer wenn der Udo in der folgenden, weiteren Stunde am Tisch vom Peter vorbeigerast ist, hat er ihn mit den bekannten fränkischen Kellner-Phrasen beschwichtigt: „Hobs scho bonierd!“, „Kummd

jeedn Momend“, „Schdäid scho aff der Durchreiche“, „Edzer is glei suuweid“, „Wird ganz frisch gmachd, dauerd nu a Minuddn“.
Vor lauter Not hatte der überzeugte Biergegner Peter inzwischen das nicht bestellte Bier ausgetrunken. Worauf ihm Sekunden später sogleich ein zweites nicht bestelltes Bier serviert wurde. Insgesamt hatte er vier nicht bestellte Biere getrunken. Während im Kopf vom Peter infolge der Biere sich ein ziemlich schwerer Dampf aufbaute und er statt nach einer fränkischen Hochzeitssuppe zu verlangen im Abstand von fünf Minuten immer brüllte „Mei Hodscheidschlumbn will i edzer!“, säuselte der Kellner Udo L. weiterhin „Is braggdisch scho underwegs“, „Nu fimbf Sekundn!“, „Iich kassier blouß nu gschwind den Diisch ab!“.
„Vill wass i nou nimmer“, äußerte sich jetzt Herr Peter K. vor Gericht, „Blouß nu, dassi aamol aff die Uhr gschaud hob. Halberzwaa woors dou, glaab i. Und nou kummd a Moo rei, hoggd si neeber mich hii, beschdelld a fränkische Hochzeidsubbn – und Sekundn schbeeder kummd scho der Gnalldepp vonnern Ober und schdelld den a fränkische Hochzeidssubbn hii!“ Der Ober Udo L. wollte dem neuen Gast noch einen guten Appetit wünschen – da stand er plötzlich wie ein Mahnmal einer verspäteten fränkischen Hochzeitssuppe mitten im Gastzimmer: Butterklößchen am Kopf, Leberknödel zwischen Kellnerjacke und Hemd, Pfannkuchenstreifen am Ohr, und von den spärlich wachsenden Haaren bis hinunter in die Schuhe ergoss sich ein Sturzbach kochend heißer Rinderbrühe.
„Endweder“, rekonstruierte der Peter die Einweichung vom Udo mit einer fränkischen Hochzeitssuppe, „endweder isser ausverseeng in den Deller neigfluung, odder jemand hodd nern däi Subbn iibern Kubf gschidd.“
Letzteres hielt auch der Richter für sehr wahrscheinlich, und verurteilte den ungeduldigen Gast Peter K. wegen Verbrühung eines fränkischen Kellners zu einer Geldstrafe von 2500 Euro. „Und iich“, bat der Udo den Angeklagten, „iich gräich aa nu zehn Euro vo Ihner, fiir däi vier Bier.“ „Deine vier Bier“, antwortete der Peter, „däi konnsd b‘haldn. Iich hobs ba Eich in Abord hiibrunsd.“

GREUTHER TEELADEN
Qualität im Fabrikverkauf
·Tee
·Naturheilmittel
·Kräuter
·Gewürze
·Kosmetik
FABRIKVERKAUF
Das Original
91487 Vestenbergsgreuth
Dutendorfer Straße 5-7
Tel.: 09163/88-5 55
Fax: 09163/88-5 98
Mo.-Fr. 8.00 - 18.00 Uhr
Sa. 9.00 - 13.00 Uhr
90765 Fürth
Laubenweg 60
Tel.: 0911/9 79 40 55
Fax: 0911/9 79 40 56
Mo.-Fr. 9.00 - 18.00 Uhr
Sa. 9.00 - 14.00 Uhr
91350 Gremsdorf
Gewerbepark 1
Tel.: 09193/507 445
Fax: 09193/507 446
Mo.-Fr. 9.00 - 19.00 Uhr
Sa. 9.00 - 16.00 Uhr

# Farbenlehre

Manche kennen vielleicht noch aus der Schule die Farbenlehre von Johann Wolfgang von Goethe. Seit kurzem gibt es als Ergänzung auch die Farbenlehre von Paul F., die sich allerdings in ihrer wissenschaftlichen Prägnanz nicht mit dem gesamten Spektrum, sondern nur mit den Farben Rot, Gelb und Grün befasst. Mit dem Paul seiner Farbenlehre musste sich jetzt ein Richter am Amtsgericht auseinandersetzen.

An einem schwülen Sommerabend dieses Jahres ist der Paul mit seiner Rostbeule von einem Auto nach einem kurzen Zwischenstop in einem Biergärtlein durch die Stadt gezuckelt. Hinter ihm ist der Straßenkreuzer-Inhaber Werner H. vor lauter Ungeduld bereits ein bis zwei Millimeter aufgefahren. An einer Ampel, die Rot gezeigt hat, haben beide in sehr unterschiedlicher innerer Verfassung angehalten. Der Paul hat sich wohlig zurückgelehnt, versonnen ein bisschen in der Nase gebohrt, einen kleinen Rülpser hinaus in die laue Abendluft entlassen. So ist es ihm völlig entgangen, dass die Ampel schon wieder auf Grün geschalten hat. Der Werner hinter ihm war indessen auf einer mit einem Düsentriebwerk vergleichbaren Pulsfrequenz, die Farbe seines Kopfes war fast identisch mit der der roten Ampel, und in vollkommener Harmonie zu seinem Hupkonzert hat er aus dem Fenster geschmettert: „Fahr endli weider, lahmoorscherds Rimbviech, lahmoorscherds!“ Eigentlich hat der eilige Werner zurückstoßen und an dem Ampel-Schläfer vorbeirauschen wollen. „Obber in den Momend“, sagte der Werner jetzt am Amtsgericht, „is der Moo aus sein Schrottauto ausgschdieng und hodd si vuur miich hiigschdelld.“

Inzwischen ist es ungefähr zum fünften mal Grün, Gelb, Rot und wieder Grün geworden. „Grün is, du Haichderla, du dummgsuffns!“, hat der Werner den Paul angebrüllt, „Hogg di nei in dein Brunskiibl! Odder bisd du farbnblind!?“ Das hätte der Werner nicht fragen sollen. „Iich bin nedd farbnblind“, hat der Paul in bewundernswerter Gelassenheit geantwortet, „häigsdns du. Schau hii, edzer is Rot.“ Danach hat er wieder ein bisschen aufstoßen müssen, ist dann aber gleich mit seiner Farbenlehre fortgefahren. „Und edzer, wennsd hiischausd“, hat er dem vor Wut kochenden Werner freundlich erklärt, „edzer is Rot und Gelb und – bumms, dou schau her – scho is widder Grün.“

Sodann ist er erneut mit dem Zeigefinger in sein Nasenbergwerk eingefahren, hat die Ausbeute seiner Bohrung zufrieden gemustert, sie am Hochglanzwagen vom Werner deponiert und dabei wieder erklärt: „Dou schau her, gschwind an Bubbl roog’hulld, und scho is die Ambl widder roud. Und edzer werds glei widder roud und gelb – dou, soochis nedd – zack, roud, gelb und scho widder grün.“ „Und deine zwaa Aung“, hat der Werner zwischen die interessanten Farberläuterungen vom Paul geplärrt, „däi wern edzer glei blau sei!“ Danach hat er mit seiner Freisprechanlage im Auto die Polizei angerufen.

Sekunden nach dem Alarmanruf ist der Paul bei Rot über die Kreuzung gefahren und hat dabei einen weiteren Autofahrer, der Grün gehabt hat, ein bisschen geschrammt. „Wenn der Roud g’habd hädd“, hat er dem interessiert lauschenden Polizeibeamten danach erklärt, „und iich hädd Grün g’habd – nou wär efendwell nix bassierd. Obber suu hob iich, glaab i, roud g’habd, und der ander grün …“ Außer vielleicht fünfzig mal Rot, Gelb und Grün hat der Paul auch noch 2,3 Promille gehabt. Zusammen mit einer Nötigung und versuchter Fahrerflucht machte es 2700 Euro und einen Führerscheinentzug auf zunächst unbestimmte Zeit. „Bis du Gaaferer dein Schein widder gräigsd“, hat nach dem Urteil der Zeuge Werner H. dem Paul seine Farbenlehre erweitert, „dou konnsd warddn, bisd schwarz wersd.“

# Ein zu nahes Ferngespräch

Gesetzlich streng verbotene Fern- und Nahgespräche mit dem Taschentelefon während des Autofahrens können inzwischen ziemlich in die Hose oder ins Geld gehen. Aber auch das ordnungsgemäße Benützen einer Freisprechanlage, wo man bekanntlich ins Lenkrad hineinbrüllt, sind nicht immer ganz billig. Im Fall des Auto-Fern- und Lautsprechers Günther W. hat es außer sauteuer auch hochdramatisch geendet.
Herr Günther W. ist damals mit seinem telefonierbaren Kabrio auf einen Parkplatz gefahren und hat auf der Freisprechanlage seine Ex-Lebensgefährtin angewählt. Nur wenige Meter entfernt sind auf der Parkplatzbank Frau Biggi L. und ihr Ehemann Philipp gesessen. Leider kannte dieses Ehepaar L. Herrn Günther W. nicht näher und schon gleich gar nicht dessen Probleme mit seiner Lebensgefährtin.
Zum Beispiel wusste die Familie nicht, dass die Freundin vom Günther ebenfalls Biggi mit Vornamen heißt und dass sie ihren langjährigen Liebhaber mit einem deutlich jüngeren Mann über Monate gewaltige Hörner aufgesetzt hatte. Auf dem Parkplatz kam es zur allerletzten Aussprache auf höchstem Niveau. „Wassd du, wos du fiir miich bisd, Biggi?!“, brüllte der Günther in seine Freisprechanlage hinein, „Du bisd a ganz billiche Fuchzgerlas-Schnalln! Du maansd gwiss, mid dein Huuserdiirlas-Blick derwischd amol irchnd suu an Millionärs-Zibfl und nou hosd ausgsorchd, du Schlambn, du Sulln, du underleibsgschdeuerder Beddvorleecher!“
Jedes dieser fein abgewogenen Worte war nicht nur bei der Biggi am Autotelefon deutlich angekommen, sondern auch bei der Biggi auf der Parkplatzbank. „Wos hom Sie zu mir gsachd?!“, brülllte Frau Biggi L. zurück, „Fuchzgerlas-Schnalln? Iich glaab, mei Sau hodd Junge gräichd!“

Dann wandte sie sich an ihren Ehemann: „Fuchzgerlas-Schnalln sachd der aaafgschdellde Scheißhaufn zu mir! Moo, hau nern anne roo!“ Darauf der kurz vor einem Satz heiße Ohren stehende Günther: „Verzeihen Sie, gnädiche Frau, Iich hob doch goornedd Sie gmaand!“ Worauf sich die andere Biggi aus der Freisprechanlage meldete: „Edz kenn i mi nimmer aus. Erschd bin i a Fuchzgerlasschnalln und a underleibsgeschdeuerder Beddvorleecher – und edzer saggsd aff aamol ‚Sie‘ zu mir und ‚Gnädiche Frau‘ und bisd scheißfreindli.“ „Hald du dei bläide Goschn“, schrie da der Günther in Richtung Lenkrad, „dich hobbi nedd gmaand. Lässd woohrscheinli grood widder deine Diddler rausbambln, dass dein neier Freind die Aung und nu wos ganz andersch wäi die Aung rausdriggd!“
Das Ehepaar L. war inzwischen erregt von der Bank aufgesprungen. „Was erlauben Sie sich“, wetterte Herr Günther L., „Woher kennen Sie meine Frau?! Ich verbitte mir Ihre Sauereien.“ „Wos hassd dou verbitten?!“, wütete Frau Biggi L. dazwischen, „Hau nern endlich anne am Baggn naaf! Edzer bambln mir aa nu die Diddler raus! Der hodd doch nimmer alle Birn in der Lampn! Den wer i edzer aa glei wos rausdriggn!“
Zwischen den wirren Drohungen, Anschuldigungen und Beschimpfungen hörte man am Parkplatz immer wieder einmal den Günther: „Ihner hobbi doch nedd gmaand!“ „Du häldsd dei Maul, diich hobbi aa nedd gmaand!“ „Denner’S biddschön Ihr Händ wech vo meiner Grawaddn!“ „Wos is los?! Du hosd ka Grawaddn oo? Des glaab i, wersd scho widder naggerd auszuung sei!“ „Naa, gnäädiche Frau, Sie sin freili nedd naggerd auszuung. Des siech i doch.“ Und im Durcheinander mit der Biggi in der Freisprechanlage, mit der Biggi auf der Bank, mit dem Schelln androhenden Philipp, mit Fuchzgerlas-Schnalln und Diddla-Bambln – da verlor dann der Günther mitten im autotelefonischen Scheidungsgespräch die Nerven. Erst riss er das Handy aus der Halterung und schmiss es Frau Biggi L. an den Kopf, dann watschte er Herrn Philipp L. links und rechts ab, beschuldigte ihn des Fremdgehens mit der anderen, seiner Biggi, beschimpfte ihn als Reser-

verammler und fuhr ihm bei der anschließenden Flucht noch mit dem Kabrio über die Füße.
Wegen Fahrerflucht, Körperverletzung und Beleidigung wurde er zu drei Monaten mit Bewährung, sechs Monaten Führerscheinentzug und einer Geldbuße von 4000 Euro verurteilt. „Sechs Monad Führerscheinendzuuch“, bedauerte Frau Biggi L. den Angeklagten, „Dou kenner’S ja edzer a halbs Jahr lang nimmer mid Ihrer Fuchzgerlas-Schnalln delefoniern.“

# Der alkoholsüchtige Papagei

Gottseidank schreitet die Wissenschaft immer weiter fort und stößt täglich auf neue, bisher unbekannte Welten. So ist jetzt zum Beispiel der Biologie-Doktorand Albert T. in die bisher unbekannte Welt des Suchtverhaltens von Gamaschensittichen vorgestoßen. Der Gamaschensittich gehört bekanntlich zur Familie der sprechenden Schlehenschwirrer oder Fernmeldepapageien. So ähnlich hat es jedenfalls der angehende Wissenschaftler Albert T. in seiner unter dem Einfluss von vielleicht zwei oder gar drei Promille entstandenen Dissertation niedergeschrieben. Der Niederschrift liegen höchstpersönlich durchgeführte Feld- beziehungsweise Käfigforschungen zugrunde. Wegen dieser Forschungen ist Herr Albert T. jetzt vor Gericht gestanden.

Albert T. lebt in Untermiete bei dem Tierliebhaber Willi F., der seinem Papagei namens Helmut in jahrelanger mühseliger Lehrtätigkeit beigebracht hatte, wie man den Ton eines läutenden Telefons imitiert. Weiterhin kann dann der Papagei Helmut noch die gut verständlichen Sätze krächzen „Delefon! Gäih hald anns hii! Delefon!“, „Wo is denn mei Helmut?“ und „Helmers, edzer gibds Ham Ham“.

Seit sich der Biologiestudent Albert wissenschaftlich um den Helmut kümmert, hat der Papagei seinen Wortschatz deutlich erweitert. „Iich woor“, berichtete der Willi vor Gericht, „a halbs Jahr beruflich in Südameriga, Herr Richder. Und mei Undermieder hodd gsachd, dasser aff mein Helmud schäi aafbassd. Und wäi iich widder hammkummer bin, sooch i zu mein Babbagei ‚Wie machd es Delefon?‘ – und nou brilld mi der oo ‚Brosd, dass die Gurgl nedd verrosd!‘ und ‚Oozabfd is!‘ und ‚Aa Mouß gäid nu, aa Mouß gäid nu nei‘. Iich hob gmaand, mir homs mein Babbagei verdauschd. Obber es woor scho mei Helmers. Wall er hodd nou am Schluss doch wäi a Delefon glaid.

Und dann isser vom Schdengla roogfluung und is eigschloufn." Dann musste sich der Willi ein paar Tränen aus den Augen wischen. „Wissen'S, wos mei Helmud g'habd hodd?!", fuhr er nach einer kurzen Pause fort, „An Vollbreller hodd der g'habd, an Zinderer, an Gwalm, der woor vull wäi dausend Russn!"
Während der Abwesenheit vom Willi hatte der Großbiologe Albert T. den ganz normalen Papagei nicht nur wissenschaftlich in die Familie der Gamaschensittiche und Schlehenschwirrer eingeordnet, sondern den äußerst lernfähigen Helmut auch von Wasser auf andere Getränke umgestellt wie Schlehengeist, Frankenwein und Hefeweizen. „Dou hob iich nix derfiir kennd", sagte der Gamaschensittichforscher jetzt aus, „der Babbagei hodd des vo mir verlangd. Wenn iich neber sein Käufich a Schnäbsla ooder an Schobbn Wein drunkn hob, nou hodd der nach a boor Wochn suu lang wäi a Delefon glaid, bis iich ihn aa a boor Schlückla saufn hob loun. In Schnabs hodder obber blouß verdünnd gräichd, bragdisch a Schlehengeist-Schorle." Gleichzeitig seien die gemeinsamen Orgien für den Biologen ein willkommenes Forschungsgebiet gewesen. „Edzer is wissnschafdlich erwiesn", sagte der Albert zum Schluss seiner Ausführungen, „dass der Gamaschensiddich Algoholiger is." „Iich wer der edzer gleich einen Gamaschnsiddich und an Algoholiger geem!", schrie da der Willi, „Mei Helmers woor aff Endziehung. Mehr wäi zwaa Schobbn Frankn am Dooch saufder nimmer. Und des dreib i ihn aa nu aus!"
Der wegen Tierquälerei angeklagte Papageienforscher Albert T. wurde freigesprochen, weil nicht mehr geklärt werden konnte, ob der Helmut freiwillig oder unter Zwang zum Saufen angefangen hatte. Nach der Verhandlung nahm der Willi seinen im Käfig wartenden Papagei mit den Worten in Empfang „Schdell der vuur Helmud, den Verbrecher homs freigschbrochn!" Worauf der Papagei melodisch vorschlug: „Schidd die Sorgen in ein Gläschen Wein …"

# Hoddlein

Seit der Erfindung des Call-Centers gehört Telefonieren zu den Mysterien, zu den großen Rätseln dieser Welt. Der Hobby-Handwerker Franz-Xaver L. will deswegen jetzt auf der Volkshochschule verschiedene Einführungskurse belegen, Lektion I: Luftgespräche mit Musik. Vorher hat er aber noch auf dem Amtsgericht erscheinen müssen. „Es is asuu ooganger“, erklärte er dort dem Richter, „dass in den Subbermargd a Moo suu ein Muldidohl vuurgführd. Ein Muldidohl, verschdenger'S mi?“ Der Richter verstand den Franz-Xaver nicht, er hatte keine Ahnung, um was es sich bei einem Muldidohl handeln könnte. „A Muldidohl“, erklärte es ihm daraufhin der Franz-Xaver ganz genau, „des is a Muldidohl, verschdenger'S mi?“ Nach längeren Sprachdiskussionen einigte man sich schließlich darauf, dass ein Muldidohl nichts anderes sein könne als ein Muldidohl, auch Multi-Tool geschrieben, also ein Mehrbereichswerkzeug.
Das Muldidohl konnte, wie sich der Heimwerker dunkel entsann, bohren, hobeln, schleifen, Farben umrühren, sägen, schneiden. „Iich glaab“, sagte der Franz-Xaver, „dass mer mid den Muldidohl aa Safd bressn und Kaddoffl reim hodd kenner fiir die Gniedla. Hobbi mer serfordd kaffd, nerdirli. Und nou hodd mer der Verkaifer nu gsachd, im Fall, daß wos wär, gibd er mer dou a Delefonnummer. Vom Hoddlein.“ Von welchem Hoddlein, wollte der Richter wissen. „Des ergläär i Ihner glei“, stellte der Franz Xaver die Beantwortung der Frage nach dem Hoddlein noch zurück, „wall an Holzerlein hodds in denni ihrer Muldidohl-Fabrigg aa nu geem.“
Nach drei Tagen intensivsten Bohrens, Schleifens, Sägens, Schneidens, Umrührens und so weiter machte das Muldidohl, beziehungsweise Multi-Tool oder Mehrbereichswerkzeug in keinem einzigen Bereich einen Zuckerer mehr, ausgedohld. „Und nou“, sagte der Franz-Xaver, „hobbi in Hoddlein oogruufn. Der mouß Musigger

sei, Herr Richder. Wall dou hodd dauernd eine Musigg gschbilld." Hier ahnte der Richter dann schon, dass es sich beim Herrn Hoddlein um eine Hotline für Notfälle, in Fachkreisen auch Emergency-Line genannt, handeln müsse. „Iiich hob mer nou", schilderte der Franz-Xaver seine Anstrengungen um die Reparatur des Muldidohls weiter, „drei Dooch lang immer widder in Hoddlein sei Musigg oog'horchd. Und dou derbei hobbi dann amol g'heerd, dassi mi an den Holzerlein efendwell auch wendn konn." Schnell fand der Richter heraus, dass es sich bei Herrn Holzerlein um nichts anderes als die Warteschleife mit der Ansage „Hold the line" drehen kann. „Und am värddn Dooch", fuhr der Franz-Xaver fort, „froochd mi der Hoddlein am Dellefon aff aamol, wos i will. Hobbi gsachd, daß mei Muldidohl hii is und dassis obber in Holzerlein aa scho gsachd hob. Und am fümfdn Dooch hodds ba mir glaid." Es stand der Service-Man Roland M. vor der Tür.
Auf die Frage vom Franz-Xaver „Sin Sie edzer der Hoddlein odder der Holzerlein?" antwortete der Roland nicht. Er ließ sich den Muldidohl zeigen, schraubte an ihm irgendwas auf, schraubte es wieder zu, murmelte, dass man ihn ans Werk schicken müsse und sagte dann beim Erstellen einer Quittung, dass er jetzt 125 Euro erhält. Und zwar für den Customer-Service. Worauf ihn der Franz-Xaver anbrüllte, dass er, der Hoddlein, sich seinen Customer-Service, den Muldidohl sowie die 125 Euro in den Arsch schieben könne – falls er wisse, was ein Arsch ist. „Und dann", sagte der Franz-Xaver vor Gericht, „dann isser irchndwäi die Drebbn noogfluung."
Für den Tritt in den Hintern mit Freiflug durchs Treppenhaus muss der Franz-Xaver jetzt 700 Euro an die Gerichtskasse überweisen. Nach dem Urteil gestand er aus freien Stücken, dass er tatsächlich an dem Treppenhausflug vom Roland schuld war. „Iich hob den Herrn Hoddlein", sagte er, „a Holzerlein geem. Odder Hulzerla sachd mer aa ba uns." Und zum Abschied jubelte er noch: „Buhrn, Huubln, Schleifn, Sääng und Farbrumrühren konn i nimmer. Obber derfiir konn i edzer Englisch."

# Ayurveda für die Katz

Liebe geht unter anderem auch durch den Magen. Dieses Sprichwort von der erotischen Ausstrahlung der Speiseröhre hat sich bei der Hausfrau Helga D., ehemalige Besitzerin eines noch einigermaßen funktionstüchtigen Mannes und eines nicht mehr so ganz funktionstüchtigen kastrierten Katers namens Maunzi, gleich zweimal hintereinander bewahrheitet. Indem es bei ihr des Abends aus der Küche immer nach gedünsteten Sojakeimlingen duftet, nach Bambussprossen im Grashalmsud, Hirsebrei, Tofu oder Kleie-Gniedla, ist der Helga vor einem Jahr Hals über Gaumen der Ehemann abgehauen. Nur drei Häuser weiter hat dieses fremdwandelnde Knochengerüst in Gestalt der Witwe Lisa F. ein neues Glück gefunden.

Die Linda verabscheut das stundenlange Kauen auf fernöstlichen Gräsern, sie bevorzugt zur Nahrungsaufnahme Fleischküchla, Schäufele, Rollbraten, Kassler, Knöchla oder Saftgulasch. Bereits beim Scheidungstermin hatte der Sojasprossen-Flüchtling 15 Kilo zugenommen und war von seiner Ex-Frau nur noch an der Stimme erkannt worden.

„Mein Moo“, äußerte sich die Helga jetzt abschätzig am Amtsgericht, „den konn däi Gifdmischerin weecher mir b'haldn und weider schdobfn wäi a Masdsau, bis er bladzd. Des is mir worschd. Obber dassi däi Hex edzer aa nu mein Maunzi zu sich hiigfressn hodd – des gäid zu weid.“

Auch der Kater namens Maunzi ist jahrelang zaundürr durchs Viertel geschlichen, angeblich hat durch ihn bereits die Sonne durchgeschienen wie durch ein ganz dünnes Pergament. „Bläids Gwaaf, bläids!“, erzürnte sich die Helga am Gericht, „Mei Maunzerla machd Ayurveda. Auch a Kadz hodd ein schbiriduelles Leben.“ Offenbar hat der Kater Maunzi aber auf die kalorienarme Spiritualität im Haus der Helga gepfiffen und stattdessen Rinderhack, Kalbsleber, Rehragout bevorzugt – so wie es die Lisa in einer kleinen Schüssel immer vor die Haustür ge-

stellt hat. Und eines Tages war auch der Maunzi spurlos verschwunden.
„Vier Wochn lang“, erinnerte sich die Helga, „hobbi mei Maunzerla gsouchd. Ba der Bollizei binni gween, Blakaade hobbi aafg’hängd, in die Zeitung hobbin neigsedzd, obber nix woors.“ Jede Nacht hörte man die Helga rufen „Maunzerla, Maunzerla – dou is es Fraula. Kumm zum Fraula!“ Aber das Maunzerla kam nicht.
Bis der Helga an einem Nachmittag beim Einkaufen ein Fettkloß von einem Kater, kaum mehr forbewegungsfähig, über den Weg schleifte. An der Zeichnung des inzwischen luftballonartig gespannten Fells erkannte sie schlagartig – ihr Maunzerla! Anscheinend entströmte der Helga aber ein Duft von Sojasprossen, Bambusspitzen, Ayurveda-Tee, denn der Maunzi wehrte sich gegen die heftigen Umarmungen mit Fauchen, Beißen und Kratzen. Da schnappte sich die Helga ihren Kater am Genick, hielt ihn sich vors Angesicht und brüllte, dass man es fast im ganzen Viertel hörte und Passanten interessiert der Strafpredigt lauschten.
„Du Rimbviech vo anner Kadz“, schrie die Helga unter anderem, „Du gäisd edzer aungbligglich miid hamm. Und ba dera Schnalln auf Hausnummer 36 will i di nie mehr seeng! Ersch hodd si däi Sulln mein Moo gschnabbd, dasser edzer ausschaud wäi a Bressag mid Grambfadern undn droo! Schad, dassi den Doldi vurheer nedd aa nu gschwind kasdriern hob loun!.“ „Und edzer“, lamentierte die Helga weiter, „edzer vergreifd si däi wamberde Kouh, däi wamberde aa nu an mein Maunzilein. Eine Diergwählerei is des doch! Walls maand, däi schwabblerde Feddhenner, dass a Schbeggschwarddn schäi ausschaud, mouß dich aa rausfüddern, dass mer di wäi a Suggerla rollern koo!“ Dann erhob die Helga drohend ihre Faust der Hausnummer 36 und der dort inzwischen am Fenster erschienenen Lisa entgegen. „Braugsd goornedd suu bläid rooglodzn mid deine Feddaung“, brüllte sie zur Lisa hinauf, „Kumm roo, nou gräigsd an Oorschdridd! Obber den schbiirsd du ja mid dein Drei-Zendner-Schinkn ibberhabbs nedd!“

Wegen Beleidigung muss die Helga 600 Euro zahlen. Und beim Maunzi stellte sich heraus, dass er Felix heißt, nicht kastriert ist und nachweislich schon seit vier Jahren bei der Lisa lebt. Es war eine Verwechslung. Der Ayurveda-Maunzi ist vielleicht schon längst im Katzen-Nirwana, wo es statt Sojasprossen Milch und Honig gibt, vielleicht sogar eine Kalbsleber.

# Flugschneckenalarm

Der erbittertste Feind des Kleingrundbesitzers ist bekanntlich die europäische Wegschnecke. Der erfahrene Gärtner bekämpft sie mit Zerschneiden, Sieden, Enthaupten, Vergiften, Ertränken, Zerstampfen, Häckseln. Man errichtet gegen die Weg- oder auch Nacktschnecke Plastikumrandungen, Elektrozäune. Aber je massiver man sie ausrottet, desto gestärkter geht die Nacktschnecke aus den Kämpfen hervor. Sehr beliebt im Krieg gegen die Kriechmonster ist auch das Errichten von Bockbierfallen. Angeblich ertrinken die Schnecken in ihnen. Aber vermutlich schlafen sie nur ihren Vollrausch aus und begeben sich einige Tage später wieder frohgemut auf ihren Vernichtungsfeldzug.

Der Schneckenvernichter Harald B. ist jetzt im Zuge einer vollkommen neuen Nacktschnecken-Bekämpfungsstrategie vor Gericht gestanden. Eigentlich hat er zunächst auch die von der Genfer Konvention zugelassenen Bockbierfallen anwenden wollen. „Iich hob mer“, sagte er, „zwaa Käsdn Dobblbock kaffd und hob in meine Beede Schisserla aafgschdelld, wou iich des Bier neilaafn hädd loun.“ Erst hat der Harald aber einmal einige Doppelbock in sich hineinlaufen lassen.

Er ist in der Abenddämmerung auf seiner Gartenbank gesessen, von Flasche zu Flasche immer fröhlicher geworden, die Nacktschnecken sind ihm zunächst ganz aus dem Sinn gekommen. Aber dann ist er jäh wieder an sie erinnert worden. „Es is scho fasd finsder gween“, erinnerte er sich vor Gericht, „und nou fläichd aff aamol wos iiber mei Heckn driiber. Genau in meine Beede nei. Und wäi i nouchgschaud hob, wos des sei kennd, dou woorn des lauder Schneckn. Anne nach der andern is iiber die Hecken riibergfluung kummer. Iich hob zeerschd scho gmaand, dass edzer Flugschneckn aa scho gibd.“ Doch nach einem kurzen Blick über die Hecke war klar, dass Nacktschnecken nicht fliegen können. Jedenfalls nicht aus eigener Kraft. Der Nachbar Heinz L. hatte den Schutz

der Dunkelheit ausgenutzt, um Hunderte von Nacktschnecken in den Nachbarsgarten zu schmeißen. Erst wollte der Harald den Schneckenwerfer zur Rede stellen. Aber dann nahm er zunächst noch einige Flaschen Schneckenvernichtungsmittel zu sich, also Bockbiere, beobachtete den immer noch anhaltenden Schneckenflug und fasste sodann einen ganzen anderen Plan.
Dazu äußerte sich der Nachbar Heinz L. als Zeuge folgendermaßen: „Des woor suwos Nachds ummer zwaa. Binni aafgwachd. Wall mei Frau dauernd gsachd hodd ‚Heinz, bisders Du? Wos maggsd denn? Heer hald aaf mid dein Gschmarri, es is doch middn in der Nachd!' Und nou hobbi es Nachddischlämbla oogmachd." Da hätte dann den Heinz und seine Ehefrau Monika beinahe der Schlag getroffen. „Mei Frau", sagte Herr Heinz L., „hodd eine Drimmer Naggdschneckn in der Händ g'habd! Und wou iich hiigschaud hob – alles vuller Schneckn, Herr Richder! Im Bedd, am Nachdkäsdla, in meiner Schlafanzuuch-Jackn. Sugoor ins Wasserglas mid mein Gebiss drinner sins scho neigrabbld!" Und wie dann der Heinz nach dem ersten Schock die Schleimspuren durchs Schlafzimmer verfolgt hat, ist ihm das offenbar gewaltsam geöffnete Fenster aufgefallen. „Und wäi iich mir grood iiberleechd hob", sagte er, „ob Naggdschnecken suu a Krafd hom, dass a Fensder neidriggn kenner – in den Momend kummd a Hand zum Fensder rei und schmeißd ungefähr zwanzg Schneckn aff aamol ins Zimmer rei. Und derbei hobbi an singer heern ‚Horch, was kommt von draußen rein'. Des woor der Nachber! Däi Wilzau! Hodd der unser Fensder aafbrochn und seine Schnecken zu uns reigschmissn."
„Deine Schnecken", stelllte der Harald richtig, „Wall du hosders ja erschd in mein Garddn riibergschmissn. Außerdem wassi nix mehr, wall i vo den Bockbier an zimmlichn Breller g'habd hob."
Wegen Ein- und Hausfriedensbruch und Erzeugung einer Nacktschnecken-Invasion im Schlafzimmer wurde der Schneckenumsiedler Harald B. zu einer Geldstrafe von 1400 Euro verurteilt. „Anns wolld i nu wissen", fragte der Harald den Heinz nach der Verhandlung, „Warum

hodd nern in dera Nachd dei Frau dich mid anner Naggdschneggn verwechsld?" „Frooch nedd suu bläid", antworetete der Heinz, „mid dein Reengwurm in der Huusn."

**Der Spezi unterwegs –**
**In der Welt der Generalsekretäre:**

# Kampf den Spätheimkindern

Oft fragen wir uns in der einen oder anderen schlaflosen, von wilden Alpträumen durchzuckten Nacht: Was ist eigentlich das große Übel in unserer furchtbaren Welt, was macht, dass wir so trostlos, so gebeutelt, scheinbar so gottverlassen sind? Seit dieser Woche wissen wir es, der CSU-Generalsekretär Markus Söder, ein Nürnberger noch dazu, hat es nach einer langen Klausurtagung mit sich selber in der Landtagskantine herausgefunden: Das schlimmste Übel sind Kinder unter 14 Jahren nach 20 Uhr draußen auf der Straße.

Und so hat der unermüdliche Kämpfer gegen das Böse in der Welt sogleich – nach der Bildungs-, Gesundheits-, Renten-, Steuer-, Flächentarif-, Fensterkitt- und Abortdeckelreform die Reform von bisher frei begehbaren Flächen in Stadt, Land und Hinterhof gefordert. Kinder unter 14 Jahren dürfen ab 20 Uhr nicht mehr auf die Straße. Nur so kann die Jugendkriminalität wirksam bekämpft werden. Und das ist nicht nur schnell mal so über den Stammtisch geschwafelt, wie man es von Politikern manchmal vermuten möchte. Das ist fundiert, sachkundig und sorgfältig, fast wissenschaftlich erforscht. Nur wissen halt die wenigsten Menschen etwas Genaues über die erschreckenden Hintergründe.

Wenn wir Alten nämlich fröhlich und quietschvergnügt vor unserem Fernseher kauern, ein Bier nach dem anderen ziehen, ein Schnäpslein einträufeln lassen – da schleichen sich unsere Kinder unter 14 aus dem Haus, ziehen mordend, sengend und plündernd durch die bereits erwähnten Straßen, fotzen Rentner ab, machen dort einem ahnungslosen Jogger den Garaus, erdrosseln da einen Spaziergänger oder rauben pro Abend an die 20 Bankin-

stitute aus. Im Schutz der Dunkelheit pirschen sie nach 20 Uhr durch die Gässlein und ziehen uns das Fell über die Ohren, dass wir meinen, wir sind ein Wolpertinger. Nicht selten überfallen diese Kampfkinder unter 14 nach 20 Uhr eine Spirituosenhandlung, geben sich die Kante und terrorisieren sodann – voll wie tausend Wirtschaftsminister – ganze Stadtviertel. Da hat der Meister Propper der CSU, der General Söder voll recht: Das Grundübel der Menschheit sind Kinder unter 14 nach 20 Uhr auf der Straße. Wir wissen von 5-jährigen Kidnappern, 12 Monate alten Mafia-Bossen, marodierenden Embryos. Erwähnt sei nur noch die Pampers-Bande von Wicklesgreuth, einem gefürchteten Söldnerheer, das monatelang einen ganzen Landkreis in Angst und Schrecken versetzt hat. Und zwar durch seine grauenerregenden Schüsse voll aus der Windel, nach 20 Uhr. Schon huschen nach Einbruch der Dunkelheit Kinder unter 14 in die Staatskanzlei und flüstern unserem Landesvater so grauenvolle Dinge ins Ohr wie die Wiedereinführung der 40-Stundenwoche, das Ende des Flächentarifs. Und wie hypnotisiert verkündet der Stoiber anderntags diese sogenannten Erleuchtungen, die nichts anderes sind als Horrormaßnahmen von Kindern unter 14 nach 20 Uhr auf der Straße. Auch zu Berlin im Kanzleramt sollen schon Säuglinge beobachtet worden sein, wie sie den Schröder schlimme Schweinereien von Elite-Universitäten bis zum Eintrittsgeld beim Doktor heimlich, suggestiv eingetrichtert haben. Wir bitten also dringend im Namen der Menschheit: Söder, mach weiter so! Käfighaltung für Kids, Leinenzwang, sofortige Einführung der Hegebatterie!
Das Endziel muss heißen: Ausgehverbot für alle zu jeder Zeit. Vor und nach 20 Uhr darf nur noch der CSU-Generalsekretär auf der Straße sein! Dann ist Ruhe im Land, und man hört ihn und seine guten Gesetzesvorlagen deutlich von Reichenhall bis Rückersdorf.

**Der Spezi unterwegs –**
**In der Welt der Bedürftigen:**

# Hungerjahre

Wer gedacht hat, dass wir mit diesem Hungerjahr die Talsohle endgültig erreicht haben, dass es bereits zum Ausklang der katastrophalen Dürre- und Durstzeit eventuell ein bisschen aufwärts geht, der hat seine kühnen Träume auf ein baldiges Ende der größten Not schon in der Nacht des Jahreswechsels wieder begraben müssen. Ein Rundgang durch die Silvesterfeiern und ihre kargen Menüs hat uns schonungslos gezeigt: Es wird wahrscheins noch schlimmer im neuen Jahr, bald fressen wir Fensterkitt und saufen vor lauter Elend den Kühlwasserbehälter von unserem Zweit-Maserati leer. Die Krise hat jetzt auch die Ärmsten der Armen voll erwischt.
Wir möchten Sie jetzt mit einigen Silvester-Menüfolgen aus der örtlichen Gastronomie bekannt machen, damit jeder weiß – es ist fünf vor Zwölf, Darmstufe 1! Hohlwangig, ausgemergelt, schneidende Schmerzen in den ausgeweideten Eingeweiden – so sind die Mitglieder einer Nürnberger Mitesserzentrale fassungslos vor einem Fischsüpplein mit Safran gesessen, haben unter Seufzen und Wehklagen ihr Zicklein-Confit an Artischockenherzchen hineingewürgt. Danach Anguslende auf Wachteleiern, Babysteinbutt, Kalbsröllchen in Lavendelkruste, Hummervariationen, Kompositionen von Langostinos auf Weißkrautrisotto, Potpourri von Pimpernelle, Morchel und Trüffelspitzchen, Eisbombe, Arschbombe – Ende des Menüs!
Für die Hungrigsten der Hungernden ist noch ein Forellenmüslein an Taubenbrüstchen verlost worden, Bachsaibling im Nudelblatt, Kaviarsemmeln, und dann war es endgültig Schluss mit dem Menü. Auf einen derart leeren, ausgehöhlten Magen wirken drei, vier Magnum-Fläschlein Champagner natürlich verheerend. So viel Entbehrung, so viel Krisenstimmung, und darauf einen, zwei Eimer Champagner, das haut den besten Hungerkünstler um.

Einige sind vor lauter Elend unterm Tisch rumgekrabbelt, einige haben ihren schwer beschädigten Kopf ins Aquarium getaucht und nach den Zierfischen geschnappt, wieder andere haben vor lauter Hunger gebrüllt „Brot statt Preller!“

Auch in den meisten anderen Restaurants haben die Menüs nur aus dem Allernotdürftigsten bestanden aus Gänseleberpastete auf Blattgold, Entenbrüstchen, Riesengarnelen, drei Zentner Sushi-Röllchen, 500 Rehrücken, knapp 3000 Austern, eine Tonne Jakobsmuscheln. Die drei Lastwagen voll Sorbet aus Passionsfrüchten, Mango, Kiwi hat sich schon kaum einer mehr hinter die ausgelaugten Kiemen schieben lassen. Die meisten haben das Sorbet zu kleinen Kugeln geformt und damit eine Schneeballschlacht angezettelt.

Danach sind auf Wunsch Klistiere gesetzt, Mägen ausgepumpt und Bypässe direkt vom Hals zur Abortschüssel gesetzt worden. Erst dann haben noch einige hundert Kilo Loup de Mer auf Rosmarinbutter, Auberginenpüree, Langostinos mit Orangenöl auf Glasnudeln, souffliertes Lammcarrée, hausgebeizter Lachs, Auberginenlasagne Unterschlupf gefunden. Manche Menüs sollen nicht einmal 136 Gänge gehabt haben! Trotz des Mangels hat man sich das eine oder andere Kistchen Seezunge, zwanzigpfündige Räucherlachse oder ein paar Bündel kalifornische Lobster vom Mund abgespart und es sich einpacken lassen für die ausgezehrten Hunde daheim.

Angesichts der verheerenden Staats- und Stadtkrise sind nach den kargen, an die Kriegs- und Nachkriegsjahre gemahnenden Silvester-Menüs auch die früheren Ausschweifungen im Feuerwerksbereich sehr dürftig ausgefallen. Nur vereinzelt hat einmal jemand seinen Knallkörper vom Stuhl kurz gelüftet, einen scheppern lassen und gestöhnt: „A xunds neis Joohr. Des woorn die Wachdleier im Sauergraudnest.“

# Der Herr der Löcher

Golf ist bekanntlich auf dem Weg zum Volkssport Nummer eins, beziehungsweise Number one. Jeder dahergelaufene Multi-Millionär drischt täglich kleine Schusser in die Luft oder locht hinterm Sandbunker gschwind einmal ein. Eine Platzreife muss man halt haben. So eine Platzreife hatte Herr Willi K. noch nicht, aber den dringenden Wunsch, auch einmal High-Society-artig auf einem Fairway zu stolzieren und gegebenenfalls einzulochen. Und so hatte er seinen Freund, den örtlichen Star-Golfer Konrad K. , gebeten, ihm auf einer verschwiegenen Waldlichtung erste Nachhilfestunden zu erteilen. So spart man viel Geld und wird trotzdem vielleicht einmal der King aller Löcher zwischen Kammerstein und der Oberpfalz.
Zunächst sind die kostenlosen Geheimtrainerstunden aber erst einmal auf's Amtsgericht verlegt worden. Der im wahrsten Sinne des Wortes blutige Golf-Laie Willi K. hat als Zeuge und Opfer vor Gericht erscheinen müssen, der Trainer Konrad W. als Angeklagter. Der Willi hat noch seine Frau mitgebracht, gewissermaßen als Dolmetscherin. „Hier hehlen hämlich hier Hähne“, hat es der Willi dem Richter erklärt, „Hou honner, hier Heidehähne“. „Mei Moo“,übersetzte die Frau vom Willi, „hodd soong wolln: Ihm fehln vier Zähn. Und zwoor vorner, vier Schneidezähn.“ Die vier Schneidezähne hatte der Willi bereits während der ersten Golflehrstunde verloren.
Der Konrad hatte ihm auf der Waldlichtung zunächst alles ganz genau erklärt. Dass der Mensch aus einem Stand- und einem Spielbein besteht, dass man beim Abschlag eine Drehung von ungefähr 180 Grad vollführen müsse, erst den Ball scharf fixieren, dann seinen Blick in die Ferne schweifen lassen, wo der Ball vermutlich aus seiner Umlaufbahn wieder in die Atmosphäre eintaucht. „Ich hob ibberhabbs nix derfiir kennd“, sagte der Konrad zu seiner Verteidigung, „wall iich hobs nern dauernd gsachd, dass mer iiberool schdäih derf affern Golfbladzd, blouß nedd

vuur odder gnabb hinder an Golfschbieler. Obber der Depp is mer nichd vo der Seidn ganger. Jeeeds mool, wenn i irchndwos erglärd hob, isser ball in miich neigrabbld."
„Wäi in gsachd hob, des dou is es Schbielbein", ist der Konrad fortgefahren, „nou isser mer halb es Huuserbaa naafgrabbld vo mein Schbielbein. Alles hodder ganz genau seeng wolln, aus fimbf Millimeder Endfernung. Und jeeds mool hobbi zu ihn gsachd, er soll si weider wech hiischdelln, sunsd bassierd nu wos." Passiert war dann zunächst noch, dass die zwei Golfer wegen einem eventuellen Lehrgeld ein bisschen in Unstimmigkeiten geraten sind. Der Konrad war der Meinung, dass 50 Euro für den Nachmittag vereinbart waren und ein Abendessen. Der Willi wollte es jedoch reduzieren auf null Euro und kein Abendessen. „Und dann", sagte der Konrad vor Gericht, „dann hobbin hald erschd amol einen richdichn Abschlooch zeing wolln. Und nou isser widder diregd hinder mir gschdandn."
„Her hodd hachd, ha hi mi hinder ihn hihelln holl. Her häichd hoch, henner es Haul aafhachd!", meldete sich da der Willi zu Wort. „Des hodd hassn solln", übersetzte es die Ehefrau vom Willi, „‚Der hodd gsachd, dassi mi hinder ihn hiischdelln soll. Der läichd doch, wenner es Maul aafmachd'." Jedenfalls hatte der Konrad damals den Golfball fixiert, ein paar mal mit dem Schläger leicht geschwungen und sodann voll nach hinten aufgezogen." „Und hou hodder mer in Häächer hull in hie Hochn heihaud", sagte der Willi, „und heine hier Hähne hoorn abbrochn." „In Schäächer vull in die Goschn neig'haud", kam das Echo von der Frau vom Willi; „und meine vier Zähne woorn abbrochn."
Der Herr Amtsrichter wollte sich die zahnlosen Reden und ihre Übersetzungen nicht mehr länger anhören. Er zog sich zur Beratung zurück. Nach einer Viertelstunde und fünf Zigaretten hatte er entschieden: Das Zusammentreffen zwischen einem Golfschläger und vier Schneidezähnen war unglücklich. Der Steckerlaswald-Golftrainer Konrad W. wurde vom Vorwurf der vorsätzlichen Körperverletzung freigesprochen. Nach Prozess-Ende wand-

te sich der Willi dem Konrad zu und sagte: „Höde Hau! Hein Holfhall honnsder in Oorsch einhochen!“ „Des hodd edzer g’hassn“, dolmetschte die Frau vom Willi, „dass Sie eine blöde Sau sin und ihrn Golfball in Oorsch eilochn solln.“

# Pumpenhiebe

Irren ist nicht nur menschlich, sondern es kann manchmal auch tierisch weh tun. Der Feierabend-Ulrich Richard K. hat es trotz seines Tour-de-France-getesteten Integral-Fahrradrennhelm am eigenen Kopf verspüren müssen, wie schmerzhaft ein Irrtum gerade im gehobenen Fahrradbereich sein kann. Ausgangspunkt des folgenschweren Irrtums war die eifersüchtige Liebe des ebenfalls im Straßenradrennwesen tätigen Schreinermeisters Jürgen G. Der hatte erst vor kurzem eine himmelblaue 36-gängige Rennmaschine aus Karbon, handgearbeitet, mundgeblasen, Bremsen blattgoldbelegt für knapp 6000 Euro erstanden.
Die ersten drei Wochen hatte der Jürgen seinen Goldschatz in Seidentücher gewickelt ins Schlafzimmer gestellt und ihn nur betrachtet, wenn gerade keine Staubkörnchen unterwegs waren. Etwa alle 15 Minuten hat er es sorgfältig poliert. In der vierten Woche hat er sich zu einer kurzen Ausfahrt entschlossen. Das Rennrad ist, mit drei Stahlseilschlössern vor Missbrauch geschützt, in der Garage gestanden. Ob man die Sicherheitsvorkehrungen mit denen des Tour-de-France-Absahners Lance Armstrong vergleichen könne, wollte der Gerichtsvorsitzende jetzt bei der Verhandlung wissen. Über die als kleine Erheiterung gedachte Anmerkung konnte Herr Jürgen G. aber gar nicht lachen. „Lance Armstrong?“, mumpfelte er, „Den Moo kenn i nedd. Vielleichd maaner Sie in Lenz Armleuchter. Mid den kenner Sie mich wergli nedd vergleing. Iich bin iich, und der Armschdrong is a Oorschluuch. Blouß dass Sie’s wissen, gell!“
Der Richter stellte seine Späßchen ein und ließ sich sodann den Tathergang schildern. Der Jürgen hatte also seine drei Stahlschlösser am himmelblauen Nobel-Renner entsichert, das Garagentor geöffnet, im Kassettenrecorder im Auto die Nationalhymne eingeschoben und starten wollen. „Nou is mer eigfalln“, sagte er jetzt, „dassi mein Verbfleechungs-

baidl mid Bananer drinner vergessn hob. Wenn i underwegs einen Hungerast gräich. Renn naaf in die Wohnung, souch meine Bananer, renn widder noo in die Garaasch – und nou hädd mi ball der Schlooch droffn, Herr Richder! Fährd ein wildfremder Moo mid mein neier Rennräädla dervoo!“ Sechstausend Euro, himmelblauer Karbonrahmen, handgearbeitet, mundgeblasen, Blattgoldbremsen auf der Flucht! Meinte der Jürgen. Er riss sich seine für's Laufen eher hinderlichen Rennschuhe von den Füßen und rannte seinem gerade um die Ecke biegenden himmelblauen Ein-und-alles strümpferts hinterher. Ungefähr nach 500 Metern hatte er das Rad und den Dieb eingeholt.
Es handelte sich um den Hobby-Radrennfahrer Richard K., der sich vor zwei Wochen eine neue Maschine gekauft hatte: 6000 Euro kostbar, handgearbeitet, mundgeblasen, Karbonrahmen, 36 Gänge, Blattgoldbremsen und – himmelblau. „A Fahrradbumbn hodder in der Händ g'habd“, erinnerte sich der Richard, „Und nou zäichd der miich vo mein Räädla roo und brülld ummernander, dass iich ein Verbrecher bin, a Rennrad-Mörder und dass edzer mei ledzds Schdündla kummer is. Ich bin aff der Schdrass gleeng, und der hodd mer a Värddlschdund lang sei Fahrradbumbn am Kubf naafg'haud.“ „Ohne mein Rennhelm“, fügte er noch hinzu, „häddis woohrscheins nichd überlebd.“
Halb bewusstlos ist der Richard auf der Straße liegen geblieben, der Jürgen hat stolz sein wieder erbeutetes Rennrad unter liebevollem Streicheln zurück in seine Garage geschoben – und dann wäre er fast zur Salzsäule erstarrt, denn plötzlich hatte er zwei himmelblaue, handgearbeitete Karbon-Rennmaschinen: Eine in der Garage und eine an der Hand. Eines der doppelten Rennräder hat er dann wieder vor dem immer noch auf der Straße kriechenden Richard hingelegt und sich in der Armstrong-Sprache reumütig für seinen Irrtum entschuldigt: „Doud mer sehr Sorry. Es nexd mool kaffsder a Räädla mid anner andern Farb, du Depp.“ Für die irrtümlichen Fahrradpumpenhiebe und das Prellen des Rennfahrers Richard K. auf die Straße wurde Herr Jürgen G. zu einer Geldstrafe von 4000 Euro verurteilt.

# Reinlichkeit und Recht und Keimfreiheit

Eines der bedrückendsten Probleme unserer Zeit ist der Mangel an klinischer Sauberkeit auf Wegen, Gässlein, Straßen und Gehsteigen. Ein ordentlicher Gehsteig muss in der Morgensonne glänzen, Aprilfrische ausstrahlen, vollkommen staub- und keimfrei sein. Der städtische Mensch aber ist von Natur aus eine Sau, er muss in vielen Fällen noch lernen, dass ein Gehsteig ein Spiegel seiner Seele, seiner Moral ist. Die zwei Vorstadtbewohner Sebastian O. und Siegfried H. haben jetzt einen knapp sechs Monate währenden Gehsteigsauberkeitskurs hinter sich. Die letzte Lektion hat am Amtsgericht stattgefunden.

Begonnen hatte das Drama in einer Spätherbstnacht vergangenen Jahres, als der Reinheitserzieher Siegfried H. in den späten Abendstunden noch einmal einen zunächst zufriedenen Blick aus dem Fenster auf seinen Gehsteig warf. „Und aff aamol“, erinnerte sich der Siegfried jetzt auf der Anklagebank, „fläichd vom Himml roo wos Glühendes – direggd aff mein Gehschdeich draff. Hobbi mer dengd ‚Fiir Schdernschnubbn is edzer im November aweng zer schbeed‘. In den Momend heer i, wäi driimer bam Nachber a Fensder zougmachd wird. Nou hobbi scho es Allerschlimmsde befürchded.“ Die Befürchtungen vom Siegfried bestätigten sich: Bei der sofortigen Nachprüfung stellte sich heraus – die glühende nächtliche Erscheinung war keine Sternschnuppe, kein Klein-Komet, sondern eine Zigarettenkippe.

„Haud der mich“, sagte der Nachtraucher und Kippenwerfer Sebastian vor Gericht, „Haud der mich ausn Bedd raus, zäichd mi noo an sein Gehschdeich hii, driggd mi middn Kubf am Buudn noo und schreid mi oo, dasser edzer serfordd wissen will, wos des dou is. Und nou hobbi hald hiigschaud und gsachd, dass des a Zigarreddnkibbn is. Und nou hobbis aufheem mäin und aff mein Geh-

schdeich niiberschmeißn.“ Tags darauf lagen am Gehsteig vom Siegfried sieben Kippen. „Lass hald a Gen-Analyse machen“, riet ihm der Sebastian, „und wenn die Griminalbollizei fesdgschdelld hodd, dass vo mir sin, nou dou is wech.“ Der Sebastian wandte sich aber nicht an die Kripo mit der Bitte um eine DNA-Analyse, sondern offenbar an seine Mülltonne. Am andern Tag war der Gehsteig vom Sebastian mit etwa 50 Kilo Hausmüll bedeckt: Kaffeesatz, Eierschalen, faule Bananen, kaputte Glühbirnen, Plastikbeutel, Brotreste, Bierdosen, Ketchup-Flaschen.
„Godzeidank“, sagte der Sebastian, „is an den Dooch suu a archer Schdurm gween. Und nou hodds den ganzn Dreeg widder aff den sein Gehschdeich niibergwehd. Blouß die Flaschn nedd. Däi hobbi dann selber niiberdroong.“
So oder so ähnlich soll es dann den ganzen Winter durch gegangen sein. Immer im Schutz der Nacht trug der Siegfried alle irgendwie verfügbaren Abfälle zusammen – Alteisen, abgeschnittene Äste, Laub in großen Mengen, rostige Nägel, Einwegflaschen – und mulchte damit den Gehsteig vom Sebastian ein. Der trug es dann in der Nacht darauf wieder zurück. Diesen Vorgang nennt der Fachmann Recycling.
Zum Höhepunkt des permmaneneten Müllaustausches kam es, als die zwei Recycling-Ingenieure eines Nachts zusammentrafen. „Iich“, sagte der Sebastian aus, „hob grood in ganzn Värddl aweng Hundehaifla zammgsammld g’habd innern Aamerla. Und wäi ich dermiid sein Gehschdeich dünger hob wolln, hubfd der aff aamol hinder sein Garddndiirla vuur und schreid ‚Hobbi di endli derwischd!‘. Und nou hodder mer des Aamerla vull frische Hundescheiße affn Kubf aafgsedzd.“
Wegen Körperverletzung und Kopfdüngung wurde der Siegfried zu einer Geldstrafe von 700 Euro verurteilt. Außerdem ermahnte der Richter beide Nachbarn dringend, das gegenseitige Aufschütten von Müllbergen sofort einzustellen. „Is rechd“, sagte der Sebastian, „iich soogs meine Zigareddnkibbn.“

FON 0911/44 10 79 • FAX 0911/45 52 50 • LEO 0911/431 79 99
e-mail: rezab.graphik@t-online.de
ZZZISCH
POWER 2000
ENERGY DRINK
UNSER ANGEBOT
FRISCHE WERBUNG!
von MARKER
bis MAC
GRAPHIK·STUDIO REZAB · VOLTASTR. 73 · 90459 NÜRNBERG

# Leinenzwang für Landschildkröten

Liebe geht durch den Magen. Tierliebe anscheinend auch, wie die tiefe Zuneigung zwischen dem Ehepaar Elisabeth und Erich S. einerseits und ihrer griechischen Landschildkröte namens Georg andererseits zeigt. Jeden Sonntag abend pflegt die Familie S. die Woche in einem Gasthaus in der Fränkischen Schweiz mit einem kleinen Dämmerschoppen und einem Abendessen ausklingen zu lassen.
„Zwaamool drei Broudwerschd mid Graud", hatte der Erich bei der letzten Wochenendfeier bestellt, „und an griechischn Salood." „Zu die Broudwerschd nu an griechischn Salood?" wunderte sich der griechisch-fränkische Kombinationsgastwirt Nikos L. „Naa" beruhigte die Elisabeth den Nikos, „der Salood is doch fiir unsern Gerch." Und zog aus ihrer Einkaufstasche ein gelbliches Riesen-Gaggerla ans Tageslicht, legte es auf den Wirtshaustisch, wo es plötzlich einen geierartigen Kopf und vier Beine bekam, mit denen es sogleich auf den Salatteller des am gleichen Tisch sitzenden Gastes Patrick K. zuschritt. „Gell Georgos", sprach die Elisabeth mit ihrer am Peloponnes aufgewachsenen Schildkröte fließend griechisch, „dou gibds an Salados zum Mambfos. Den mechersd in die Goschos neischäim." Und dem Patrick, der offenbar noch nie eine griechische Landschildkröte in freier Wildbahn gesehen hatte, erklärte sie: „Des is unser Gerch. Den hom mir immer im Werzhaus derbei. Braung'S ka Angsd hoom, der doud nix. Der will blouß aweng schbilln."
„Denner'S serfordd des Viech vom Diisch wech!", brüllte da der Schildkrötenfeind Patrick K., „A Schildgröödn – däi g'herrd in die Subbn, obber nedd in a Werzhaus! Mir sin doch nedd im Diergarddn!!"
Jetzt am Amtsgericht erinnerte sich der Zeuge Patrick K. noch, dass die Elisabeth auf seinen Protest hin ihr Wirtshaustier nicht nur nicht vom Tisch genommen, sondern es

auch noch mit einem kleinen Handgriff zu seinem Salatteller gelenkt hat. „Nou hodd mer des Viech", sagte er aus, „mein gräiner Salood wechgfressn, und dernouch hodds mer in Deller neibrunsd! Und däi zwaa homsi aa nu halmi kabudd glachd derbei." „Gell, hodds di driggd, Gerchla, hosd an Wissos machen mäin?" soll die Elisabeth wiederum auf Griechisch ihr exotisches Griechtier gehätschelt haben. Womit dann die Geduld vom Patrick mit griechischen Landschildkröten endgültig erschöpft war.

Erst hat er ihr mit seinem Messer auf dem Panzer herumgetrommelt und gebrüllt, dass er sich wundert, warum es für Schildkröten keinen Leinenzwang gibt. Dann ist aus der griechischen Landschildkröte innerhalb weniger Sekunden eine fränkische Flugschildkröte geworden. Der Patrick hat das Fenster aufgerissen, die Schildkröte gepackt und in hohem Bogen zum Fenster hinausgeschmissen. „Und nou", sagte der Patrick, „hodd mer der Moo anne am Backn naafg'haud, und ba der glann Rafferei hodd mer sei Frau mei halberds Ohrläbbla wechbissn. Wäi wenn's aa scho a Schildgröödn wär." „Und ihre Broudwerschd und ihrn griechischn Salood", meldete sich noch der Wirt Nikos L. „homs aa nedd zoohld. Wäis ihr Flugschildgröödn widder eigsammld hom, sins ganger." Wegen Zechprellen, Körperverletzung und der verbotenen Einfuhr einer griechischen Landschildkröte sind der Erich und die Elisabeth zu jeweils 2000 Euro Geldstrafe verurteilt worden. Beim Verlassen des Sitzungssaales sprach die Elisabeth in ihre Einkaufstasche, in der vermutlich der Gerch lauerte, wiedertum auf griechisch hinein: „Hauptsachos, du hosd den Flug ausn Werzhausos überlebd, mei Schneckerlos, mei Gerchla."

# Die Quecken-Zuchtanlage

Nicht selten fragt sich ein Richter, warum er eigentlich 15 und mehr Semester Jura studiert, zwei Staatsexamen, einen Referendarzeit und einen Doktortitel gemacht hat, wenn er sich nach dieser umfassenden Ausbildung mit rechtlichen Auseinandersetzungen von der Größe und Bedeutung eines Muckenschiss befassen muss. Im Fall der zwei erbitterten Kontrahenten Frank Z. und Gregor S. ist es im übertragenen Sinn auch um einen Muckenschiss gegangen, um Grashalme. Genauer gesagt um Wurzeln von Grashalmen. Noch genauer gesagt um Wurzeln von sogenannten Quecken und deren Verwüstungen in Kleingärten.

Die Quecke, hierorts „Gweggn“, ist bekanntlich ein fremdländisches, aus Südamerika stammendes Gewächs. In Südamerika erfreut die Quecke Lamas und anderes queckenfressendes Getier. Hierzulande terrorisiert die Quecke alle ordnungsliebenden Rasenzüchter, zu denen auch Herr Frank Z. gehört. „Alle Gweggn mäin verreggn“ lautet ein alter mittelfränkischer Rasenzüchterspruch, dem der bibelfeste Grasbändiger Frank Z. noch die alttestamentarische Weisheit „Der Herr sprach – macht Euch die Quecke untertan“ anfügt. Diese und andere übersinnliche Weisheiten hat Herr Frank Z. seinem Nachbarn Gregor S. mehrfach im Guten mitgeteilt. Worauf ihm der Gregor, dessen 250 Quadratmeter Kleingarten praktisch eine einzige Queckenzuchtanlage ist, eines Tages geantwortet hat: „Wassd wos – leck mi aweng am Oorsch mid dein Gweggn-Gwaaf!“ Worauf der Frank zusammen mit einem weiteren Verfechter der Reinheit des Rasens, Kurt R., gewissermaßen das oberste mittelfränkische Queckengericht einberufen hat. Von ihm ist der Gregor verurteilt worden, binnen drei Tagen jegliches Unkraut von der Gemeinen Vogelmiere, über Schachtelhalm, Brenn- und Taubnessel,

Schweißfuß, Bierling, Sumpflotter und in erster Linie die erwähnte Wanderquecke mit Stumpf und Stiel und Wurzeln auszurotten. Das Urteil der Nachbarn hat der Gregor erneut mit den beifälligen Worten quittiert: „Leckt mi mid Eiere Gweggn aweng am Oorsch."
Wer auf ordnungsliebende, bibelfeste Nachbarn nicht hören will, muss fühlen. „Und nou", sagte der Gregor jetzt am Amtsgericht aus, „is am andern Dooch der Nachber kummer und hodd gsachd, dass edzer die Gweggn rauskummer. Wall zwischer seine Schbarglbeete, Erdbeeerbeete und Gmüsbeete wachsn aa scho iiberool Gweggn." „Nou hobbi zu ihn gsachd", fuhr der Gregor fort, „dasser hald nou seine Gweggn rausreißn soll. Meine genger ihn an Dreeg oo. Und iich hob nern zum driddn mool des Angebood gmachd, dasser mi am Oorsch leggn konn." Daraufhin erhielt der Gregor vom Frank zwei Schelln mit der Offerte, dass er alle fünf Minuten zwei weitere Schelln erhält, wenn er nicht sofort mit dem Unkrautentfernen anfängt.
„Middern Haselnußschdeggn isser vuur mi gschdandn", erinnerte sich der Gregor noch genau, „und hodd mi bam Ungraudzubfn bewachd. In ganzn Nammidooch hobbi Gweggn rauszäing mäin. Aamol sin Laid an mein Gärddla vobbei ganger. Dou hobbi um Hilfe gschriea und durch die Heckn durchbrülld, dass iich dou Zwangs-Ungraudzubfn mouß und dass mi mei Nachber dauernd middn Schdeggn gscheid aff die Griffl haud, wenn i a Gweggn nedd gscheid derwisch. Und nou hodd anner vo denni gsachd ‚Dass Kleingärtner am hellichdn Dooch scho suu bsuffn sin!', und sin weiderganger."
Der Queckenjäger Frank Z. wurde jetzt wegen Nötigung und Körperverletzung zu einer Geldstrafe von 3500 Euro verurteilt. Nach der Verhandlung trank der Amtsrichter in der Gerichtskantine ein Seidlein Bier in einem Zug auf und versuchte damit die in ihm aufkeimende Frage zuzuschütten, warum man sich nach 15 Semestern Jura, zwei Staatsexamen einer Doktorarbeit und einer Referendarzeit tage- und wochenlang mit dem Mysterium der Queckenwanderung befassen muss.

# Der verschwundene Bonsai-Hund

Ein in der Öffentlichkeit getragenes Kopftuch versetzt die Bevölkerung bekanntlich in Angst und Schrecken und soll als furchtbarste Waffe des Islam demnächst generell verboten werden. Höchstens bei Putzarbeiten in nicht einsehbaren Kellerverließen darf man es dann noch tragen. Gemäß der festen Überzeugung von der Hundebesitzerin Elli M. müsste das Kopfbedeckungsverbot neuerdings aber auch auf Cowboyhüte ausgedehnt werden. Denn ein Cowboyhut hat jetzt ihre mexikanische Kampf-Fledermaus mit Namen Helmut ebenfalls in Angst und Schrecken versetzt.
Dieser Helmut zählt trotz seiner Winzigkeit zur Gattung der Hunde. Er misst von der Pfote bis zum Scheitel keine 20 Zentimeter, hat als Behausung statt einer Hundehütte wahrscheinlich eine Streichholzschachtel, sein Bellen klingt wie unterdrücktes Niesen. Seine wissenschaftliche Bezeichnung Chihuahua rührt daher, dass ein fränkischer Tierforscher bei seiner Entdeckung in einem Astloch, mittels eines ganz starken Mikroskops, vor Schreck ausgerufen haben soll „Hua, Hua – a Hund!"
Der Helmut ist im vergangenen Herbst von seiner stolzen Besitzerin Elli M. im Handtäschchen Gassi getragen worden. „Und in der Fußgängerzone", schilderte sie die Terrorattacke auf ihre Wanderratte jetzt am Amtsgericht, „dou hobbi mein Helmers aweng laafn loun." Nach den ersten fünf Metern in freier Wildbahn, die für den Chihuahua vermutlich fünf Kilometer waren, hat sich ihm der Hundefreund und Altstadt-Cowboy Gerd L. genähert. „Ich hob nern blouß aweng gschdreichld", erinnerte sich der Angeklagte, „und hob gfroochd, ob des ein Matchbox-Hund is und mid Baddrie läffd. Odder ob mer den immer widder aafzäing mouß. Und nou hodd mi der Maikäfer vonnern Hund in Finger neibissn. Nocherdla

hobbi mid mein Houd aweng nach ihn g'haud. Des woor alles."
Nach der festen Überzeugung der Elli war das aber noch lange nicht alles. Dieser Herr Gerd L. habe nämlich seinen Cowboyhut über ihren Helmut mit dem Vorsatz des Hundediebstahls drüber gestülpt. „Und aff aamol", wimmerte die Elli, „is der Cowboy-Houd vo ganz allaans durch die Könichschdrass gloffn." Passanten sollen vor Entsetzen aufgeschrien haben: „Allmächd, schau hii! Dou läffd a Houd!" Andere wieder hätten sich bemüht den durch die Fußgängerzone wieselnden Cowboyhut zu fangen, er sei ihnen aber durch seinen Zickzack-Kurs immer wieder entwischt. Die Elli will sogar ganz deutlich gehört haben, wie der Hut gebellt hat.
„Alles a bläids Gschmarri", sagte der des Hundediebstahls angeklagte Gerd, „under mein Houd woor ka Hund. Des woor der Wind, der wou mein Houd dervoo grollerd hodd. Bam Gasthof Billhofer vorna isser in die Schdühl hänger bliem. Dou hobbin widder aufgsedzd und bin ganger."
„Dou woor mei Helmers nu drinner im Houd", schrie die Elli dazwischen, „der hodd nern am Kubf hamm droong!"
Aber auch bei der anschließenden Untersuchung fand sich am Kopf vom Gerd kein Hund, der Chihuahua Helmut blieb spurlos verschwunden. Bis heute.
Auch wenn die Elli ihren Widersacher jetzt als Verbrecher, Hundefänger und Cowboyhut-Terroristen beschimpfte – Herr Gerd L. wurde vom Hundediebstahl freigesprochen.
„Und blouß dass Sie's wissen", sagte der Cowboy nach seinem Freispruch, „edzer zeich iich Sie oo! Wall fiir freilaufende Hunde, wou unschuldiche Menschen in Finger neibeißn – dou is ba uns in der Schdadd Leinenzwang!"
„Obwohl", fügte er dann noch hinzu, „ba Ihrn Kampf-Käfer dou langerd aa Nähgarnzwang."

# Im Nichtraucherabteil

Viele werden, selbst in bitterkalten Frostnächten, auf Balkonen interniert, manche stecken ihren süchtigen Kopf in den Kachelkaminofen, wieder andere qualmen, wenn sie bei Gesundheitsaposteln zu Gast sind, nach dem Essen heimlich zum Abortfenster hinaus. Mangels anderer Probleme verschärfen sich die Auseinandersetzungen zwischen Rauchern und Nichtrauchern zusehends, die Toleranzgrenze der Verfechter schöner Luft geht gegen Null. Der Kettenblescher Franz K. hatte sich bei einem Bahnausflug im vergangenen Herbst gegen die Angriffe eines Angehörigen der mittelfränkischen Luft-Miliz zur Wehr gesetzt und ist jetzt vor Gericht gestanden.
An jenem Samstag Vormittag ist der Franz in einem Zugabteil gesessen und hat sich kurz nach der Abfahrt in Richtung Würzburg genüsslich ein Räucherstäbchen angesteckt. Der einzige Mitreisende im Abteil, Werner B., hat zuerst einen etwa viertelstündigen Hustenanfall gemimt, hat sodann einen Tränen-Kollabs vorgetäuscht, und wie auch das nichts genützt hat, hat er seinen dauerqualmenden Nachbar gefragt: „Hom Sie scho amol wos von einen Nichdraucherabdeil g'heerd?" Der Franz zündete sich erst eine weitere Zigarette an, blies dem Werner eine riesige Giftgaswolke mitten ins Gesicht und beantwortete sodann die Frage vom Werner äußerst ausführlich. „Von Nichdrau cherabdeile?",wiederholte er rein rhetorisch die scheinbar äußerst interessante Frage, „Ja, vo Nichdraucherabdeile – dou hob iich scho vill g'heerd. Iich hob scho amol anns gseeng fei. Des woor vielleichd vuur zwanzg Jahr suwos. In Jugoslavien is des gween. Odder woors in Schbanien? Wass i edzer goornimmer suu genau. Also, dou bin ich jeednfalls middn Zuuch gfoohrn. Und dou hodds ein Nichdraucherabdeil geem." Er hielt kurz inne im Beantworten der Frage nach einem Nichtraucherabteil, zündete sich eine weitere Zigarette an und fuhr dann fort: „Edzer wassis widder! In Idalien is gween! Dou sin mir nemli

nach Feneedich gfoohrn. In einen Nichdraucherabdeil. Iiich und lauder Idaliener, mir hom in den Nichdraucherabdeil grauchd. Und dann woor in den Nichdraucherabdeil nu anner g'hockd. Aweng a Affnoorsch. Der hodd gsachd, dasser exdra ein Nichdraucherabdeil buchd hodd und dass mer in einen Nichdraucherabdeil nichd rauchen derf. Drum hassds Nichdraucherabdeil. Und nou wassi nu, dass mer den Moo am Bahnhuuf in Fizenza, glaab i, dass mern dou alle middernander ausn Zuuch nausgschmissn hom. Woohrscheinli is der nou in Rest nach Feneedich goor zu Fouß gloffn. Dou hodder dann ein hunderd Kilomeeder langes Nichdraucherabdeil g'habd." „Und dann", fuhr der Franz nach einer kurzen Zigarettenpause fort, „wass i numol wos vo einen Nichdraucherabdeil. Des woor in Ame …" „Ameriga" wollte er vermutlich sagen. Doch in dem Moment hat der Nichtraucher Werner B. die Erzählungen über Nichtraucherabteile jäh abgebrochen, das Fenster geöffnet und die Zigaretten vom Franz aus dem fahrenden Zug geschmissen. Kurz danach auch noch sein Feuerzeug.

Einige Minuten lang war es vollkommen ruhig und rauchfrei im Nichtraucherabteil. Bis der Franz sein zufrieden frische Luft einatmendes Gegenüber gefragt hat: „Hom Sie scho amol wos von einen Gebäggwoong g'heerd?" Und bevor Herr Werner B. auch nur den Hauch einer Antwort auf die Frage geben konnte, schnappte sich der Franz den Koffer von seinem Mitreisenden und schleuderte ihn ebenfalls aus dem Zugfenster. Hut, Mantel, Schal und eine weitere Reisetasche flogen Sekunden später dem Koffer nach. „In Neustadt/Aisch", erläuterte der Franz seinem Nachbar, „dou glaab i häld der Zuuch. Dou kenner Sie's nou suu machen, wäi der Nichdraucher seinerzeid in unsern Nichdraucherabdeil in Fizenza. Wissen'S scho – der wou aa gmaand hodd, dass mer in einen Nichdraucherabdeil …"

Ganz konnte der Franz seinen Satz vom Nichtraucherabteil nicht mehr beenden, denn er wurde auf Intervention des sehr aufgebrachten Herrn Werner B. vom Zugbegleiter vorläufig festgenommen. Wegen Sachbeschädigung wurde er jetzt am Amtsgericht zu einer Geldstrafe von 1200 Euro verurteilt, ersatzweise vier Wochen Haft. In seinem letzten Wort sagte der Franz zum Herrn Amtsgerichtsrat: „Iich glaab fasd, Sie mecherdn aa amol vo Fizenza nach Feneedich zu Fouß laafn. Ersatzweise vo Neustadt/Aisch nach Würzburch.“

# Drei Freunde, drei Räusche, drei Räder

Auch wenn deutsche Personenkraftwagen gemessen an ihrer meist sehr dürftigen Grundausstattung eher Personenschwachwagen heißen müssten – vier Räder gehören in der Regel schon zur Standardausstattung. Aber nicht immer. Die drei Stammtischherren Walter M., Gerhard N. und Reinhard P. haben es in einer schwer bodennebelhaften Herbstnacht bei ihrer Heimfahrt vom freitäglichen Prämienkarteln mit drei Rädern probiert. Wie lange sie das Kunststück ausgehalten hatten, weiß man nicht. Denn die Prämie beim Karteln war wie immer jeweils ein doppelter Schnaps, so dass gegen Mitternacht das Erinnerungsvermögen bei allen drei Kartelbrüdern weitgehend vernichtet war.

„Iich wass blouß nu“, äußerte sich vor Gericht der Kunstautofahrer Gerhard N., „dass mer in mei Audo eigschdieng sin und nach a boor hunderd Meder hommer rechds hindn an Bladdn g'habd.“ Wer das rechte Hinterrad schließlich gewechselt hatte ,blieb ebenfalls im Dunkel jener Nacht verborgen. Nach wiederum einigen Kilometern Fahrt mit dem gewechselten Reifen hatte Herr Reinhard P., für einige Sekunden aus seinem Vollpreller erwacht, ausgerufen: „Uierlaa schau hii! Dou iiberhulld uns rechds a Reifn – der schbinnd doch aweng! Rechds iiberhulln!“ Nur Sekunden später hatte es am Auto rechts hinten gedröhnt, gepfiffen, gescheppert, Blitze waren wie von einem gewaltigen Sternlasspeier durch die Nacht gezuckt. „Und wäi iich dann g'haldn hob“, wusste der Gerhard noch, „nou hobbi gseeng, dass des mei rechder Hinderreifn woor, der wou uns iiberhulld hodd. Leider hommern in der Nachd nimmer gfundn.“ Vermutlich hatte der Monteur vergessen, das Ersatzrad anzuschrauben.

Im ersten Schock hatten die drei Schnapsprämienkartler zunächst heimlaufen wollen. Dann hatte einer von ihnen die reifenlose Achse hinten rechts ständig hochheben und beim Fahren mitlaufen sollen. Schneller als vielleicht 20 Stundenzentimeter hätten sie bei dieser Variante aber vermutlich nicht fahren können. „Und nou“, sagte der Gerhard am Amtsgericht, „is uns nerblouß nu anns iibrich bliem – ausbalangsiern.“ Das Ausbalancieren funktionierte so, dass zwei Mann am Fahrersitz Platz nahmen, einer musste sich trotz der bitteren Kälte auf den linken Kotflügel kauern.
„Ja, genau suu woors“, erinnerte sich jetzt der Gerhard wieder, „Durch unser Gegengewichd is die Hinderachs waagrechd bliem. Mir hom mid ohne Reifn ganz schäi schnell foohrn kenner.“ „Genau!“, pflichtete ihm der Kotflügelpilot Reinhard P. bei, „Suu schnell sugoor, dass i zwaamol vo der Kühlerhaum roogfluung bin.“ Wie die Polizei das schnellste Dreirad Mittelfrankens stoppte, saßen zwei Mann am Fahrersitz, und der dritte Mann am Kotflügel war mit einem Abschleppseil an den Türgriff angebunden und dadurch vor weiteren Abstürzen gesichert. Wer gefahren ist, war nicht mehr genau festzustellen. Herr Gerhard N. meinte: „Iich glaab, iich hob glenkd, und der Walter hodd Gas geem.“ Und wer für's Bremsen zuständig war? „Der Reinhard, wenner roogfluung is. Wall nou woor es Gleichgewichd gschdörd, und die Hinderachs hodd widder am Buudn gschleifd, und dann hodds bremsd.“
Er möge, beschied der Richter dem Gerhard, bitte mit dem Blödeln aufhören und das Urteil vernehmen: Für die jeweils 2,5 Promille fasste Herr Gerhard N. zwei Jahre Führerscheinentzug und 6000 Euro Geldstrafe, der Gaspedaltreter Walter M. ein Jahr Scheinlosigkeit und 4000 Euro. Nur der mit 2,9 Promille behaftete Außenborder und Bremser Reinhard K. kam mit 1500 Euro einigermaßen glimpflich davon. „Wos hassd dou glimbflich“, maulte der Reinhard nach dem Urteil, „wäi iich vo den Roofläing am ganzn Körber aufgschürfd woor! Wemmer widder amol middern Dreirad an Ausfluuch machn – iich lou mi jeednfalls nimmer als Kühlerhaumdaucher eideiln!“

**Der Spezi unterwegs –**
**In der Welt schöner Gesetze:**

# Der Dosenkavalier

Wer hätte das gedacht – wieder neigt sich eine Krise dem Ende zu, es ist eine Lust zu leben, es geht aufwärts! Und zwar mit dem Dosenpfand. Gestern sind wir mit zehn Bierdosen in der Bierpfanddosenrückholabteilung in der Norma erschienen und haben damit unser Glück gemacht.
Drei Dosen waren keine Pfanddosen im Sinne der neuen Bundespfanddosenmehrwegerücknahmegesetzesreform, eine Dose war urheberrechtlich nicht von der Norma, sondern vom Aldi, eine war vom Rewe, eine vom Minimal, wieder eine andere vom Steh-Imbiss, beziehungsweise Steh-Austrunk Friedrich-Ebert-Platz, in einer Dose hat sich ursprünglich kein kohlesäurehaltiges Getränk befunden, so dass auch sie nicht unter die konjunkturanheizende Regierungsflaschenpfandverordnung fällt. Die letzten zwei Dosen waren wider Erwarten noch halbvoll, so dass wir uns aufgrund der Bestimmungen der Bundesdosenpfandkommission an Ort und Stelle 0,5 Liter vollkommen ungeschäumtes Glotzbier hinter die Binde gießen haben können. An Dosenpfand haben wir gemäß des Dosenpfandgesetzes insgesamt 0,00 Euro zurück erhalten, aber wegen öffentlichem Biertrinken am Gehsteig vor der Norma 20 Euro an einen Polizeibeamten entrichten dürfen.
So sind wir leichten Geldbeutels und vollkommen glücklich wieder von dannen getaumelt. Dank des neuen Dosenpfandgesetzes. Ein Dankesbrief unsererseits an den deutschen Pfandeskanzler geht noch in dieser Woche raus. Er allein hat mit der Rechtsunsicherheit auf dem Gebiet kohlesäurerhaltiger Dosengetränke binnen kürzester Zeit aufgeräumt, denn nach dem neuen Dosenpfandgesetz landen die Dosen endlich da, wo sie schon immer gelandet sind, am Gehsteig, im Rinnstein, in Pflanztrögen, Baumscheiben, Papierkörben, oder sie säumen Autobahnen, Bundes-, Land- und Pfandstraßen. Manche Dosen

schwimmen auch glücklich und zufrieden über den Wöhrder See, wo am Ufer der Chor der Pfandwarte dazu singt „Du bist die Dose, die Dose vom Wöhrder See, Gully, Gully, Gullyööööh!“
Über zwölf Jahre haben Heerscharen von Ministern, Staatssekretären, Bundeskanzlern, Bundespräsidenten über ein Bundesbierdosenpfandrückgabegesetz nachgedacht und nix auf die Beine gebracht. Die Folge war, dass Millionen und Abermillionen herrenloser Bierdosen durchs Land gerollert sind und alles verwüstet haben. Auf ihr Konto gehen unter anderem der horrende Wertpapierverfall, Inflation, Hochwasser, Orkan, Telekom-Pleite, die Verwirrung um die Bahntarife, Ölverteuerung, Mieterhöhung, Krankenkassen-Krise, Karies, Hartz-Kommission, Mundgeruch, Renten-Katastrophe. Wahrscheinlich wäre noch mehr passiert, wenn nicht endlich der Kanzler ein Machtwort gesprochen hätte. Nicht einmal vier Jahre Nachdenken, kurze Rücksprache mit einer seiner Kanzlerinnen, vier Wochen Bierdosen-Test in der Doskana – fertig war das neue Dosengesetz!
Dosender Beifall im ganzen Land, denn es herrscht jetzt Aufatmen, Hochkonjunktur, Klarheit. Gestern erst hat ein Kunde beim Rodi seine Wellblechpfandgarage beim Rodi zurückgeben wollen, und das Fräulein an der Dosenpfandrückerstattungsauskunftstelle hat ihn gefragt, ob er eventuell einen schweren Blechpatscher hat oder sonst was Irreparables.
Auch die knapp 4,5 Millionen Arbeitsdosen, beziehungsweise Arbeitslosen werden jetzt, wie versprochen, bald halbiert. Binnen weniger Wochen wird es Millionen von Stellenangeboten geben, wenn die ersten Dosenpfandrückerstattungsberaterkanzleien ihre Pforten öffnen. Gar nicht zu reden von Dosensammlern, Dosensortieren, Dosenöffnern. Und der Heilige Georg, unser amerikanischer Kampf-Schorsch, wird für seinen Feldzug in den Irak auch unterstützt, mit Mehrweg-Dosensauerkraut aus dem Knoblauchsland, eine Waffe von hoher Durchschlagskraft, und eine der wenigen Bomben, die infolge des Dosenpfandes nach Gebrauch wieder zurückkommt.

Bereits im nächsten Jahr soll nach dem Dosenpfandgesetz schon wieder eine Reform kommen. Da will der Kanzler endlich das längst fällige Hosenpfandgesetz in Angriff nehmen.

**Der Spezi unterwegs –**
**In der Welt des Fortschritts:**

# Nordic Walking

Die Natur und die Hundehäuflein sind schon ein bisschen früher als sonst aus dem Winterschlaf erwacht, und es steigen Wandersmann und -männin wieder frohgemut in sie hinein. Ob wir in Velden, Vorra, Rupprechtstegen oder rund um den Moritzberg durch Wälder, Felder und Auen wetzen ist wurscht, Hauptsache nicht freihändig. Denn es gibt schon wieder eine neue Fortbewegungsart.
Falls jemand noch am Samstag aus dem Pegnitztaler Wander-Express rausstolpert, geschwind seine 60 Euro für Schwarzfahren begleicht und meint, er kann dann einfach zu Fuß zwei Stunden durch die Hersbrucker Schweiz latschen, der soll am besten daheim bleiben und erst einmal in den Katalogen und Prospekten der Fortbewegungs-Industrie studieren, wie das Laufen in Zukunft zu erfolgen hat.
Auch Jogging, Walking, Trekking, Thalmässing oder Kampf-Gehing sind total out. Der Underwood-Schlurcher von Heute macht Nordic Walking. Also Walking so ähnlich wie bisher, aber Nordic. Neben den schon länger vorgeschriebenen tremoskinalin-repunzierten High-Sole Wandering Shoes mit Rückhol-Ferse und CEKS (computergesteuertes Entkäsungssystem) gehören zum Nordic Walking vor allem zwei Skistöcke.
Warum man die braucht, ist so ziemlich die dümmste Frage, die ein Wandersmann stellen kann. Viel mehr sollte man darüber grübeln, warum die Menschheit einige Millionen Jahre lang ohne die zwei Skistecken beim Gehen auskommen hat müssen, warum nicht schon zu Zeiten eines Adam oder einer Eva, Kain und Abel das Nordic Walking erfunden worden ist?
Die ganze Menschheitsgeschichte bis jetzt hat zum Beispiel niemand genau gewusst, was er beim Wandern mit den Händen machen soll. Die Funktion der Füße war

schon bald nach dem Abschied vom Affendasein klar: Jogging, Walking, Wetzing, Arschtritting, Gasgebing. Aber die Hände?! Die einen haben mit ihnen immer so rumgeschlenkert und dabei Luft erzeugt, die anderen haben sie zum Bubbling verwendet, wieder andere haben sie am Rücken verschränkt oder in die Hosentasche gesteckt. Ein erschütterndes Dokument für die seltsamsten Verwendungszwecke von Händen und die daraus resultierende Ratlosigkeit sind die Betenden Hände von Dürer.
Jetzt aber hat die Not ein Ende, Nordic Walking braucht die Hände. Und zwar umfassen sie die bereits erwähnten Skistöcke. Allerdings tut sich nunmehr die Frage auf: Was machen wir mit den Skistecken ohne Ski? Auch da ist die Antwort klar: Wir machen Nordic Walking. Durch das Umfassen der Skistecken und das Abstützen mit ihnen ist der Nordic Walker wieder wie ganz früher ein vierbeiniges Wesen und kann nicht mehr umfallen.
Wer erinnert sich nicht an die furchtbaren Zeiten, wo Wanderer auf offener Strecke plötzlich umgefallen sind! Vor allem wenn sie ein Bein oder gar zwei hochgehoben oder bei der Rast in Hartenstein 15 Kaiser-Pils und eine Flasche Johnny Walker am Stück getrunken haben. Die eher kriechende, schlängelnde, speiende Fortbewegungsart hat damals Johnny Walking geheißen. Warum es jetzt Nordic Walking heißt, wird auch jedem einleuchten. Denn immer walkt man im Norden von etwas. Wer in Neuhaus walkt, befindet sich nördlich von Hirschbach, in Ebermannstadt ist man nördlich von Pretzfeld, in Pottenstein nördlich von Betzenstein, in Affalterthal nördlich von Kappel und so weiter. Immer ist der Mensch in Franken nördlich, beziehungsweise nordisch oder nordic.
Abschließing wäre zu den unabdingbar notwendigen Nordic-Walking-Stecken noch zu sagen, dass sie mit 150 bis 200 Euro spottbilling und möglichst schleuning zu kaufing sind. Weil nämlich spätestens in vier Wochen wieder was Neues kommt. Dem Vernehmen nach ein Stahlhelm mit Rädern dran, für einen wanderbaren Kopf. Die Fortbewegungs-Industrie wünscht jetzt schon viel Fun beim Head-Hupfing.

# Die tiefgekühlte Gänsebrust

Das geduldige Anstehen in einer straff geordneten Reihe ist nicht der hervorstechendste Charakterzug des mittelfränkischen Menschen. Hierorts herrscht gern Chaos an einer Supermarkt-Kasse. Gelegentlich bricht sogar das alte germanische Faustrecht durch. Höchste Vorsicht ist zum Beispiel geboten, wenn jemand mit den Worten „Derf i gschwind vuur, iich hob blouß an Subbnwürfl?“ versucht, sich an die Spitze einer murrenden Warteschlange zu positionieren.
Im Fall der Hausfrau Renate B., kurz vor den Weihnachtsfeiertagen, ist es nicht um einen Suppenwürfel, sondern um eine tiefgekühlte Gänsebrust gegangen. Von den fünf Kassen war damals nur eine besetzt, vor ihr waren ungefähr 50 Kunden schon knapp vor dem inneren Siedepunkt, kurz: Allgemeine Festtagspanik. In diese Panik hinein hatte die Renate ihre Aufholjagd mit den Worten begonnen „Derf i gschwind vuur, iich hob blouß a Gänsebrust!?“ Ungefähr 20 Ranglistenplätze hatte Frau Renate B. schon gut gemacht – bis sie bei dem schon eine halbe Stunde wartenden Rentner Heinz R. angelangt war. Auch ihm flötete sie devot das Anliegen betreffs ihrer Gänsebrust ins Ohr.
„Dreimool“, sagte die Renate jetzt in der Verhandlung, „hodd der Moo suu dou, wäi wenner mi nedd g’heerd hädd. Richdich breid hodd si der Bfoonzer gmachd, dass i ja nedd an ihn vobbeikumm.“ Also hat es die Renate noch einmal probiert, ganz laut diesesmal: „Derf i gschwind vobbei, iich hob blouß a diefgekühlde Gänsebrust.“ Erst da reagierte der Heinz, und es entwickelte sich ein für die rund 50 anderen, teilweise schon mit eingeschlafenen Füßen und steif gewordenen Beinen wartenden Kunden ein interessanter, die Wartezeit deutlich belebender Dialog. Erneut vernahm man den Seufzer der Renate: „Derf i

gschwind vobbei, iich hob blouß a diefgekühlde Gänsebrusd?“ Darauf der Heinz: „So, so – a Gänsebrusd hom Sie? Suwos hobbi ja ibberhabbs nunni gseeng. Iich kenn a Frau, däi hodd a Zwieblbrusd. Wemmer däi sichd, mou mer greiner. Obber Gänsebrusd hobbi nunni g'heerd.“ Die Renate: „Suu eine Unverschämdheid! Iich hob gsachd ‚A diefgekühlde Gänsebrusd‘.“ Der Heinz: „Diefgekühld? Nou machen'S hald Ihrn Mandel zou, vielleichd werds Ihrer Gänsebrusd nou aweng wärmer!“ „Asuu a Madscho-Sau“, erregte sich die Renate, „Suwos Schweinisches is mer ja nu nie iibern Weech gloffn.“ Dann versuchte sie sich am Heinz vorbeizudrängen, blieb aber im Kassengang stecken. Der Heinz erklärte ihr auch den Grund für die Enge. „Sie hom nedd blouß a Gänsebrusd, sondern aa an Elefandnoorsch. Dou kenner'S nu a Schdund schäim und driggn – mid dem Oorsch kummer'S dou nedd durch!“ „Also dou heerd si doch alles aaf!“, belferte die Renate zurück, „Schauer Sie sich amol oo! Ihr Oorsch is aa nemmer der Allerschennsde! Obber er bassd ganz goud zu Ihrn Gsichd!“ „Bläide Sulln, bläide!“, brüllte daraufhin der ziemlich unverhohlen als Arschgesicht titulierte Heinz, „Schdell di edzer endlich hindn oo, mid deiner Gänsebrusd. Ba mir kummsd du nichd vorbei!“ Und im gleichen Augenblick entriss der Heinz der Renate die tiefgekühlte polnische Gänsebrust und schleuderte sie mit den Worten „Dou hindn warddsd, wousd hii g'herrsd!“ ans Ende der Schlange.

„Und nou hodder“, sagte die Zeugin Renate B. noch aus, „mid meiner Gänsebrusd däi Frau ganz hindn am Kubf droffn. Däi is nou bewussdlos umgfluung.“ Wegen Gänsebrustweitwurf, Beleidigung un Körperverletzung wurde Herr Heinz R. zu einer Geldstrafe von 600 Euro verurteilt. Er will aber in Berufung gehen. „Wall iich hob ka diefgekühlde Gänsebrusd gschmissn“, sagte er, „Iich glaab däi is aufdaud und vo selber aff der Frau ihrn Kubf gfluung.“

# Die Schneeschieber

Eine tief verschneite Landschaft erzeugt im Menschen oft ein Gefühlsgemisch von Geborgenheit, Unschuld, Freude, Frieden, Weißheit. Mit scharfem S. Ist diese verschneite Landschaft allerdings ein Gehsteig und noch dazu der eigene, dann löst Schnee in uns nichts anderes aus als panikartigen Reinigungszwang, Vernichtungstrieb, Viehsalzattacke, Rollsplitting. Der Schnee muss weg, am besten zum Nachbar nüber.
Beim ersten starken Schneefall dieses Winters, noch im vergangenen Jahr, sind sich zwei Verfechter eines klinisch reinen, vollkommen schneeflockenfreien Gehsteigs in die Haare, beziehungsweise in die Mützen geraten. Der Gehsteiginhaber Wolfgang B. ist damals schon früh um vier in voller Montur hinterm Küchenfenster gestanden und hat den Schneefall argwöhnisch beobachtet. Sein Nachbar, Herr Harald F., hat zu dem Zeitpunkt bereits Schneefallalarmstufe I ausgegeben. Er hat sich in lange Unterhosen, Thermo-Beinkleid, zwei Strickjacken und einen alten Kleppermantel gehüllt, sich eine auch bei Banküberfällen gern verwendete Ganzkopfstrickmütze tief ins Gesicht gezogen und ist mit Besen, Schrubber, Eishäckla und Schneeschaufel zur Tat hinaus vor die Gartentür geschritten, wo sich bereits an die fünf Millimeter Schnee aufgetürmt haben.
Wie der Wolfgang hinterm Küchenfenster den Nachbar gesichtet hat, hat es auch für ihn kein Halten mehr gegeben. Ebenfalls nach Art des Polarforschers Robert Scott eingemummt ist er mit seinen Schneeräumgeräten hinaus und hat gegen die Naturgewalten des berüchtigten mittelfränkischen Winters mit seinen Schneeverwehungen, Blizzards und Todeslawinen angekämpft. Vor dem Amtsgericht ist der mutige Einsatz des Räumkommandos jetzt rekonstruiert worden. „Des hodder mer“, sagte der Wolfgang, „vurigs Jahr aa scho gmachd. In Schnee aff mein Gehschdeich gschuum. Und desmool widder.“ Wie

weit Herr Harald F. die Schneemassen herüber geschoben habe, wollte der Richter wissen. „Ganz schäi weid“, antwortete der Wolfgang ziemlich präzis. „Und nou“, sagte er, „hobbin widder zu ihn niibergschuum. Genau suu weid.“ Worauf der Harald damals den Schnee wieder über die Demarkationslinie zurück verfrachtet hatte. „Dou is die Grenz“, hatte der Harald dabei geschrien, „Und des is dei Schnee, und des is mei Schnee! Und wennsd edzer dein Schnee numol zu mir riiber schäibsd, nou schebberds!“ Gleich hat es aber noch nicht gescheppert. An die zehn mal ist der Schnee noch herüber und hinüber geschoben worden, wie es ein weiterer Nachbar vom Fenster aus beobachtet hat. Und erst dann hat es gescheppert, indem der Harald dem Wolfgang eine Schaufel voll Schnee ins Gesicht geschleudert hat.
„Doud mer leid“, sagte er vor Gericht, „obber iich hob mid meiner Midzn nix gseeng.“ „Ja fraali“, wurde daraufhin der Wolfgang etwas lauter, „Nix gseeng mid seiner Müdzn! Und wäi er mer dann in Schneeraimer affn Kubf naaf g’haud hodd, hodder a nix gseeng, hä!? Und wäi er in Schnee vo der Schdrass aff mein Gehschdeich kehr hodd, dou hodder aa nix gseeng, gell!? Und dann hodder mi middn Kubf vuroo in den groußn Schneehaufn neigschdeggd, dass i nimmer rauskummer bin. Dou werd er aa nix gseeng hom, nimm i oo!“ Um ein Haar wäre er, der Wolfgang, mit seiner Platzwunde am Kopf erstens verblutet und zweitens in dem Schneehaufn erstickt. Und wie er es dann fertiggebracht habe, fragte der Richter, seinem Nachbarn ebenfalls den Schneeräumer um die Ohren zu hauen? „Des wass i nedd“, sagte der Wolfgang, „wall des hobb i ja mid meiner Müdzn nedd gseeng.“
Auf dringendes Anraten des Gerichts zog dann aber der Wolfgang seine Anzeige gegen den Nachbar doch zurück, das Verfahren wurde eingestellt. Und wie sie es jetzt bei Schneefall halten, wollte der Richter noch wissen. „Edzer lou mer in Schnee lieng“, sagte der Wolfgang, „wall wemmer unser Schimüdzn alle zwaa aafsedzn, nou seeng mern nedd.“

# Das Geistersofa

Durchschnittlich alle fünf Jahre entsteht in uns der dringende Wunsch, die Wohnung radikal zu verändern. Meistens im beginnenden Frühling, wenn die Möbelprospektflut im Briefkasten über die Ufer tritt, ist die Luft stark möbelhaltig, Schrankwände, Sofas, Sessel fliegen da ziemlich tief. Und zwar zum Fenster hinaus. Auch bei Herrn Alfons M. hatte die Ehefrau angeordnet, dass das weit über drei Jahre alte, also antike Ledercouch irgendeiner Messeneuheit weichen und die Fahrt in die ewigen Schlachtgründe antreten muss.
Der Transport des Sofas von der Wohnung in den nächsten Recyclinghof hatte sich aber schwieriger als gedacht erwiesen, jetzt ist der Sofaschlepper Alfons M., zusammen mit seinem Helfer Axel S., vor Gericht gestanden. Das Unglück hatte in erster Linie seinen Ursprung im Innenleben des Helfers Axel S. Dieses Innenleben war einem ausgetrocknetem Flussbett gleich. Statt eines normalen Morgengrußes sagte der Axel früh um sieben Uhr:„Is a Bier im Kühlschrank?“ Gottseidank war ein Bier im Kühlschrank, und nach der Löschung des Primär-Durstes war auch noch ein Kasten Bier im Keller. Nach ungefär fünf Bier wollte der Axel vom Ehepaar M. eine Brotzeit, danach kam es zur erneuten Leerung von zwei Flaschen Bier, und nach einer kleinen Schlafpause am Sofa wusste der Axel schon nicht mehr, warum er seinen Freund Alfons eigentlich besucht hatte.
Während Herr Axel S. ein weiteres Bier in sein schon nicht mehr so trockenes Flussbett schüttete, erklärte ihm der Alfons, dass sie jetzt weder ein weiteres Nickerchen machen, noch gemeinsam in einer nahen Stehbierhütte einen Frühschoppen veranstalten, sondern dass sie das Ledersofa vom ersten Stock auf die Straße tragen, es auf den kleinen Anhänger aufladen und in den Recyclinghof fahren.
„Ja wenn iich des gwissd hädd“, sagte der Axel vor Gericht, „dass mir ein Sofa dransbordiern mäin, nou hädd

iich doch kann Drobfn Algerhol drunken." „Erschd", erinnerte er sich dunkel, „hodds mi, glaab i, die Drebbn noobredderd. Nou bin i am Garddndiirla hiigfluung, es Sofa aff miich draff, und wäi mers nou endli aff den Anhänger droomer g'habd hom, woor i fix und ferddich."
Erstens wegen seines Ermüdungsanfalles und zweitens aus Sicherheitsgründen legte sich der Axel auf das bis zur Hälfte über die Bordwand überstehende Ledersofa. „Nou hälds besser, wenn iich draff liech", versicherte er dem Alfons, der auch nicht mehr ganz nüchtern war, wie sich später herausstellte.
Als Zeuge musste am Amtsgericht noch Herr Walter K. vernommen werden, der an diesem Vormittag zufällig hinter dem Ledersofa-Transport her gefahren war. „Dou is a glanns Berchla naafganger", sagte er, „und nou hodd der Anhänger vuur mir an Schnalzerer gmachd, und mir kummd aff aamol a Sofa endgeeng! Und aff den Sofa is a Moo draff gleeng!" Der Walter hatte schon mit einem Zusammenstoß gerechnet, aber vielleicht zwei Meter vor ihm vollführte das mit Rädchen ausgestattete Sofa eine scharfe Kurve, schrammte einen Radfahrer und knallte dann an eine Hauswand. „Hobbi grood nu geisdesgeengwärdich", äußerte sich der Axel, „es Sofa rumgrissn."
Die Geistesgegenwart würdigte der Richter aber nicht. Der Sofaspediteur Alfons M., der sich für den Transport Mut in Höhe von 1,2 Promille angetrunken hatte, muss seinen Führerschein für zwölf Monate abgeben, sein mit 2,5 Promille behafteter Sofahalter Axel S. für 18 Monate. „Wenn dei Frau widder amol die Wohnung umschdelld", sagte der Axel danach zum Alfons, „nou meld mers obber rechdzeidich ba die Verkehrsmeldungen im Radio oo. Nou kenners durchgeem ‚Obacht Autofahrer, auf der Ostendstraße kommt Ihnen ein Geistersofafahrer entgegen'."

# Die Milben-Miliz

Ein uraltes Volkslied kündet vom Reinigungstrieb des Menschen im Frühling: „Im Märzen der Gärtner den Kärcher anwirft". Es kann aber auch im April, Mai, Juni oder Juli sein, wenn der Inhaber von drei laufenden Meter Jägerzaun den beliebten Heißwasserhochdruckreiniger aus dem Hause Kärcher schalmeienartig aufheulen lässt und mit dieser Art Wasserstoffbombe alles reinigt, was nicht schnell genug den Baum hinaufkommt. Neuerdings kann es auch leibhaftige Nachbarn erwischen.
Herr Hans-Dieter G. gilt in der kleinen Siedlung in der Nordstadt als einer der begeistertsten Anhänger der Heißwasserhochdruckreinigung. Im Viertel nennt man ihn seit einigen Jahren mit großer Hochachtung den „Alles-Kärcherer". Kaum hat es zwei bis drei Grad über Null, rückt der General von der Milben-Miliz aus und macht mit seiner Feinstaub-Haubitze – 110 Bar, integrierter Hochdruckschlauch, Wassererhitzung bis 80 Grad – jeglichen Schmutz bis hinunter zur Molekülgröße vollkommen nieder, spült ihn hinüber in die Gefilde seines Handtuchgarteninhabers Josef F.
Im vergangenen Jahr hatte der Kampfreiniger ab Mitte März jeden Samstag neue Krümel am Zaun, am Gehsteig, in den Waschbetonplatten, auf der Terrasse, im Rasen aufgespürt. Bis weit in den Hochsommer hinein hat man Samstag früh ab 8 Uhr seine Sandkorn-Flak wummern hören. „Iich hob in Griech nu miidgmachd", sagte der Josef F., 82-jähriger Nachbar vom Kärcherer, „obber des war ja damals a Dreeg dergeeng. Ba die Bombnangriff war wenigsdns immer amol a Pause derzwischn. Obber der Nachber – der hodd ja vo fräih bis Sonnenundergang durchgärwerd! Mei Frau und iich, mir hom si die Samsdooch nerblouß nu mid Zedderla underhaldn kenner, wou mer draff gschriem hom, wos mer soong wolln!"
Im Spätherbst war die vollgedröhnte Familie der festen Überzeugung, dass jetzt auch beim Hans-Dieter das

Gröbste vom Frühling und seinem Reinigungsdrang vorbei ist. „Dou hommer si obber daischd“, sagte der Josef, „unser Nachber is glaab i der aanziche Moo aff der Weld, der wou es ganze Jahr Frühlingsreinichungsgefühle hodd. Korzz vuur Bulzermärddl hodds fräih ummer Achder scho widder dröhnd. Hodder vo sein Eichnbaum die welkn Blädder roogschossn middn Kärcher.“ „Nou binni“, fuhr der Josef fort, „niibergrennd und hob nern vo hindn ins Ohr neibrilld, dass edzer serfordd a Rouh is. Weecher mir, hobbi zu ihn gsachd, konner nach Afrigga abdambfn mid sein Kärcher. Dou is edzer grood nu Frühling.“ Da drehte sich der Hans-Dieter um, schrie den Josef an, dass er ihm jetzt gleich einen Hauch Afrika verpassen wird, und dann kärcherte er den Nachbar von oben bis unten ab. Mit 110 Bar Wasserdruck und einer Betriebstemperatur von 80 Grad.
Alles, was der Hans-Dieter jetzt bei der Verhandlung zu dem Kärcher-Überfall anmerkte, war: „Des woor ka Absichd, Herr Richder. Iich bin suu erschroggn, wäi mer der ins Ohr neigschriea hodd – des woor nerblouß eine Reflexbeweechung.“ „Ner fraali, a Reflexbeweechung“, sagte der Josef, „a Värddlschschdund lang hodd mi der mid kochend haaßn Wasser abkärcherd! Haid sichd mer nu die Brandwundn!“
Wegen Heißwasserhochdruckreinigung eines Nachbarn wurde der Hans Dieter zu einer Geldstrafe von 4000 Euro verurteilt, fünf Wochenenden muss er im Tiergarten zwangsarbeiten. „Wenn der in Diergarddn sein Kärcher miidnimmd“, kommentierte der Josef das Urteil, „nou hommer in fünf Wochn weiße Elefandn.“

# Nabelfrei, schnerpfelfrei

Nirgends hat menschliches Denken, menschlicher Erfindungsgeist höhere Höhen erreicht als auf dem Gebiet der Damenhosenmode. Schlauchhose, Sackhose, die gruppenzeltartige Pluderhose, Trompetenhose, die lochintegrierte Windhose, die zinsfreie Pumphose, die Capri- oder Hochwasserhose – fast jede Sekunde erblickt eine neue Hosenmode das Licht der Welt. Als ausgesprochen langlebig erweist sich schon seit einiger Zeit die nabelfreie Hose, die etwa dort aufhört, wo früher die Hochwasserhose angegangen ist. Beim Aufeinandertreffen der 14-jährigen Nabelhosenträgerin Yvonne B. und des fast fünf mal so alten Nebenerwerbs-Entrüstungsministers Gustl S. ist jetzt auch für die Männerwelt erstmals eine neue Hosenmode erschaffen worden. Nämlich die schnerpfelfreie Hose.

„Iich laaf an den Dooch, wous den Zwischnfall geem hodd, durch die Karolinenschdrass", äußerte sich Herr Gustl S. vor dem Amtsgericht, „und denk an nix Schlimms, und aff aamol wäär mir vuur Endsedzen ball mei Herz schdäi bliem." „Iich wass scho, wos Ihner ball schdäih bliem wäär!", fuhr ihm da Frau Jutta B. in die Moralpredigt, „Sie scheinheilicher Maadlersglodzer! Machd dou ann aff Siddnbollizisd, und derbei is nern der Gaafer ner suu roogloffn, wäi er meiner Tochter seine Schdielaung gmachd hodd!"

Yvonne, die Tochter der Jutta, hatte an diesem Tag erstmals ihre neue nabelfreie Hose an und war beim City-Spaziergang mit ihrer Mutter wegen der äußerst freien Nabelfreiheit schwer in den Sog der Stielaugen vom Gustl geraten. Beim Zusammentreffens vom Gustl seiner Moral und der Yvonne ihrem Nabel hatte sich sodann folgender Dialog ergeben. Gustl S. zur Mutter Jutta: „Is des Ihr Tochter!?" Die Jutta: „Naa, mei Urgroßmudder! Warum?" Der Gustl:

„Reedn'S nedd suu dumm derheer! Mei Tochter derferd des nedd sei. Däi g'herrerd a boor Jahr inner Kloster neigschberrd! Dou hängd ja der ganze Oorsch raus!" Die Jutta: „Wou hängd der Oorsch raus, ausn Kloster?" Dann wieder der Gustl: „Wern's fei nedd bambich! Vorna is ja die Sauerei nu gräißer! Und des ba suu an glann Maadler! Däi konn doch nunni ald sei, Ihr Tochter, däi hodd ja nu die Nabelschnur droo hänger!" „Des is a Silberkettn, du Depp", hatte sich daraufhin die Yvonne erstmals zu Wort gemeldet, „ka Nabelschnur."
Da hatte der Gustl dann gemerkt, dass seine Chancen für eine Bekehrung der beiden Damen zu Sittlichkeit, Frömmigkeit und Nabelunsichtbarkeit äußerst gering sind. Mit den Worten „Dass ner nedd glei nackerd durch die Stadt laafn!" wollte er sich von der Nabelfreiheit mit Abscheu wenden und seines gottgefälligen Wegs gehen. „Und in den Momend", sagte er vor Gericht aus, „hodd däi Frau miich oogschriea, dass mer edzer glei seeng wern, wer dou nackerd durch die Stadt läffd, und nou hodds mer mid an Ruck mei Huusn roozuung. Und mei Underhuusn aa. Und wäi is gschwind widder naafzäing hob wolln, hodd sie's mer widder roozuung. Dou derbei bin i hiigfluung, und nou hodd mer die Tochter die Huusn ganz wechgrissn und zwanzg Meter weider innern Abfallbehälder neigschmissn."
Wie der Gustl, unten ohne, seiner Hose und Unterhose nachgerannt ist, soll die Jutta laut gerufen haben: „Schaud hii, die neie Männermode – schnerbflfreie Huusn!" Und: „Wenns nedd suu glaa wäär, sicherd mer vielleichd sugoor den Moo sei Freiheitsstatue."
Wegen Beschädigung einer Hose und einer Unterhose, wegen Beleidigung und Körperverletzung wurde Frau Jutta B. zu einer Geldstrafe von 2000 Euro verurteilt. „An suu an Depp nackerd durch die Karolinenschdrass renner loun", äußerte sich die Jutta zufrieden, „des mouß an scho amol zwaadausnd Euro werd sei …"

# Die Waaferin

Das wissenschaftliche Einteilen von Menschen in verschiedene Gruppen wie in Sanguiniker und Choleriker, in Mumpfler und Waafer, in Deppen und Knalldeppen, in Bfobferer und Lobpreiser ist nicht für jedermann durchschaubar, kann aber durchaus einen tieferen Hintersinn haben. Wären zum Beispiel Frau Traudl F., eine Waaferin größten Ausmaßes, Herr Dieter W., vom Charaktertyp her eher ein verschlossener Leisetreter, und der zum Schleimen neigende Uhrmachermeister Simon R. nicht am selben Tag, zur selben Stunde, am selben Ort zusammengetroffen, hätte sich das Unglück vermeiden lassen. In dieser Konstellation aber war die Explosion von Uhren und Menschen unvermeidlich.

Am Amtsgericht hat sich jetzt ergeben, dass der Dieter damals zwar das Uhrengeschäft eher betreten, die Traudl aber mit der Bemerkung „Derf i gschwind vuur – ba mir dauerds nedd lang“ um Vorzugsbehandlung gebeten hatte. Was der Dieter da noch nicht gewusst hatte: Bei Bemerkungen wie „Ba mir dauerds nedd lang“ ist allerhöchste Vorsicht geboten. Also hat er der Traudl den Vortritt gelassen.

Der erste, an den Uhrmachermeister Simon R. gerichtete Satz war tatsächlich sehr kurz: „Mei Uhr is hii.“ Daraufhin hat der Uhrmachermeister devot gejubelt: „Ja, des is ja wos ganz Kostbares, eine wunderschöne Uhr, was ganz Herrliches!“ Worauf die Traudl hinzufügte, dass diese ihre Uhr nicht nur kostbar, wunderschön und ganz herrlich ist, sondern auch ein Geschenk von ihrem Mann, von dem sie seit fünf Jahren geschieden ist. Dieser Ehemann, erfuhr der hinter ihr wartende Dieter, ist mit verschiedenen Damen fremdgegangen, unter anderem mit zwei seiner Kolleginnen, mit einer gemeinsamen Freundin, die Scheidung war unvermeidlich, aber kein Problem, weil keine Kinder da sind. Und es hat sowieso Gütertrennung geherrscht. Und sie ist wasserdicht. „Wie“, hat der Uhrmachermeister

nachgehakt, „die Gütertrennung war wasserdicht?“ „Naa“, hat die Traudl gesagt, „die Uhr. Und edzer woor iich vier Wochn in Mallorga. Und dou is scheinds Wasser neikummer. Iich hob nemli a glanns Haisla aff Mallorga.“
Von der Scheidung, über das Fremdgehen, die Gütertrennung, bis zum Häuschen auf Mallorca ist der Dieter noch ganz ruhig geblieben. Erst bei der Erörterung über die Flugverbindungen nach Mallorca, über das Nachlassen der Freundlichkeit der Stewardessen, über die die Höflichkeit im Allgemeinen, hat der Dieter dann kurz interveniert: „Endschuldichung, mei Zuuch gäid in zeha Minuddn.“ „Wall Sie soong ‚Zuuch‘, „fiel daraufhin der Traudl ein, „Neili binni middn Zuuch nach Feneedich gfoohrn.“ Und klärte sodann den Uhrmacher über die Schönheiten Venedigs auf, über die unverschämten Restaurantpreise, über verschiedene Taubenkrankheiten, über die Vorteile einer Bahn-Card. „Achddausend Marg hodd däi damals kosd!“ „Wer?“, fragte der Uhrmacher nach, „die Bahn-Card?“ „Naa“, sagte die Traudl, „die Uhr dou, wou i vo mein Moo gräichd hob.“ „Edzer“, hat der Dieter hinter ihr, bebend vor Wut, herausgepresst, „edzer isser fordd.“ Er hatte seinen Zug gemeint. „Wall Sie soong ‚fordd‘“, hat die Traudl aber sogleich den Faden aufgenommen, „Mei Uhr woor aa amol fordd …“
In dem Moment war die Geduld vom Dieter zu Ende. Erst hat er seine eigene Uhr, für die er eine neue Batterie gebraucht hätte, an die Wand des Uhrengeschäfts geprellt, dann die Uhr von der Traudl auf den Boden geknallt, und ist auf ihr mit den Füßen rumpelstilzchenartig herumgetrampelt, bis sie Uhrenmus war. Und danach hat er der Traudl mit den Worten „An schäiner Gruß vo Ihrn gschiedner Moo!“ noch persönlich eine geknallt.
Wegen Körperverletzung und Sachbeschädigung wurde Herr Dieter W. zu einer Geldstrafe von 2400 Euro verurteilt. „Wall Sie soong ‚Euro‘“, wandte sich die Traudl an den Vorsitzenden – da verließ der Richter wortlos und schnell den Sitzungssaal.

# Sicherheitsgurt für die Füße

Wer glaubt, ein Fahrradausflug besteht aus Draufhocken, Trampeln, Lenken, Bremsen, Frischluftschnappen und nach einer Viertelstunde in einem schönen Wirtshaus ankommen – der hat von modern biking null Ahnung. Auch dem Rentner Helmut K. hat heuer in keiner Weise geschwant, dass man für einige Kilometer Fahrtwind fassen als Basis-Equipment ein Pulsmessgerät braucht, ein Trittfrequenz-Set, Offroad-Shoes, Downhill-Lenker, Schließmuskel-Gel-Polsterung, eine Hose mit Pressur Relief Technology, Dual-Grips, Front-Light, Back-Light and so on, all together ungefähr two thousand Euro. Wenn noch einmal zweitausend Euro Geldstrafe und ein Führerscheinentzug hinzukommen sollen, dann braucht man zusätzlich sogenannte Click-Pedale und einen Trinkrucksack mit drei Liter Fassungsvermögen.
Diese beiden ebenfalls sehr sinnvollen Ausrüstungsgegenstände waren maßgeblich daran beteiligt, dass dem Helmut sein Fahrradausflug zunächst im Voll-Delirium, in einer Fuß-Gefangenschaft mit Rundtanz und dann vor dem Amtsgericht geendet hat. Dazu muss man wissen, dass man in ein Click-Pedal mit den Downhill-Shoes leicht hinein, aber schwer wieder herauskommt, dass ein Trinkrucksack das Trinken von drei Litern Mineraldrink während der Fahrt mittels eines Schlauchs ermöglicht. Der Helmut hätte zusätzlich aber noch wissen müssen, dass ihm Freunde vor dem Start an seinem Geburtstag in den als Präsent überreichten Trinkrucksack noch ein Dopingmittel gemischt hatten – ein Explosiv-Mix aus 1,5 Liter Mineralwasser und 1,5 Liter Pretzfelder Kirschengeist. Gemeinsam haben sich zehn Pedal-Cowboys am späten Vormittag in ihre Sättel geschwungen, zum Geburtstagsausritt nach Neumarkt. Der Helmut ist jedoch bereits in Zabo in den berüchtigten Kreisverkehr hinein-

, aber nicht mehr herausgekommen. Ähnlich hat es sich mit den Click-Pedalen verhalten. „Iich wass bam besdn Willn nimmer“, erinnerte sich der Helmut vor Gericht, „wäi ofd iich in den Greisverkehr im Greis rumgfoohrn bin. Iich wass blouß nu, dass i vuur lauder Erschöbfung mein Trinkrucksack scho fasd bis zur Hälfd ungefähr ausdrunkn g’habd. Ja, und nou hobbi abschdeing wolln vo meiner neier Maschiner.“
Ein Zeuge hatte den Greis im Kreisverkehr zwanzig Minuten lang beobachtet. „Iich hob mi nu gwunderd“, vertraute der dem Richter in der Verhandlung an, „dass der Moo ball a halbe Schdund in den Greisverkehr rumgfoohrn is. Irchnwann mouß mer doch wissen, wou mer hii will, odder? Und dann hobb i mi numol gwunderd – wall er nou aff aamol doch die Brems neig’haud hodd, obber mid die Fäiß nedd vo seine Bedaler roo is. Balangsiern hodder nerdirli nedd lang kennd, suu bsuffn, wäi der woor. Und nou isser roogflung vo sein Räädla.“ Beim dem Sturz hatte sich dann aber wenigstens ein Fuß aus den schraubstockartigen Click-Pedalen gelöst. Und dann bot sich dem Zeugen und vielen anderen begeisterten Zuschauern ein schönes Beispiel einer radsportlichen Energieleistung. Der Helmut hatte sich wieder aufgerappelt und ist auf einem Bein durch den Zerzabelshofer Kreisverkehr gehupft. Am anderen Bein hatte er dabei sein Fahrrad hängen. „Sackhubfn“, sagte der Zeuge voller Bewunderung, „hobbi scho amol gseeng – obber Fahrradhubfn im Greisverkehr nu nie.“ Aus dem Trinkrucksack hatte der Fahrradhupfer Helmut K. Aufputschmittel in Höhe von 1,7 Promille zu sich genommen.
Wie schon erwähnt, wurde ihm deswegen jetzt sein Führerschein für neun Monate gezwickt. Zusätzlich hielt das Gericht eine Geldstrafe von 2000 Euro für angemessen. Nach der Verhandlung wollte der Zeuge vom Helmut noch wissen, für was man solche Click-Pedale eigentlich braucht. „Des sin Sicherheitsgurt fiir die Baaner“, erklärte ihm der Biker, „Dass mer die Baaner nedd in die Schbeichn neibringd, du Depp.“

# Eine Nacht im Garten-Container

Zu kurz gewachsene Männer müssen im Leben viele Nachteile erleiden. Häufig werden sie nicht ganz für voll genommen, kriegen im Konfektionsgeschäft nur Niedrigwasserhosen und sehen im Kino nichts von der Leinwand. Respekt hat man vor ihnen höchstens bei besonders gut ausgeprägter Blutrünstigkeit, wie man vom Feldherrn-Zwerg Napoleon her weiß. Der nicht ganz 1,50 Meter von der Plateausohle bis zum Scheitel messende Jürgen G. hat sich bei seiner unglücklicherweise fast 30 Zentimeter größeren Lebensgefährtin Hanne L. gelegentlich durch Kleinkriege Ansehen verschaffen wollen, indem er ihr Trümmer Schelln angedroht hat. Auf solche Ankündigungen hat die Hanne meistens erwidert: „Wardd, i hull der a Schemerla, dassd naafkummsd."
Die Verbindung zwischen dem kleinen Jürgen und der großen Hanne war also schon fast in die Brüche gegangen, als sie sich zu einer letzten Aussprache bei einigen Fläschchen Champagner im Vorstadt-Bistro getroffen hatten. „Noch einen Bigollo?", hatte der Ober die zwei damals gefragt. „Naa, danke", antwortete die Hanne, „iich hob scho an neber mir sidzn."
„Nou hodder mer", sagte die Hanne jetzt am Amtsgericht, „widder Drimmer Schelln oobuudn. Binni läiber ganger. Wall im Sidzn isser fasd suu grouß wäi iich." „Mehr wassi nou eingli nimmer", fügte sie noch hinzu, „walli vo däi Haufn Biggollo ganz schäi banander gween bin."
Auf die angeblichen Erinnerungslücken reagierte der Jürgen mit einem fast viertelstündigen Wutausbruch. Die Giraffe von einer Frau, brüllte er, werde noch ganz genau wissen, wie sie damals zu zweit die Kneipe verlassen hätten, wie sie plötzlich einen dringenden Druck verspürt habe und weit und breit kein Gebüsch zum Absitzen in der Nähe gewesen sei, er aber dann gottseidank um die Ecke

rum den großen Gartenabfall-Container entdeckt habe. „Iich hob aa binkeln mäin“, erinnerte sich der Jürgen, „a Drebbn homs hiigschdelld g'habd an den Container, und nou simmer alle zwaa neig'hubfd.“
Zwischen Rasenschnitt, Zweigen, Ästen und vor allem reichlich Herbstlaub erledigten die beiden in je einem Container-Eck ihr Geschäft. „Und nou hobbi“, sagte der Jürgen, „widder nausgrabbln wolln aus den Container. Obber i bin nedd naafkummer. Walls des Laub dauernd suu arch zammdriggd hodd. Obber mei Freindin is aa nedd naafkummer. Obwohls suu grouß is, dass ba uns dahamm aus der Dachrinner drinkn konn. Wenn in der Dachrinner a Schambanjer drinner wär.“ Trotz des vorangegangenen Streits einigten sich die zwei Container-Häftlinge, dass man sich gegenseitig aus dem Gefängnis befreit. Erst hätte der Jürgen der Hanne mit der Steigbügelmethode in die Höhe helfen und danach die Hanne ihren bis zum Hals im Laub verschwundenen Zwerg rausziehen sollen.
„Iich hob meine zwaa Händ zamm zum Schdeichbügl“, sagte der Jürgen, „dou is dann naafgrabbld. Und nou hobbi mein Arm ausgschdreggd, dass mi aa raafzäichd. Obber mei ausgschdreggder Arm is mer mid der Zeid nocherdla eigschloufn. Wall däi hodd mi nedd naafzuung.“ Ungefähr alle fünf Minuten hatte man es damals dumpf aus dem Gartenabfall-Container brüllen hören: „Hanne! Hanne, zäich mi naaf!“ Aber der Aufzug war nicht mehr da. Frau Hanne L. hatte schon lange daheim in ihrem Bett geruht, wie der Jürgen früh um fünf Uhr immer noch gefleht hatte: „Hanne, mach kann Scheiß! Zäich mi hald naaf!“ Gegen sieben Uhr hatte ein Passant Rufe aus dem Container gehört, war aber aus Angst vor eventuellen Gartenabfallgeistern geflüchtet. Erst gegen zehn Uhr vormittags, wie ein benachbarter Gärtner auf den Jürgen einen Schubkarrn mit gerade abgesägten Eichenästen geworfen hatte, ist der Gartenabfallzwerg vor dem endgültigen Kompostieren gerettet worden. Zum Missfallen vom Jürgen ist die Hanne aber vom Vorwurf der unterlassenen Hilfeleistung freigesprochen worden. „Es nexde mal“, riet sie nach der Verhandlung ihrem Ex-Lebensgefährten, „wennsd widder

zum Binkeln innern Abfall-Container hubfsd, nou nimmsd hald a Schemerla miid.“

# Gefühlte Preiserhöhung

Dass früher immer alles besser war, steht ja seit Bestehen der Menschheit unwiderlegbar fest. Erbitterte Diskussionen, selbst auf höchster wissenschaftlicher Ebene, gibt es aber immer noch darüber, ob vor einigen Jahren, in der Deutschmark-Epoche, alles billiger war. Zahlreiche Institute für Statistik und Erbsenzählerei haben festgestellt, dass man Konsumgüter mehrheitlich inzwischen praktisch umsonst oder oft sogar noch billiger kriegt. Der Meinung kann sich allerdings der private Preiserhöhungsforscher Willy G. entschieden nicht anschließen. Er ist wegen nicht ganz gewaltfreier Beendigung einer Debatte über sogenannte gefühlte Preiserhöhungen jetzt vor dem Amtsgericht angeklagt gewesen.

Der Debatte vorangegangen ist damals ein akuter Feinstaub- und Austrocknungsanfall im Willy seiner Gurgel. Mit letzter Kraft hat er sich in das Wirtshaus des Jung-Gastronomen Stefan R. hineingeschleppt und mit dem Notruf „A Bier, wenn's gäid, haid nu!" um erste Hilfe gebeten. Kurz vorm Koma ist vor ihm ein Reagenzgläslein voll Schaum gestanden. „A Bier hobbi gsachd!", ist da der Willy angesichts des aufgeschäumten Rinnsals etwas laut geworden, „Und kann Kabudschino!"

Nach längerem Suchen hat der Wirt in seiner Fingerhutsammlung ein Halbliterglas gefunden. Dieses seltene Gefäß hat er dem Willy im Verlauf einer knappen Stunde fünfmal auffüllen müssen. „Nou woor", sagte der Willy jetzt am Amtsgericht, „es Gröbsde vo mein Dorschd vorbei. Und nou hobb i gsachd, dassi zoohln mecherd. Und nou sachd der zu mir, dasser dreißg Euro gräichd. Hob iich zu ihn dann gsachd, dasser kanne Schbässla machen soll. Iich will nedd sei Werzhaus kaafn, sondern meine Fimbf Bier zoohln."

Es hat sodann die erwähnte Debatte über Euro, D-Mark, über europäisierten Hopfen, globalisierte Einkaufsbedingungen, tatsächliche und gefühlte Preiserhöhungen begon-

nen. „Normool“, hat ihm zum Schluss der Diskussion der Gastwirt Stefan R. erklärt, „kennd i ja nu mehr verlanger. Wall ba uns gibds blouß Nullkommazwei-Biergläser. Und iich hobs ba Ihner ja immer in des Nullkommafünf-Glas umfülln mäin. Und Nullkommazwei kosdn 2,90 Euro. Nullkommafünf is ja zwaarahalb mal Nullkommazwei.“
Da hat der Willy gefragt, ob der Herr Wirt erstens noch alle Latten am Zaun hat und sich zweitens an die Zeiten erinnern kann, wo eine Halbe Bier ein Fuchzgerla gekostet hat, und zwar Pfennig.
An die Zeiten vom Hans Sachs und vom Albrecht Dürer, hat der Stefan geantwortet, könne er sich persönlich jetzt nicht mehr erinnern. Innerhalb der letzten 500 Jahre sei aber, das wisse er genau, der Lebenshaltungsindex halt ein bisschen gestiegen, und insofern handle es sich auch beim Bierpreis nur um eine gefühlte Preiserhöhung. Und ob er jetzt seine 30 Euro haben könne. „Also guud“, hat der Willy gesagt, „dou is a Fuchzger.“ Als der Stefan den 50-Euro-Schein einige Sekunden prüfend in der Hand gehalten hat, hat ihn der Willy wieder an sich gerissen, mit den Worten: „Sooderla, des woor edzer eine gefühlde Bezahlung.“ Und dann hat er gehen wollen. „Nou hobbin“, sagte der Wirt vor Gericht, „den Fuchzger widder wechnehmer wolln, und nou hodder mer links und rechds anne am Backn naafg’haud.“ „Schdimmd genau“, sagte der Willy, „obber des woorn aa nerblouß zwaa gefühlde Waadschn.“
Wegen Zechbetrug und Körperverletzung wurde Herr Willy E. zu einer Geldstrafe von 1400 Euro verurteilt. „Sin edzer des nou“, erkundigte sich der Willy, „echde odder nerblouß gefühlde 1400 Euro?“ Und beantwortete sich seine letzte Frage gleich selber. „Wenn’s echde Euro sin und kanne gefühldn, nou hobbi des Gfühl, dass mir alle aweng veroorschd wern. Rein gfühlsmäßich.“

# Der Förster vom Schilderwald

Fahrräder mit ihren Perlenketten am güldenen Zahnkranz, Zedernholzintarsienarbeiten am Lenker und mundgeblasenen Rahmen kosten heutzutage ein Schweinegeld. Zum Sichern und Absperren seines Nobel-Bikes führt man deswegen am besten immer einen Panzerschrank mit sich. Der Edelradinhaber Gerhard B., dessen zweite Leidenschaft neben Radfahren Biertrinken ist, pflegt seinen zweirädrigen Liebling mehrfach abzusperren. Mit zwei Rahmen- und drei Stahlschlössern und einer Fahrraddiebstahlalarmanlage. Zum Entsperren seiner Sechsfach-Hochsicherheitsverriegelung braucht er nach einem kurzen Zwischenstopp im Wirtshaus meist länger als für seinen gesamten Fahrradausflug, in der Regel, und wenn er alle Schlüssel auf Anhieb findet, etwa eine Stunde.
Bei seiner letzten Tour hat das Flottmachen bis in die längst hereingebrochene Nacht gedauert und war, wie dann die Polizei gekommen ist, bei weitem noch nicht beendet. „Solln's fimbf Bier gween sei", spielte er jetzt vor dem Amtsgericht seinen Treibstoff-Konsum ein bisschen herunter, „obber mehr hobbi gwieß nedd drunkn." Der Wirt der Radler-Einkehr konnte sich aber dunkel an acht Bier oder neun Bier erinnern, die er dem durstigen Sportsmann damals serviert hatte. „Des is ja eingli aa worschd", sagte der Gerhard, „wäivill, dassi drunkn hob. Wall wäi iich meine Fahrradschlösser alle widder aafschberrn hob wolln, binni mid an Schlooch widder schduggnüchdern gween. Wall fiirs ledzde Schloss hobbi in Schlüssl nimmer gfundn."
Dummerweise hatte es sich dabei um jenes Stahlseilschloss gehandelt, mit dem das Bike vom Gerhard unzertrennlich mit einem Halteverbotsschildpfosten am Straßenrand verbunden war. „Zeerschd", sagte der Gerhard, „hobbi mei Räädla middn Schloss driiber heem wolln. Binni obber nedd suu houch naafkummer." Glücklicherweise hat unmittelbar neben dem Halteverbotsschild ein Auto geparkt. Um es auf

der anschließenden Klettertour nicht zu verkratzen, hat der Gerhard seine Fahrradschuhe ausgezogen.
Zunächst ist er ein paar mal wegen der rutschigen Wollstrümpfe und der ebenfalls etwas rutschig wirkenden Biere ein paar mal vom Autodach wieder in die Tiefe geglitten. „Nou“, sagte er, „hobbis barfers brobierd. Und wäi iich endli droomer woor, is mei Stahlschloss nedd iiber des Verkehrsschild driiberganger. Obber godzeidank hobbi an Siebzehner-Schraumschlüssl in mein Werkzeichdäschla drinner g’habd.“
Inzwischen ist die Dämmerung über den auf dem Autodach stehenden und ein Halteverbotsschild abschraubenden Gerhard hernieder gesunken. Um jederzeit sichtbar und vor eventuellen weiteren Abstürzen gesichert zu sein, hat der Gerhard dann seinen Fahrradhelm aufgesetzt und auf den Helm ein nach Art der Leuchttürme regelmäßig blinkendes Rücklicht montiert. „Ummer Haar häddis gschaffd“, sagte der Gerhard, „obber in den Momend, wou iich des Schild abgschraubd g’habd hob und mei Räädla middn Schloss driiber zäing hob wolln – in den Moment is die Bollizei kummer.“
Den beiden Streifenbeamten bot sich ein einmaliger Anblick: Auf dem Dach eines Autos ein leicht schwankender, barfüßiger Mensch, in der einen Hand einen Fahrrad, in der anderen Hand ein abgeschraubtes Halteverbotsschild, und die ganze Szenerie durch einen alle paar Sekunden wild aufzuckenden, roten Rücklichtblitz am Fahrradhelm gespenstisch illuminiert. „Däi zwaa Bollizisdn“, erinnerte sich der Gerhard, „des woor nerdirli ein Schock fiir miich. Däi sin droo schuld, dass mei Fahrrad in die Windschudzscheim vo den Auto neigfluung is. Und des Haldeverboodsschild aff die Kühlerhaum.“
Wegen Trunkenheit am Autodach, Abschrauben eines Verkehrsschildes und Demolieren eines Kraftfahrzeugs wurde Herr Gerhard B. zu drei Monaten auf Bewährung und einer Geldstrafe von 6000 Euro verurteilt. Wo das Edel-Fahrrad vom Gerhard sich jetzt befindet, wollte der Herr Rat noch wissen. „Des hobbi an der Stanger vo den Verkehrsschild hänger loun“, antwortete der Fahrrad-Schlossherr, „dou is sicher aafg’huum.“

**Der Spezi unterwegs –**
**In der Welt des Widerstands:**

# Von den alten und neuen Zeiten

Es herrscht wieder einmal große Aufregung in der Stadt der Reizbarkeitstage. Weil morgen wahrscheins einige junge Leute mit keiner Frisur am Kopf einen kleinen Volkslauf vom Zeppelinfeld in die Ziddy angemeldet haben und dabei ein bisschen von den alten Zeiten plaudern wollen. Gleichzeitig soll eine Gegendemonstration stattfinden, denn angeblich handelt es sich bei den Spaziergängern um gefährliche Nationalspezialisten.
Da fragt sich natürlich jetzt jeder besorgte Nürnberger: „Ja und?" Und wendet sich dann wieder seinen staatsbürgerlichen Pflichten zu wie Autowaschen, Rasenschneiden oder dem Studium des aktuellen Baumarktprospektes. Weil: Was geht denn uns das an, wenn mutmaßliche Nationalspezialisten am Dutzendteich rumrennen, ein bisschen „Heil Ittner!" rufen, Ausländer von ihrem ständigen Heimweh befreien wollen und nebenbei noch die jüdische Weltverschwörung aufdecken? Es geht uns überhaupts nix an. Weil in Nürnberg war uns schon immer alles Stadtwurst, vor allem mit Nationalspezialisten.
Hier hat einmal bekanntlich zwölf Jahre lang die WM stattgefunden, die Wegschau-Meisterschaft von 1933 bis 1945. Nie hat hier jemand gejubelt, wenn einmal zufällig der Dings, der deutsche Reichsvergaser, wie war doch gleich sein Name – ach ja, der Adolf Hitler schemenhaft durch die Stadt gehuscht ist. Keine einzige Kirchenglocke hat seinerzeit hier geläutet, wie die Nationalspezialisten an die Macht gekommen sind. Wenn sie überhaupt an die Macht gekommen sind.
Ein ehemaliger Oberbürgermeister hat erst vor ein paar Jahren mit Rechts, beziehungsweise mit Recht gesagt, dass er von dem ganzen Zeug nix mehr wissen will, weil:

Man redet ja auch nicht jeden Tag über die Gründe, die zum 30-jährigen Krieg von 1618 bis 1648 geführt haben. Folglich geht uns auch die Zeit von 1933 bis 1945 jetzt langsam voll am Arsch vorbei. Und wo gehobelt wird, fallen Späne.

Nie hat bei uns irgendein evangelischer Landesbischof über einen Hitler frohlockt, über die Ausmerzung des jüdischen Geistes oder über einen von Gott persönlich geschenkten Sieg gegen die Polen. Hätte dieser Landesbischof damals wirklich über die Nationalspezialisten jubiliert und seine Pfarrer auf Gleichschritt getrimmt, dann gäbe es ja nie und nimmer bis zum heutigen Tag bei uns eine Bischof-Meiser-Straße. Vielmehr war der Bischof ein erbitterter Widerstandskämpfer. Beziehungsweise wäre er sicher ein erbitterter Widerstandskämpfer geworden, wenn es notwendig gewesen wäre.

Genau so ist es mit unseren bereits erwähnten Neo-Nationalspezialisten, die ja auch immer wieder erwähnen, dass sie außer ein bisschen Ausländer-Dredzerlens nix machen. Sie wollen nur die frische Luft am Dutzendteich genießen. Sollten einige von ihnen Baseballschläger dabei haben, dann nur deswegen, weil sie danach noch Baseball spielen wollen. Die einen spielen Golf, die anderen Baseball.

Glatzen werden auch immer wieder angeprangert. Da kann man nur sagen: Glatzen sind zwar schlecht für den Friseur, aber gut für das Köpfen von Toren und gut für den Haarwuchs. Auch erhält durch eine Glatze das Gehirn wieder mehr Frischluftzufuhr. Wenn kein Gehirn mehr da ist, kann man die Frischluft in die Hose umleiten, wo sie oft auch gute Dienste verrichten kann.

Also lasset die Nationalspezialisten in Frieden am Dutzendteich spazieren, denn ihrer ist das Himmlerreich! Dieser Meinung ist bestimmt auch diesesmal das Bundesverwaltungsgericht in Karlsruhe, dem die Versammlungsfreiheit der Nationalspezialisten schon immer eine Herzensangelegenheit war.

**Der Spezi unterwegs –**
**In der Welt der Kommunalpolitik:**

# Stöpsel für alle!

Seit vielen Monaten laufen die Nürnberger mit dicken Ohren, schmerzverzerrten Gesichtern und zammzwickten Beinen durch ihre Stadt. Touristen und vor allem Touristinnen sieht man meist hinter Mülltonnen abhocken. Seit das einst für nur eine knappe Million Mark errichtete Brunshäusla im alten Fleischhaus abgerissen worden ist, herrscht in Bratworschd-City der Notdurftstand, Darmverschlingungen in der Altstadt breiten sich epidemieartig aus, Waterproof-Underwear und Pampers gehen weg wie warme Semmeln.
Weit und breit gibt es keine öffentliche Toiletten mehr. Jetzt war Piesel-Krisensitzung im Rathaus. Thema: Klo, aber wo? Erstmals in der Geschichte der städtischen Geheimdiplomatie waren wir bei einer nicht öffentlichen Ausschissitzung dabei und können exklusiv berichten.
Sitzungsleiter und Stadtrat Heinz Schnerpfel: „Geld hammer genügend für einen neuen Abort. Der Kämmerer hat neulich 100 Euro auf der Strass gfunden. Dou kennd mer am Hauptmarkt an Donnerbalken …“
Stadträtin Karin Muschweck: „Kommt überhaupts nicht in Frage! An Donnerbalken! Da sitzen die Leut ja im Freien, und jeder kann sie erkennen! Wenn die dorthockn und die Backn aufblasen …“
Stadtrat Paul Pressinger: „Die Wangen, Sie meinen die Wangen, Frau Kolleechin.“
Muschweck: „Naa, ich mein scho die Backn. Ich weiß schon, von was ich red.“
Pressinger: „Da könnt mer doch Leih-Sonnenbrillen für die Donnerbalkn-Benützer ausgeem. Dann erkennt mer die Laid nedd.“
Schnerpfel: „Odder nu besser – Gasmaskn. Dou erkennd mer die Laid aa nedd, und mer konn nu eimwambfrei schnaufn ba sein Gschäfd.“

Stadtrat Ludwig Gärlein: „Meine Damen und Herrn, darf ich auch amal meine unmaßgebliche Stimme erheben …“
Schnerpfel: „Mehr wersd suwiesuu nimmer erheben kenner.“
Pressinger: „Ich missd amol austreten.“
Gärlein: „Meine Damen und Herren, seit Klodwigs Zeiten hat es in der alten Seichstadt Nürnberg Bedürfnisanstalten mannigfacher Art gegeben. Büsche, Hecken, Rinnsteine, Hauseingänge, leere Bierflaschen, Taschenbecher. Wir waren eine freie Seichstadt, wo jeder überall hinknattern hat können. Es hat uneingeschränkte …“
Schnerpfel: „Heer mid dein aldn Gschmarri aaf!“
Gärlein: … es hat uneingeschränkte Plätscherfreiheit gegeben.
Pressinger: „Edzer wirds fei langsam dringend ba mir.“
Gärlein: „Geben wir den alten Zeiten also wieder eine Chance, beschließen wir die Rennaissance der Bronze-Freiheit. Nürnberg weltoffen, die Metropolregion für starke Tröpfchen!
Schnerpfel: „Ner fraali! Weltoffen, Huusndiirla offen, Oorsch offn! Dass nou a jeder an fahrbarn Bodschamber vo der Stadt mecherd. Schiffn aff Rädern. Mir hom ka Geld!
Muschweck: „Wir haben 100 Euro. Wemmer des auf der Sparkasse bei vier Prozent als Festgeld eine Million Jahr anlegen, dann gibt des …“
Pressinger: „Dann gibd des edzer ball ein Debakel in meiner Huusn! Unterbrechung!! Mir kummds scho glei aus die Aung raus!“
Schnerpfel: „Greinmeicherla! Da hosd a Daschnduch!“
Gärlein: „Wie wäre es, wenn wir den historischen Stadtgraben fluten würden. Also im Lauf der Zeit.
Schnerpfel: „Ner fraali! A fimbf Kilomeeder lange Odlgruum. Nou wär mer nedd blouß die langweiligsde, sondern aa die schdinkerdsde Stadt vo Deitschland. Nichd mid mir! A Abort is wos Erhabenes, Heiliches, ein Sakralgebäude. Dou heerd mer schließli alle fimbf Minuddn die Drombeedn von Jericho. Dou mouß Bladdgold aff die Schissl, dou braung mer die Miss Dschermenny als Abordfrau …“

Pressinger: „Zum allerledzdn mal …“
Schnerpfel: „Ruhe! Edzer red iich. Dou mäin die Philharmonigger schbilln aff unsern Staatsabort, dou braung mer Zuschauerränge, Bressezentrum. Des is Vuurschrifd vo der DÜNNPFIFFA, wemmer im Jahr 2008 die Bierschieß-WM wolln! Zwei Millionen Euro is es mindesde …“
Pressinger: „Es mindesde is, dass mer gschwind an Budzlabbn bringer, Herr Kolleeche. Edzer is bassierd.“
Schnerpfel: „Die Sitzung is geschlossn. Es nexde mal bring i fiirn Pressinger an Schdöbsl miid.“
Muschweck: „Da wär überhaupt die Lösung. Stöpsel für alle …“

**Der Spezi unterwegs –**
**In der Welt des Hochadels:**

# Die Prinzessin auf der Knallerbse

Hartz IV, Hartz V oder Hartz VI – was erregt uns Volksdeppen momentan am meisten? Nix von alledem, sondern entschieden Tatjana I, die zukünftige Prinzessin, die baldige Gemahlin von Prinz Ferfried von und zu Hohenzollern, die silikonschaumgeborene Venus von Erlenstegen! Wer hätt des denkt?! Gestern noch wegen Autoschieberei vor Gericht, heute schon in aller Munde, morgen wahrscheins das First Mädi vom Prinz Ferry. Und das nicht nur zur Faschingszeit. Das Beste an der Romanze ist natürlich, dass die Prinzessin auf der Knallerbse eine von uns ist, dass sie aus Nürnberg stammt, aus einer Stadt, in der sich früher die Kaiser die Klinke und die Pinke nur so in die Hand gegeben haben.

Und jetzt in der Stunde unseres größten Triumphes, wo wir mit Freudentränen und prallen Lachsäcken stolz durch die Gässlein schreiten und uns trunken zurufen „Hosders scho g'heerd, die Gsell hodd ihr Meisterschdiggla gmachd!“ – da fällt es uns plötzlich wie Schuppen von den Haaren: Wir haben keine Monarchie mehr! Zwar reitet der Kaiser Wilhelm in Nürnberg immer noch stolz und gusseisern Tag und Nacht an der gleichen Stelle über den Egidienberg, aber außer den Tauben scheißt sich keiner mehr um, beziehungsweise auf ihn. Hätte man den Weltkrieg I-Willy seinerzeit nicht vom Thron vertrieben, gäbe es heute vielleicht noch ein deutsches Kaiserreich, wäre sein Urschwippenkel Prinz Ferfried unser Kaiser, unser voll gedröhntes Haupt. Und – man wagt es gar nicht zu denken – die Tatjana unsere Kaiserin! Wie wir unsere Vorstadt-Sexzellenz kennen, würde sie uns bestimmt auf Dauer Ihro höchstwohlgeborene Huld erweisen, die Monarchie würde wahrscheins hier in Nürnberg stattfinden.

Und solche anmutigen Sätze, wie sie jetzt dem prinzlichen, voll blaublütigen Mund vom Ferry beim Interview mit der „Bunten" entfleucht sind, könnten wir Hofschranzen zu Nuremberg jeden Tag in unsere Notizblöcke hineinschreiben. „Ich nahm", sprach da nämlich Seine Hohlheit in Erinnerung an einige wilde Nächte am Swimming-Pfuhl, „Ich nahm zum ersten mal diesen wunderbaren Alabasterkörper in die Arme. Da übermannt dich plötzlich ganz einfach die Liebe, trotz des kalten Wassers. Die nächsten drei Nächte haben wir insgesamt sechs Stunden geschlafen. Reicht das?"
Es reicht mitnichten, kaiserliche Strohheit! Sowas würden wir hier in der Heimat unserer Reserve-Sissi am liebsten jeden Tag, jede Nacht, auch sonntags, feier- und seiertags lesen. Wie auch jene goldenen Worte der kommenden und womöglich sogar bald niederkommenden Prinzessin Tatjana, die da lauten: „Dieser wunderbare Mann – er steht hinter mir, vor mir, neben mir!" Hauptsache jedenfalls, er steht.
Also geben wir uns einen Stoß, Burg und Kemenate haben wir, führen wir wenigstens in Nürnberg die Kaiserzeit wieder ein! Was wäre das für ein buntes Treiben und Schreiben! Die kaiserlichen Unterleibdiener würden am Massageölberg rumwieseln, mittags würde die Kaiserin aus ihrem erlauchten Stadtwurstmund Gesetze verkünden, dahinter stünde Kaiser Ferry I. mit offen getragenen Szepter und Jacketkrone. Der Hofnarr wäre ein Staatsanwalt, die Schönheitschirurgen, hierorts auch Diddlasbadscher genannt, hätten wieder Blütezeit, der berühmte Brinsel-Prinz Haugust von Hannover käme vielleicht einmal auf Gaudienz auf unseren Trug- und Luginsland, und wir könnten uns von ihm nach Herzenslust anpinkeln oder gscheit fotzen lassen. Ach, wäre das schön! Wurscht ob Adel oder Odel – wer sehnte sich nicht nach einem wunderbaren Alabasterkörper oder danach, einmal richtig doof, durchgeknallt, dauerbrünftig zu sein? Sind wir nicht alle ein bisschen Ferfried?
Aber leider, leider – die Monarchie ist für immer von uns gegangen, auch hier bei uns. Und wir können uns nur

damit trösten, dass eine Nürnbergerin es geschafft hat, einem wirklichen Prinzen den Kopf zu verdrehen. Jetzt müssen wir nur noch rausbringen, wo dieser Prinz seinen Kopf trägt. Auf dem Hals vermutlich nicht.

**Der Spezi unterwegs –**
**In der Welt der Bestseller:**

# Das Methusalem-Kompott

Großalarm im Nürnberger Amt für Statistik und Erbsenzählung! Denn auch oder gerade in Nürnberg werden die Alten immer älter. Schon muss der Oberbürgermeister dreimal die Woche mit seinem Mehrweg-Blumenstrauß zum Gratulieren bei 100. Geburtstagen ausrücken. Nach neuesten Forschungen wird in einer Stadt wie Nürnberg bald alle 15 Minuten jemand 100 Jahre alt. Gleichzeitig sterben die Jungen aus, und zwar meistens bereits kurz vor ihrer Herstellung. Deutschland vergreist, Nürnberg ebenfalls. Von Fürth gar nicht zu reden.

Dabei handelt es sich aber nicht um irgendwelche Scheißhaus-Parolen, sondern es ist von hochrangigen Wissenschaftlern, die oft bis zu zwei Zahlen auf einmal zusammenzählen können, längst bewiesen. Habilitierte Sterndeuter, Hellseher, examinierte Kartenlegerinnen, Diplom-Kaffeesatzleser haben errechnet, dass in einer Stadt wie Nürnberg mit ihren zur Zeit 500 000 Einwohnern eines Tages vielleicht nur noch 50 Menschen wohnen, die dann aber zusammen etwa 2,5 Millionen Jahre alt sind. In dem hochinteressanten demographischen Buch „Das Methusalem-Komplott" steht drin, dass höchstwahrscheinlich das Alter bald grenzenlos wird.

Die Bundesgesundheitsministerin Ulla Schmidt probiert momentan zwar mit aller ihr zur Verfügung stehenden Kraft und mit ihrer Gesundheitsreform, das Ableben von Menschen mit höchstens 70 Jahren gesetzlich zu verankern, aber sie wird scheitern. Beziehungsweise sie ist schon gescheitert. Der Nürnberger Stadtrat hat die Todestrafen-Reform bereits abgelehnt.

An einem beliebigen Wochentag joggen in Nürnberg ganze Horden 110-jähriger Marathonläufer durch die Grünanlagen, lungern 95-jährige Nichtstuer vor der Lorenzkirche, überfal-

len Rentner-Banden verstörte Jugendliche, die letzten ihrer Gattung, und entreißen ihnen Bafög und Taschengeld. Die Demographische Wissenschaft hat schon vor Jahren vor der Entwicklung zum Raum ohne Volk gewarnt. Jetzt endlich hat auch die Politik darauf reagiert, vielleicht gerade noch rechtzeitig.
Aufgrund dieser Demographie und ihrer Erkenntnis vom Krampfadernkrieg kürzt die Regierung in Berlin die Renten, zockt bei den Lebensversicherungen ab, streicht das Arbeitslosengeld. Parallel dazu greifen die Maßnahmen der großen Konzerne: Beim ersten grauen Haar an der Schläfe, etwa ab Mitte 45, erhält jeder alternde Mensch einen Freiflug – hinaus aus der Firma, ab in die Mumifizierungsanstalt. Die beiden Phänomene – das Ende der Sterblichkeit auf der einen Seite, die Enteignung und Job-Entwöhnung der Alten auf der anderen Seite – widersprechen sich nur scheinbar. In Wirklichkeit greifen sie ineinander wie ein Zahnersatzrad ins andere. Bald wird etwa die Fußballmannschaft des 1. FC Nürnberg nicht ein Durchschnittsalter von 35, sondern von vielleicht 350 Jahren haben und über große Erfahrungen im Fußballwesen des 17. Jahrhunderts verfügen. Auch die Zukunft beim Club ist gesichert, denn die Spieler werden gemäß demographischer Erhebungen 750 Jahre alt, befinden sich also etwa um das Jahr 2650 auf dem Höhepunkt ihres Könnens. Der Weltklasse-Torwart Heiner Stuhlfauth wird exhumiert.
Aus dem Wastl macht die Stadtverwaltung eine Achterbahn, der nicht mehr benötigte Westfriedhof wird ein Bolzplatz für jüngere Mitbürger ab 200 Jahren, der Südfriedhof ein Freikörperkulturladen. Am Norisring findet einmal jährlich die DTRM, die Deutsche Touren Rollstuhl Masters statt. Auch der Humor soll beim wissenschaftlich voll erforschten Veralterungsprozess nicht zu kurz kommen. Bereits jetzt plant die dann nur noch aus zwei, allerdings hochrangigen, Mitgliedern bestehende Bundes-SPD für das Jahr 3010 einen großen Demographen-Kongress, wo der dann 1040-jährige Markus Söder, Kanzler aller (250) Deutschen einige Kapitel aus dem Lach- und Sachbuch „Das Methusalem-Kompott“ zum Besten gibt.

# Inhaltsverzeichnis